HEYNE <

D1925383

Das Buch

Wer oder was auch immer Selina getötet haben mochte, es war nach wie vor irgendwo da draußen, und ich war nicht besonders scharf darauf, barfuß ins Wasser zu laufen, aber ich hatte keine andere Wahl. Ginge mir die Machete verloren, würde ich ohne jeden Zweifel verdursten. Also trat ich behutsam ins Wasser und setzte jeden meiner Schritte mit größter Vorsicht. Die Machete wurde immer weiter von mir weggeschwemmt. Der Griff sank unter die Oberfläche, um unmittelbar darauf erneut aufzutauchen, gefangen im trägen Rhythmus der flachen Flutwellen. Das Wasser war kristallklar. Ich konnte genau erkennen, wie die Strömung die schwere Klinge mit sich trug.

Der Autor

Steen Langstrup steht für eine neue Generation junger Horrorautoren, die frisches Blut in das Genre pumpen. Sein Thriller *Finale* wurde in Dänemark als »Best Horror Novel of the Year« ausgezeichnet.

Lieferbare Titel

Finale

STEEN LANGSTRUP

DIE INSEL

THRILLER

AUS DEM ENGLISCHEN VON
SVEN-ERIC WEHMEYER

WILHELM HEYNE VERLAG
MÜNCHEN

MIX
Papier aus verantwortungsvollen Quellen
FSC® C014496

Verlagsgruppe Random House FSC® N001967

Vollständige deutsche Erstausgabe 06/2019

Printed in Germany
Umschlaggestaltung: Hauptmann & Kompanie Werbeagentur, Zürich
Satz: GGP Media GmbH, Pößneck
Druck und Bindung: GGP Media GmbH, Pößneck
ISBN: 978-3-453-43957-3

www.heyne.de

(Der Buchstabe Ø ist ein dänischer Vokal. Er klingt ungefähr wie das deutsche Ö, also eine Mischung aus O und E. Steht dieser Buchstabe für sich allein, bildet er das dänische Wort für »Insel«, und so lautet auch der Originaltitel dieses Buches: Island.)

Ø

– Sie starb in meinen Armen, mit einem letzten schweren Atemzug. Ihr Körper zuckte schwach. Ihr Mund öffnete sich. Ein Schaumfaden sickerte heraus. Ihre Augen trübten sich. Ich wusste im selben Augenblick, in dem es passierte, dass sie gestorben war. Das war's. Das Ende von allem. Meine Selina war tot. Ihr Leib erschlaffte, und ihr Kopf sackte gegen meine Brust. Die Luft wich aus ihren Eingeweiden. Der Tod ist eine hässliche Angelegenheit.

Ich zitterte am ganzen Körper. All die Gefühle, die ich die ganze Nacht über mit aller Macht zu verdrängen versucht hatte, während ich ihr tröstende Worte ins Ohr flüsterte – *sie wird es schaffen, sie wird durchkommen, ich weiß, dass sie durchkommen wird, irgendjemand wird uns bald finden* –, flossen nun in überwältigenden Strömen aus mir heraus. Tränen schossen aus meinen Augen und tropften auf ihre Haut. Vergeblich suchte ich nach einem Puls, einem Herzschlag, einem Atemhauch – nichts davon würde jemals wiederkommen. Ich wusste, dass sie tot war; ich wusste es, und dennoch suchte ich ihren Körper verzweifelt nach irgendeinem Anzeichen von Leben ab. Ich hielt ihren Körper fest in meinen Armen. Ich weinte lautstark in ihr langes, dunkles Haar. Ich heulte wie ein Kleinkind. Ich brüllte ihren Namen, schrie sie an, mich nicht zu verlassen.

Doch sie war tot. Während der ersten paar Minuten hatte ich irgendwie das Gefühl, sie wäre noch anwesend, als würde ihre Seele mich umkreisen, als könnte sie mich ebenso wenig loslassen wie ich sie. Dann verschwand dieses Gefühl, und ich saß da, mit nichts als ihrer Leiche.

Selina war fort.

Ich blieb dort am Strand sitzen und hielt sie fest an mich gedrückt. Die Sonne hob sich am Horizont und färbte den Himmel rotgelb. Hinter mir, tief im Dschungel, stimmten die Gibbons den Gesang ihrer melancholischen Litaneien an. Die Vögel begannen zu zwitschern.

Der Strand war schneeweiß, das Meer azurblau – ganz wie in den Reisebroschüren. Durch die Brandung rollte eine Kokosnuss. Winzige Krabben warfen mit ihren Stielaugen wilde Blicke in alle Richtungen. Ein Stück den Strand hinunter starrte ein kleiner weißer Reiher von einem niedrigen Felsen ins Wasser.

In den Tropen geht die Sonne sehr schnell auf. Schon bald stand sie ziemlich hoch über dem Horizont. Ich spürte ihre Wärme nicht. Ich spürte auch meine Beine nicht; sie waren eingeschlafen, nachdem ich stundenlang in derselben Position verharrt und Selina in den Armen gehalten hatte, während ihr Tod immer näher gekrochen war. Ich spürte weder ihr Gewicht noch meine entzündeten Nackenmuskeln. Ich merkte nicht, als ich zu weinen aufhörte, da mein Tränenfluss versiegte. Ich registrierte den Rotz nicht, der von meiner Nase tropfte.

Ich küsste ihre Stirn und ihre Wangen. Ich berührte ihr Haar. Schließlich schloss ich die Lider ihrer dunklen Augen, deren Blick niemals mehr auf den meinen treffen und ein Kribbeln in mir verursachen würde, das sich von meinem Herzen bis in meine Unterhose zog. Ich strich mit den Fingern sanft über ihre Lippen. Wischte den Schaum von ihnen ab. Ich war vollkommen verrückt nach diesen Lippen gewesen. Es waren zartweiche, volle Lippen, wie geschaffen fürs Küssen. Kein anderer Mund, den ich je geküsst hatte, war so sexy und begehrenswert wie ihrer gewesen. Weich, warm, auf vibrierende Weise lebendig. Hypnotisch. Magisch anziehend. Manchmal verlor ich den Faden, wenn sie etwas sagte, und starrte nur noch auf ihren Mund, die Lippen, die Zähne, die Zunge. Ich konnte nichts dagegen tun. Keine andere Frau hat mich jemals so verzaubert wie sie. Jetzt war der Bann gebrochen, der Zauber erloschen. Die Lippen hatten aufgehört, sich zu bewegen, sie waren bleich, fast blau geworden. Dennoch küsste ich sie. Ich flüsterte unaufhörlich ihren Namen, wieder und immer wieder.

Meine Fingerspitzen zeichneten die Konturen ihres Gesichtes nach. Die Wangenknochen, den Haaransatz, die Nase, den Kiefer, das Kinn, die Ohren, die Augenbrauen. Dann den Hals und Nacken hinab. Sand klebte auf der Haut ihrer Brust und Schultern. Ich richte ihr Bikinioberteil und strich ihr den Sand vom Körper.

Meine Selina.

Tot.

Für immer weg.

Nun war ich ganz allein. Selina war gestorben und hatte mich mutterseelenallein auf einer abgelegenen, einsamen tropischen Insel zurückgelassen, wo niemand mich finden würde. So weit das Auge reichte, lag die See still und leer da. Keine Frachtschiffe, keine Fischerkähne, keine Kreuzfahrtdampfer, keine Schnellboote, keine Nachbarinseln. Einzig das Meer. Meer. Meer.

Ich war völlig allein. Die Frau, mit der ich die letzten fünf Jahre zusammen gewesen war, lag tot in meinen Armen. Erst vor wenigen Tagen hatte ich um ihre Hand angehalten. Ich wollte sie heiraten. Dies war die Frau meiner Träume. Wir hätten Kinder bekommen sollen. Wir waren bestimmt dafür, miteinander alt zu werden.

All das war uns bestimmt.

Verstehen Sie das? Ich habe sie geliebt. Ich habe sie über alles geliebt. Selina war mein Leben. Verstehen Sie?

Ø

– Mein Name ist Line Bang Skovmand. Ich bin im Auftrag des Konsulats der dänischen Botschaft gekommen. Gestatten Sie, dass ich Sie von den Formalitäten in Kenntnis setze, bevor wir anfangen. Sie sind Noa Simon Poulsen, Reisepassnummer 206706555, mit gegenwärtigem Wohnsitz Stefansgade in Kopenhagen?

– An meine Reisepassnummer kann ich mich nicht erinnern. Die Polizei hat mir den Pass abgenommen. Abgesehen davon, ja. Genau der bin ich. Ich habe sie nicht getötet. Ich verstehe nicht, warum sie annehmen, ich hätte es getan.

– Heute früh erreichte uns eine Anfrage der örtlichen Polizeibehörde, und man schickte mich unverzüglich los, um Ihnen im Rahmen der bestehenden rechtlichen Möglichkeiten so gut wie möglich Beistand zu leisten. Normalerweise werden wir im Falle eines im Ausland inhaftierten dänischen Staatsbürgers nur dann eingeschaltet, wenn die verhaftete Person ausdrücklich nach unserer Unterstützung verlangt. In diesem Fall, der auf die Todesstrafe hinauslaufen könnte, hat der Botschafter jedoch beschlossen …

– Todesstrafe? Was wollen Sie mir …

– Wir sind hier nicht in Dänemark. In diesem Teil der Welt ist die Verhängung der Todesstrafe alles andere als unüblich. Es ist nicht mehr so schlimm, wie es mal war, doch wenn es um Mord und Drogenhandel geht, greifen sie hart und konsequent durch. Letztes Jahr wurden zwei Australier hingerichtet, die versucht hatten, Heroin aus dem Land zu schmuggeln. Anfang dieses Jahres exekutierte man einen Franzosen, den man des Mordes für schuldig gesprochen hatte. Augenblicklich haben wir einen dänischen Motorradfahrer im Todestrakt sitzen, und wir würden es vorziehen, Sie würden ihm nicht in Bälde dort Gesellschaft leisten. Es ist einem entspannten Verhältnis zweier Länder nicht besonders zuträglich, wenn einer der beiden Staaten entscheidet, einen Bürger des anderen zu exekutieren. Vor allem, wenn der Fall politisch instrumentalisiert wird und entsprechende Wellen schlägt.

– Ich bin unschuldig. Ich habe sie nicht ermordet.

– Nein.

– Sie klingen zögerlich. Glauben Sie mir etwa nicht?

– Die meisten Kriminellen behaupten, unschuldig zu sein. Ich bin dem Konsulat seit inzwischen zwei Jahren zugeordnet. Davor war ich drei Jahre lang für das Konsulat in Madrid tätig. Glauben Sie mir: Nicht alle Menschen, die ihre Unschuld beteuern, sind unschuldig.

– Ich habe Selina nicht umgebracht. Wir wollten heiraten. Ich hatte ihr gerade einen Antrag gemacht. Sie müssen mir glauben. Sehe ich wie ein Mörder aus?

– Sie haben hier Ihre Ferien verbracht, zusammen mit Ihrer Freundin, Selina Quist Hansen, Reisepassnummer 206709413, dieselbe Kopenhagener Adresse?

– Wir sind Rucksacktouristen. Wir reisen viel in der Welt herum.

– Sind *gereist.*

– … wir *sind* viel herumgereist … richtig.

– Selina war achtundzwanzig Jahre alt? Vier Jahre jünger als Sie.

– Ja. Wir waren seit fünf Jahren zusammen. Fast ebenso lange haben wir in einer gemeinsamen Wohnung gelebt. Sie hat ein paar Monate nach unserem Kennenlernen ihr Apartment verloren. Sie liebte die Bücher und das Lesen. Ich habe sie erstmals bei einem Literatur-Debattierklub in der Stadtbibliothek getroffen. Ich habe mich nicht besonders fürs Lesen interessiert, aber ein Freund von mir meinte, diese Literaturzirkel wären der ideale Ort, um Frauen kennenzulernen. Für einen Computer-Nerd wie mich ist das in der Regel gar nicht so einfach.

– Sie sind Programmierer?

– Warum fragen Sie mich das, wenn doch alles in Ihren Unterlagen steht?

– Ich benötige die Bestätigung, dass meine Informationen korrekt sind. Ist dies hier Ihre Zelle?

– Weiß ich nicht so recht. Ich bin hier drin eingesperrt, seit sie mich herbrachten. Also ist das vielleicht meine persönliche Zelle. Sie sagen mir gar nichts. Ich werde langsam verrückt. Soll ich auf dieser versifften Matratze schlafen? Da kann ich mich gleich auf den blanken Boden legen. Soll ich in den Eimer dort drüben kacken?

– Hat man Sie gefoltert? Wurden Sie geschlagen? Hat man Sie getreten? Mit Zigaretten verbrannt? An den Armen aufgehängt?

– Nein. Das …

– Wenn dergleichen geschieht, lassen Sie mich es bitte wissen.

Die Botschaft kann offiziell Beschwerde einreichen. Sie wurden bereits wiederholt vernommen?

– Kann man so sagen. Ich habe ihnen alles berichtet, was auf der Insel passiert ist. Sie wissen verdammt noch mal sehr gut, dass ich die Wahrheit sage, aber es scheint sich um eine Art Tabu oder so etwas zu handeln, oder sie versuchen irgendwas zu verschleiern und unter der Decke zu halten. Für sie macht es die Sache schlicht einfacher, wenn ich sie getötet habe, schätze ich. Vielleicht haben sie Angst davor, die Wahrheit könne dem hiesigen Tourismus schaden. Dann und wann kommt ein Kerl hier rein, schreit mich in grässlich schlechtem Englisch an und verlangt von mir, endlich zu gestehen, meine Freundin ermordet zu haben. Ich weigere mich. Dann brüllt er noch ein bisschen herum und verschwindet.

– *Haben Sie zu essen bekommen? Wurde Ihnen etwas Trinkbares ausgehändigt?*

– Klar.

– *Fühlen Sie sich einigermaßen wohl?*

– Ich … Gestern ist meine Verlobte gestorben. Ich fühle mich elendig beschissen. Was erwarten Sie denn?

– *Ich meinte es lediglich bezüglich Ihres gesundheitlichen Zustandes. Sie haben mehr als einen Tag auf einer abgelegenen Insel verbracht und sich offensichtlich schwere Sonnenbrände zugezogen. Sollten Sie noch andere Gesundheitsprobleme haben, dann muss ich das …*

– Nein. Holen Sie mich einfach nur hier raus.

– *Man wird Sie wegen Mordes anklagen. Soweit ich unterrichtet bin, werden Sie innerhalb weniger Tage einem Richter vorgeführt. In keinem Land der Welt kann man einen Mordverdächtigen einfach so aus dem Gefängnis holen.*

– Schreibt das Gesetz nicht vor, dass der Fall bis spätestens vierundzwanzig Stunden nach meiner Inhaftierung vor Gericht gehen muss?
– *Noch einmal: Wir sind hier nicht in Dänemark. Das Rechtssystem dieses Landes folgt seinen eigenen Regeln.*
– Dann bin ich also am Arsch? Ich muss tagelang in diesem Drecksloch bleiben? Wochenlang? Monatelang? Ich habe riesengroße Schwierigkeiten damit, zu lange allein zu sein. Ich drehe durch.
– *Mag sein. Allerdings sind Einzelzellen in diesem Teil der Welt extrem rar gesät. Sogar in den Vollzugsanstalten oder Arresteinrichtungen kleiner Städte und Ortschaften. Normalerweise steckt man fünf oder sechs Gefangene in eine Zelle dieser Größe. Sollte man Sie in eines der größeren Gefängnisse verlegen, dürfen Sie mit einem gewaltigen Schock rechnen. Zwanzig Mann pro Zelle, und das Schlafen auf dem Fußboden ist nichts Ungewöhnliches. Das hier ist schierer Luxus.*
– Vorgestern war ich der glücklichste Mensch des Planeten. Jetzt …
– *Möchten Sie auch eins?*
– Was ist das?
– *Nikotinkaugummi.*
– Ich rauche nicht. Ich habe noch nie geraucht.
– *Ich auch nicht. Mein Mann … mein Exmann fing an, diese Dinger zu kauen, als er versuchte, das Zigarettenrauchen aufzugeben. Seine Nikotinkaugummipackungen lagen buchstäblich überall rum. Also begann ich, eins von denen zu nehmen, wann immer mir nach Kaugummi war, und am Ende war ich abhängig davon. Es ist komplett idiotisch.*

– Schmecken sie wie normale Kaugummis?

– Nicht ganz. Man muss sie langsamer kauen, sonst schießt zu viel Nikotin in die Blutbahn.

– Lassen Sie mich einen probieren.

– Die Botschaft kann Kontakt zu Ihrer Familie aufnehmen, falls Sie dies wünschen. Wir werden alles in unserer Macht Stehende tun, um Ihnen zu helfen und Sie zu unterstützen. Dennoch muss ich nachdrücklich feststellen, dass unsere Einsatz- und Tätigkeitsmöglichkeiten beschränkt sind. Wir sind kein Dschinn, der aus einer alten Lampe springt und mit einem Streich alles wieder ins Lot bringt.

– Selina ist gestern gestorben. Niemand kann irgendwas wieder ins Lot bringen. Auch wenn ich es schaffe, aus dieser stinkenden Zelle rauszukommen und ein Flugzeug mit Kurs aufs gute alte Dänemark zu besteigen, habe ich alles verloren. Alles.

– Natürlich, das verstehe ich.

– Tun Sie das?

– … Ich muss wissen, was auf dieser Insel geschehen ist. Wie sind Sie und Ihre Freundin allein auf Kematia gelandet? Wie ist sie gestorben? Ich muss die vollständige Geschichte von Ihnen hören, Noa. Was ist passiert? Warum glaubt die Polizei, Sie hätten sie ermordet?

– Hat man Sie nicht informiert?

– Hat man. Aber nicht besonders gründlich. In diesen Breitengraden laufen die Uhren weniger schnell. Außerdem würde ich das Ganze lieber aus Ihrem eigenen Mund hören. Erzählen Sie mir, was genau passiert ist.

– Vielleicht wollen Sie mir nicht glauben.

– Dieses Risiko werden Sie eingehen müssen.

– In Ordnung. Geben Sie mir eine Minute, um meine Gedanken zu ordnen.

– Nehmen Sie sich so viel Zeit, wie Sie brauchen. Ich werde meinem Vorgesetzten eine Kurznachricht zukommen lassen, die ihn darüber informiert, dass ich hier bei Ihnen bin und er mich per SMS erreichen kann, falls es irgendwelche Neuigkeiten oder Entwicklungen in dem Fall gibt.

– Sie starb in meinen Armen, mit einem letzten schweren Atemzug. Ihr Körper zuckte schwach. Ihr Mund öffnete sich …

Ø

– Ich konnte sie einfach nicht loslassen. Ich wusste, dass sie tot war. Mir war klar, dass die Sonne meine Haut verbrennen würde, wenn ich mich nicht in die Schatten zurückzog oder wenigstens Sonnenschutzcreme auftrug. Wir hatten eine Tube Sonnencreme in unserer Strandtasche dabei. Ich sollte sie mir holen. Ich lebte noch. Sie war tot.

Doch ich konnte nicht. Ich konnte einfach nicht. Ich konnte sie nicht loslassen. Ich wiegte sie wie ein Baby im Arm, wie das Baby, das sie nie zur Welt bringen würde. Ich wisperte ihr Liebesschwüre und süße Heimlichkeiten ins Ohr, während ich mich selbst davon zu überzeugen versuchte, dass sie diese noch immer hören konnte. Doch sie war tot. Tot. Tot. Tot. Sie würde meine Stimme nie wieder hören. Sie würde mir nie wieder antworten. Als ich dort im weißen Sand saß und sie wiegte, gab es Momente, in denen ich beinahe dachte, ich könnte ihre wundervolle Stimme meinen Namen flüstern hören. Aber natürlich habe ich mir etwas vorgemacht, schlimmstenfalls halluziniert. Hatte ich vielleicht den Verstand verloren?

Mein Mund war trocken. Ich hatte nichts mehr zu trinken übrig. Die Machete lag hinter mir im Sand neben den Kokosnüssen, die ich im Laufe der Nacht geöffnet hatte, als das Fieber in ihr brannte, sie delirieren und sinnfreie Wortfolgen vor sich hin murmeln ließ. Jetzt waren sämtliche Kokosnüsse leer. Meine Haut, von der Sonne gebacken, fühlte sich trocken und dick an. Doch all das waren nur vage, entfernte Empfindungen. Ich hatte mich aus der Welt zurückgezogen, mich so tief in mir selbst verschlossen, dass ich kaum etwas wirklich spürte. Weder Durst noch Hunger noch die Hitze. Es war wie Lärm, der von einer Baustelle auf der gegenüberliegenden Seite der Straße herüberwehte. Man hört ihn. Er kann lästig sein. Aber wenn man wirklich auf seine Arbeit konzentriert ist, vergeht der Lärm nach und nach. Er ist nicht wirklich präsent.

Was war ihr letzter Gedanke gewesen? War ihr gesamtes Leben im Zeitraffer an ihr vorbeigezogen? Ich hatte sie in meinen Armen gehalten, aber nicht die geringste Ahnung, was in ihr vorgegangen sein mochte. Als das Gift sich in ihrem Körper ausbreitete, war sie in einen fieberwahnartigen Zustand verfallen. Ich hatte sie verloren, abgesehen von ein paar ab und an hervorgestöhnten Worten, viele Stunden, bevor das Leben schließlich aus ihr wich und sie sich auf ihre allerletzte Reise begab. Den Himmelspforten entgegen. Um den Herrgott zu treffen. Oder den Großen Manitu. Oder den Zauberer von Oz. Ich habe nie an ein Leben nach dem Tod geglaubt. Meiner Überzeugung nach folgte auf das Sterben nichts als Dunkelheit. Zerfallende Atome.

Verfaulende Zellen. Die Seele war bloß ein elektrischer Funke. Wenn man stirbt, wird der Strom abgeschaltet, und das war's. Adieu. Man ist nicht mehr. Selina hingegen hatte auf ihre eigene schräge Art an ein Leben nach dem Tod geglaubt. So war sie nun mal. Und jetzt hoffte ich aufrichtig, dass sie richtiggelegen hatte. Dass sie an einen anderen Ort weitergezogen war. Dass ihr Leben einen tieferen und größeren Sinn gehabt hatte oder Teil eines göttlichen Planes gewesen war. Dass dies nicht das absolute Ende meiner Selina bedeutete. Dass sie dort auf mich warten würde, wo auch immer sie sein mochte, sodass wir eines Tages wieder vereint wären.

Und dieser Tag war möglicherweise nicht mehr weit. Ich befand mich alleine auf einer einsamen Insel, dem Rest der Welt unendlich fern, verdammte Scheiße. Ich hatte keine Vorräte mehr übrig. Buchstäblich nichts, bis auf ein paar Teile von den Segelklamotten wie die Machete und einiges andere sowie das Zeug in unserer Strandtasche, Handtücher, Kameras und Sonnenschutzmittel. Und natürlich die Schnorchelausrüstung. Wenn man mich nicht in ein oder spätestens zwei Tagen rettete, würde ich höchstwahrscheinlich ebenfalls sterben. Nur langsamer.

Eine Fliege landete auf ihrer Wange, und ich scheuchte sie weg. Insekten hatte sie immer gehasst. Was für jemanden, der die Tropen liebte, nicht gerade besonders praktisch war. Doch so war sie eben. Gleichzeitig widersprüchlich, unlogisch und zauberhaft. Diese dunklen Augen funkelten ständig vor lauter Geheimnissen und lebensfroher Einfälle. Ich sehnte mich danach, sie wieder lachen zu hören. Ihr Gelächter war unwiderstehlich ansteckend, wie Seifenblasen aus purer Freude, die jedem Menschen in ihrer Nähe schillernd entgegenschwebten, an der Nase platzten und ihn erfrischten. Bisweilen zog sie mehr Aufmerksamkeit auf sich, als mir lieb war. Unbekannte Männer sprachen sie neugierig und fasziniert an. Das gefiel mir nicht. Ich wollte sie ganz für mich alleine. Ich war der langweilige Programmierer an der Seite einer strahlenden Schönheit. Sie alle dachten, sie mir wegnehmen zu können. Aber sie gehörte mir.

Hatte sie an uns gedacht, während ich sie in den Armen hielt und ›Bitte, stirb mir nur nicht‹ in ihr Haar flüsterte? Hatte sie sich an den Tag unseres Kennenlernens erinnert? Jenen Buchdebattierzirkel in der Bibliothek, wo ihr Lachen von den Regalen widerhallte, als ich erwischt und dafür zusammengestaucht wurde, *Das Geisterhaus* nicht gelesen, sondern nur den Film gesehen zu haben, da ich Alba und Bianca verwechselte oder so etwas. Ich habe den Roman noch immer nicht gelesen. Nichtsdestotrotz brachen wir einen Monat später zusammen nach Chile auf. Es war die erste in einer langen Reihe von Reisen. Mindestens zwei pro Jahr, nach Möglichkeit mehr. Wenig Geld, Rucksäcke und schlichtes Straßenküchenessen. Keine Direktflüge, keine Klimaanlagen, keinerlei Luxus. Aber eine Unmenge Erfahrungen. Sehr viel Liebe. Sie zeigte mir, wie man lebte.

Nun gab es nur noch den Tod. Einen toten, schweren und bläulichen Körper in meinem Schoß. Alles war vorbei.

Ich erinnerte mich an die Worte, die ihr Vater an mich richtete, als ihm klar wurde, dass sie es ernst mit mir meinte. Eines Abends, als wir zum Grillen im gigantischen Garten ihrer Eltern eingeladen waren, hatte er mich beiseitegezogen und gesagt: »Pass gut auf sie auf. Wenn ihr je etwas zustößt, wenn du ihr jemals Schaden zufügst ... Versprich mir einfach, dich gut um sie zu kümmern, okay?«

Ich gab das Versprechen. Ich kam mir albern dabei vor, aber ich tat es dennoch. Ich – der spindeldürre und schwächliche Computer-Nerd, der sich von Cola und Kartoffelchips ernährte – benötigte ihren Schutz dringender als sie den meinen. Ich hatte einmal gesehen, wie sie in einer überfüllten Skytrain-Schwebebahn in Bangkok einen Kerl mit einem Faustschlag zu Boden schickte. Mir war überhaupt nicht aufgefallen, dass irgendwas ablief, bevor der Typ mit blutender Nase auf die Matte ging. Ich bin alles andere als ein gestandenes Mannsbild.

Selina konnte sehr gut auf sich selbst aufpassen.

Solange es nicht um Insekten ging. Oder Meerestiefen. Selbst die winzigste Spinne brachte sie total aus der Fassung. Und wir mussten vor vier Jahren in Ägypten einen Tauchkurs abbrechen, weil sie schon weniger als einen halben Meter unter der Oberfläche in Panik geriet. Also gingen wir stattdessen schnorcheln. Und ich entwickelte nach und nach erstaunliche Fähigkeiten, was das Einfangen von Spinnen und Kakerlaken betraf – und darin, ihr gelogenerweise zu versichern, es gebe keine Geckos in unserem Hotelzimmer.

Die Gezeitenströmung riss mich schlussendlich aus meiner Trance. Plötzlich schwappte eine Welle über meine Beine, und mir wurde klar, dass ich sie weiter den Strand hinauf schaffen musste, oder die See würde sie mir rauben.

Ø

– Jetzt spürte ich meinen Durst. Meine eingeschlafenen Beine. Meinen schmerzenden Rücken. Meine sonnenverbrannte Haut. Meinen staubtrockenen Mund. Auf einmal spürte ich alles. Die kalten Wellen, die über meine Beine hinwegspülten, belebten aufs Neue sämtliche meiner Sinne.

Ich zwängte meinen gemarterten Leib unter ihr hervor und stand auf. Ich schwankte ein wenig, meine Beine brannten wie die Hölle, und es gelang mir gerade so eben, mich aufrecht zu halten.

Eine neue Welle rollte heran und begrub Selinas Beine unter sich. Ich bückte mich und schob meine Hände unter ihre Achselhöhlen. Die Sehnen in meinem Rücken protestierten heftig, aber ich konnte nicht länger zögern. Ich musste sie außer Reichweite der Meeresbrandung schaffen, bevor die gierige See sie zu verschlingen drohte. Ihre Haut war kalt und unangenehm zu berühren.

Ich fühlte mich schrecklich schwach, und ihr Körper schien, seit das Leben ihn verlassen hatte, schwerer geworden zu sein. Totes Gewicht, ging es mir durch den Kopf. Die Worte entsetzten mich. Sie klangen grausig und trostlos in ihrer grimmigen und unerbittlichen Wahrhaftigkeit.

Als ich einsah, dass mir die Kraft fehlte, sie zu tragen, begann ich die Leiche zu ziehen. Die Leiche. Ein anderes grausames Wort. Die Leiche. Es war nicht mehr Selina, es war eine Leiche. Ich packte sie fest unter den Achseln und zerrte sie mit aller Macht, die aufzubringen ich imstande war, weiter. Meine Füße fanden im lockeren Sand kaum Halt und rutschten immer wieder aus. Etliche Male hätte ich mich fast auf den Hintern gesetzt, doch am Ende gelang es mir Stück für Stück, Selinas leblosen Leib weg von den Gezeitenströmungen und hinter den Gürtel aus vertrockneten Meeresalgen, toten Korallen und zerbrochenen Muschelschalen zu schleppen und mich höher und höher den Strand hinauf zu quälen.

Sobald sich ihre Füße außerhalb der nassen Gefahrenzone befanden, riss ich meine Hände unter ihren Armen hervor und ließ mich rücklings in den weichen Sand fallen. Mir war übel vor Erschöpfung, und gleichzeitig litt ich grässlichen Durst. Ich lag ein paar Minuten lang da und beobachtete mit starrem Blick einen Vogel, der hoch über der Insel seine Kreise zog. Ich sah mich flüchtig am Himmel um, in der Hoffnung, ein Flugzeug zu entdecken, aber es gab keines. Dort droben war nichts, nur der Vogel, ein Wölkchen und die Sonne – und sonst überall unendliches Blau.

Ich setzte mich auf. Selinas Leiche war in scheußlich verdrehter Haltung auf dem Boden gelandet. Ein Arm verschwand unter dem Oberkörper, der andere wickelte sich um ihren Kopf. Ihr Leib war über und über mit

Sand bedeckt. Die Zunge hing ihr aus dem Mund. So konnte ich sie nicht liegen lassen. Wie achtlos entsorgten Müll. Ich musste das in Ordnung bringen. Aber zuallererst brauchte ich was zu trinken. Die Insel war reich an Kokosnüssen. Während der Nacht hatte ich die von den Matrosen zurückgelassene Machete benutzt, um ein paar zu köpfen, sodass Selina und ich von der Kokosmilch darin trinken konnten. Das lag allerdings schon viele Stunden zurück, und ich hatte den ganzen Morgen über weinend in der Sonne gesessen. Mein Rachen fühlte sich wie der trockene Sand unter meinen Füßen an. Es herrschte erstickende Hitze. Mir war schwindelig und schlecht. Ich musste schnellstmöglich etwas Trinkbares auftreiben.

Selinas Füße hatten zwei parallel verlaufende Spuren im Sand hinterlassen, als ich sie von der auflaufenden Flut weggezerrt hatte. Die Spuren zogen sich kurvenreich dahin, gefolgt von einer unregelmäßig gesetzten Reihe von Furchen, wo meine Füße den Sand aufgewühlt hatten.

Ich ließ meinen Blick die Spuren entlangschweifen, bis er auf die in der Brandung treibende Machete fiel, an einer unverändert seichten Stelle. Doch das wäre nicht mehr lange der Fall. Ich sprang auf die Beine, trat über meine tote Verlobte hinweg und stolperte den Strand hinab. Meine Augen klebten am Heft der Machete, die in der Gischt auf und ab tanzte. Die schwere Klinge des riesigen Messers zog es unter die Oberfläche.

Wer oder was auch immer Selina getötet haben mochte, es war nach wie vor irgendwo da draußen, und ich war nicht besonders scharf darauf, barfuß ins Wasser zu laufen, aber ich hatte keine andere Wahl. Ginge mir die Machete verloren, würde ich ohne jeden Zweifel verdursten. Also trat ich behutsam ins Wasser und setzte jeden meiner Schritte mit größter Vorsicht. Die Machete wurde immer weiter von mir weggeschwemmt. Der Griff sank unter die Oberfläche, um unmittelbar darauf erneut aufzutauchen, gefangen im trägen Rhythmus der flachen Flutwellen. Das Wasser war kristallklar. Ich konnte genau erkennen, wie die Strömung die schwere Klinge mit sich trug.

Ich tat ein paar schnelle, inzwischen weniger bedachtsame Schritte, warf mich in die Wellen und langte nach dem Messerheft. Das Wasser war höchstens zwei Fuß tief. Ich hockte auf den Knien und ergriff die Machete. Das kühle Wasser fühlte sich unglaublich gut an. Ich begutachtete den Unterwasserbereich direkt um mich herum, bevor ich mich niedersinken ließ. Ich füllte meinen Mund mit Salzwasser, ohne es zu schlucken. Ich kannte die Geschichten von schiffbrüchigen Seeleuten in Rettungsbooten, die Meerwasser tranken und den Verstand verloren. Ich wusste nicht, ob diese Geschichten der Wahrheit entsprachen, würde allerdings keinerlei Risiko eingehen, solange Kokospalmen den Strand säumten, und außerdem gab es jenseits dieser Palmen irgendwo im Regenwald mit Sicherheit auch saftige, essbare Früchte.

Ich spuckte das Wasser aus, erhob mich und wollte mich gerade zurück Richtung Strand aufmachen, um mir eine hübsche frische Kokosnuss zu suchen, sie aufzuschlagen und ihre dickflüssige Milch zu trinken und ihr süßes Fleisch zu verzehren, als ich das Schiff entdeckte.

Es war weit entfernt, nahe am Horizont, aber es war zweifellos da, und es war das erste Seefahrzeug, das mir vor Augen kam, seit die Matrosen uns gestern auf dieser verfluchten Insel ausgesetzt hatten. Das Schiff war groß. Ein Frachter, vielleicht sogar ein Öltanker. Aufgrund der Entfernung des Schiffes war das schwer zu sagen. Ich konnte lediglich einen Umriss ausmachen. Es war auf jeden Fall keine Einbildung. Und es bedeutete eventuell meine Rettung.

In meinem unverändert dehydrierten, benebelten und entkräfteten Zustand hastete ich den Strand hinauf. Ich warf die Machete in den Sand und suchte nach Treibholz, um ein Feuer zu errichten. Mir wurde jedoch sehr rasch klar, dass es aussichtslos war. Das Schiff wäre verschwunden, bis ich genug Holz gesammelt hätte, um ein anständiges Feuer zu entfachen. Ich schnappte mir stattdessen eines unserer Strandtücher und fing an, es wie eine Fahne in der Luft zu schwenken. Ich war derart geschwächt, dass ich nur ein paar Male mit dem verdammten Handtuch hin und her wedeln konnte, bevor meine Arme verkrampften und ich aufgeben musste. Abgesehen davon war das Schiff so weit weg, dass die Besatzung mich und mein winkendes Handtuch sowieso nicht hätte sehen können. Höchstwahrscheinlich konnten sie aus dieser Distanz lediglich eine kleine Insel am fernen Horizontrand erkennen. Ich beförderte das Badetuch mit einem Fußtritt dorthin, wo unsere Strandtasche lag, und hob die Machete auf. Es gab nichts, was ich tun konnte. Falls das Schiff sich nicht weiter der Insel näherte, würden sie mich niemals hier erspähen.

Ich fand eine Kokosnuss unter einer der Palmen und setzte mich in den Schatten, um sie aufzuschneiden. Von dem Schiff, das dort in der Ferne am Horizont vorbeischipperte, konnte ich meine Augen nicht abwenden und fragte mich, ob sie die Insel überhaupt bemerkt hatten. Vielleicht waren alle unter Deck und schauten sich die Olympischen Spiele im Fernsehen an, während der Kapitän alleine am Steuer stand, Rum soff und dämliche Lieder vor sich hinsang. Ich malte mir aus, wie ein paar Matrosen, denen die Insel zufällig ins Blickfeld geraten war, einander aufgeregt darauf hinwiesen. Vielleicht schauten sie abwechselnd durch ein Fernglas zur Insel herüber. Konnten sie die Palmen, den weißen Sandstrand und die von Regenwald umgebenen steilen Klippen, die aus dem azurblauen Ozean ragten, erkennen? Ich konnte beinahe hören, wie sie sich aus ihrem elenden Alltagsleben hinausträumten. ›Oh, stellt euch nur vor, zusammen mit einer wunderschönen Frau ans Ufer dieses Paradieses gespült zu werden. Das wäre mir jederzeit weitaus lieber als alles andere auf der Welt. Ich würde gar nicht wollen, dass mich jemals einer findet. Lasst mich einfach in Frieden und bleibt mir verdammt noch mal auf ewig fern.‹ Die darin liegende Ironie biss und quälte mich, und mein Blick wurde von Tränen getrübt. Ich ließ mein Elend, meine Trauer und meinen Frust an der Kokosnuss aus und verpasste ihr einige heftige Hiebe mit der Machete, bis ich sie schließlich geöffnet hatte. Ich hob sie an meine Lippen und trank die Milch. Sie war lauwarm und schmeckte irgendwie schal und verdorben, doch ich trank sie bis auf den letzten Tropfen. Mein Magen zog sich krampfhaft zusammen, und wenige Sekunden lang stand ich kurz vor dem Erbrechen, aber ich schaffte es, alles bei mir zu behalten.

Inzwischen verschwand das Schiff allmählich vom Horizont. Bald würden sie nicht einmal mehr die Insel ausmachen können. Ich warf einen flüchtigen Blick auf unsere über den Strand verstreuten Habseligkeiten. Ich starrte auf das Zeug, das die Seemänner zurückgelassen hatten. Gestern hatte ich den Kram gründlich inspiziert. Überwiegend handelte es sich um Teller, Besteck und dergleichen. Bei Gott, sogar ein paar Klappstühle. Eine Kühltasche, die wir gestern geleert hatten. Mein Blick fiel abermals auf unsere eigenen Sachen. Schwimmflossen. Schnorchel. Taucherbrillen. Handtücher. Kameras.

Die Taucherbrillen.

Meine Augen bewegten sich von den Brillen zum Schiff und wieder zurück.

Konnte ich die Gläser der Taucherbrille benutzen, um die Sonnenstrahlen Richtung Schiff spiegeln zu lassen? Ein heller Lichtblitz war vielleicht in der Lage, ihre Aufmerksamkeit zu wecken. SOS. Drei kurze, drei lange und wieder drei kurze Lichtzeichen. Save Our Souls. Rettet unsere Seelen.

Ich raffte mich auf, um eine der Taucherbrillen aus der Strandtasche zu holen, und grabschte mir auf dem Weg das dunkelblaue Strandtuch. Ich überlegte mir, dass es helfen würde, das Brillenglas in einen Spiegel zu verwandeln, wenn ich das dunkle Handtuch hinter die Maske hielt.

Die Sonne war in der Zwischenzeit hoch zum Himmel hinaufgestiegen. Ich stellte mich in Position, Brille und Strandtuch in der Hand, und versuchte den Winkel zu berechnen, in dem das Sonnenlicht zum Schiff hin gebrochen würde. Es gab keinerlei Gewähr für einen Erfolg, weshalb ich die Taucherbrille in der Hoffnung, zumindest vereinzelt den richtigen Winkel zu treffen, auf und ab und von links nach rechts kippte.

Dies tat ich auch noch, als das Schiff schon lange hinter dem Horizont verschwunden war. Ich weigerte mich aufzugeben. Genau das bringen sie einem doch als Kind bei, oder? Gib niemals auf, kämpfe weiter, halte durch, und am Ende wirst du dein Ziel erreichen.

Tja, mir war es nicht vergönnt.

Ich befand mich ganz alleine auf der abgelegenen tropischen Insel Kematia, weitab von allem, mit der Leiche meiner Verlobten als einzige Gesellschaft.

– Ich blieb eine geraume Weile im Schatten. Die Haut auf meinen Schultern und meinen Füßen hatte einen schweren Sonnenbrand davongetragen. Die Haare auf meinen Schienbeinen hatten anscheinend einen gewissen Schutz gegen die Sonne gebildet, da die Verbrennungen dort weitaus weniger übel ausfielen als auf meinen knallroten und schmerzenden Füßen, deren Haut sich straff und leicht geschwollen anfühlte. Bei meinen Schultern war es allerdings noch viel schlimmer. Ich drehte den Kopf so weit, wie es ging, und fand den Anblick der blutroten Schulterblätter kaum erträglich. Es war echt böse. Das konnte ich mit Gewissheit sagen. Ich untersuchte den restlichen Körper, meine Brust, meine Arme, meinen Bauch, meine Oberschenkel. Vorsichtig berührte ich das rote Fleisch. Ich strich mir mit den Fingern über meine Gesichtshaut. Wangen, Nase, Stirn. Es war nicht schön. Schultern und Füße hatte es besonders stark getroffen, doch insgesamt hatte der überwiegende Teil meines Körpers viel zu viel Sonne abbekommen.

Die Sonnencreme lag in unserer Strandtasche. Außerdem befand sich darin eines meiner T-Shirts. Ich fragte mich, ob es irgendwas bringen würde, meine Haut noch mit Lichtschutzmittel einzureiben, jetzt, da sie bereits verbrannt war. Abgesehen davon käme ich nicht an alle Stellen meines Rückens heran, und die Sonnencreme würde sowieso nur noch für wenige Tage reichen. Dennoch konnte es keinesfalls schaden, sie aufzutragen. Ich musste die Sonne meiden und meine Haut so umfassend wie nur möglich bedecken. Es war notwendig, das T-Shirt überzuziehen, und vielleicht konnte ich die Badehandtücher zu einer Art Rock oder Schürze umfunktionieren. Bislang waren meine Beine nicht so schwer verbrannt wie der Rest meines Leibes.

Mein Blick wanderte abermals zu Selinas leblosem Körper zurück. Ein Krebs huschte im Seitwärtsgang über ihren Bauch. Zwei weitere Krebse krabbelten im Sand zwischen ihren Füßen herum. Ich erhob mich, stieß einen unartikulierten Schrei aus und taumelte nach vorne.

Vor meinen Augen überschlug sich alles. Mein Magen zog sich krampfhaft zusammen und trieb Kokosmilch und Galle zu meiner Kehle hinauf. Ich keuchte. Kalter Schweiß bedeckte meine Stirn. Meine Beine fühlten sich wacklig an und schienen mir keinen Halt mehr zu gewähren. Ich brüllte wie ein wildes Tier. Wie ein Stier in einer spanischen Kampfarena, von Schmerz, Hass und einem durch die Luft geschwungenen roten Tuch in den Wahnsinn getrieben. Ich stürzte neben ihr auf die Knie, schlug mit der offenen Hand nach der Krabbe auf ihrem Bauch und beförderte sie in hohem Bogen davon. Dann widmete ich mich den Krebsen zwischen ihren Beinen und machte das Gleiche mit ihnen, bevor ich sah, dass weitere Viecher um sie herumwuselten. Eines davon kroch ihr Bein hinauf, ein anderes bahnte sich seinen Weg durch ihre langen dunklen Haare.

Und dann bemerkte ich die Fliegen.

Sie waren auf ihrem Gesicht. Rings um ihre Nase, ihre Augen und ihren Mund. Ihr schlaffer Kiefer war abgesackt, und ich beobachtete etliche Fliegen, die sich durch die geöffneten Lippen hineinschoben. Ich versuchte, die Fliegen von ihrem Gesicht zu wischen. Sie hatte Insekten seit jeher gehasst. Jetzt waren sie überall auf ihr und sogar in ihrem Inneren, wo sie wahrscheinlich bereits ihre schmutzigen Eier gelegt hatten, sodass die Maden sich an ihrem Fleisch laben konnten. Ich konnte es nicht aushalten. Das durfte ich nicht zulassen. Sie verdiente es nicht, auf diese Weise zu enden. Tot an einem Strand liegend, den Krebsen und Fliegen ausgesetzt. Es war eine Schande.

Es gelang mir, die überwiegende Menge der Fliegen fortzuscheuchen, bevor ich mir die aufdringlichsten Krabben schnappte und weit von mir schleuderte. Ich war gerade damit fertig, als die Fliegen auf ihr Gesicht zurückkehrten. Inzwischen strömte sie einen üblen Geruch aus. Ihr Bauch war leicht aufgedunsen. Durch das in die unteren Regionen ihres Körpers abgeflossene Blut war ihre Haut bläulich angelaufen. Hätte ich die Leiche umgedreht, wäre ich auf die dunklen Verfärbungen auf der Haut ihres Rückens gestoßen. Ich hatte mehr darüber gelesen, als ich zu diesem Zeitpunkt wissen wollte. Die tropische Hitze ließ ihren Leib in hoher Geschwindigkeit verwesen. Die Fliegen hatten ihre Eier gelegt. Ich hob behutsam ihre Hand. Sie fühlte sich kalt, fremd und auch ein wenig steif an, doch die Totenstarre hatte noch nicht eingesetzt. Auch das war wahrscheinlich auf die Tropenhitze zurückzuführen. Sie war tot. Sie war auf elende und sinnlose Art gestorben, und nun lag ihr Körper da wie ein Stück Abfall, während der Lauf der Natur bereits seinen Anspruch auf sie geltend machte. Sie war tot. Mir war klar, dass ich nicht das Geringste hätte tun können, um ihr Leben zu retten. Als die Seeleute uns im Stich gelassen hatten, war ihr Schicksal besiegelt worden. Ich hatte weder irgendwelche Medikamente noch eine Ahnung von Vergiftungen. Ich war Programmierer. Kein Arzt. Ich hatte sie gehalten, sie getröstet, ihr beruhigende Worte ins Ohr geflüstert, ich war den ganzen Tag und die ganze Nacht lang keine Sekunde von ihrer Seite gewichen, bis sie schließlich entschlafen war. Ich habe alles getan, was ich tun konnte. Jetzt musste ich mich ums eigene Überleben kümmern und ihren sterblichen Überresten so viel Würde erweisen, wie in meiner Macht stand.

Die Gedanken rasten durch mein übermüdetes und überhitztes Hirn. Ich musste sie begraben. Als Grabwerkzeuge standen mir lediglich meine bloßen Hände und die Machete zur Verfügung, aber ich musste sie um jeden Preis begraben. Ich wusste, dass ich das tun musste. Es war meine unabänderliche Pflicht, ihre Leiche weiter den Strand hinauf zu schleppen, womöglich die ganze Strecke bis zu den Palmen, in deren Schatten ich mich ausgeruht hatte, und dort ein Loch in den Sand zu graben. Ich musste sie vor den Krebsen und Fliegen und sonstigen, welch auch immer hier lebenden Tieren in Sicherheit bringen. Im Regenwald wimmelte es wahrscheinlich nur so von Viechern. Oder ich konnte auch Steine sammeln und eine Grabstätte um die Leiche herum errichten. Wie auch immer, ich musste endlich handeln.

Doch mir fehlte die Kraft dazu. Ich konnte kaum aufrecht stehen. Alles drehte sich um mich. Heftige Übelkeit ließ mich fast kollabieren. Der Horizont neigte sich vor meinen Augen. Eine fette Möwe landete weniger als einen Meter von ihr entfernt und bewegte sich unverzüglich auf sie zu. Ich trat nach dem Vogel, der mit den Flügeln schlug und ein kurzes Stückchen weit die Flucht ergriff, nur um sich sogleich mit größerer Vorsicht wieder zu nähern.

Ich bückte mich, packte Selinas Arme und schleifte die Leiche hinter mir her, zu den Palmen hinüber. Die Möwe folgte uns, und dicht bei ihr landete eine zweite. Ich schrie sie an und zerrte den Körper meiner Verlobten weiter, so schnell ich konnte. Verzweifelt, ausgelaugt, einsam. Meine Füße glitten im lockeren Sand unter mir weg, und ich fiel auf den Rücken, wobei eines meiner Beine unter ihrer Leiche eingeklemmt wurde. Ich schlug auf dem Sand auf und biss mir auf die Lippe. Das ekelhafte und völlig fremdartige Gefühl, unter ihrem kalten Leib festzustecken, ließ mich in Panik verfallen. Ich kreischte auf und wälzte mich hektisch hin und her. Überall flog Sand herum. Ich weinte wie ein Baby.

Als es mir schlussendlich gelang, mein Bein unter der Leiche hervorzuziehen, zitterte ich so stark, dass ich mich nicht bewegen konnte. Ich konnte den Anblick Selinas nicht ertragen, ich konnte den Anblick der Möwen nicht ertragen, ich schaffte es einfach nicht.

Aber ich musste es schaffen. Also quälte ich mich nach einer Weile auf die Beine, zog sie langsam den Rest des Weges bis in die Schatten unter den Palmen und sank neben ihr auf die Knie. Ich nahm mir ein wenig Zeit, um wieder Atem zu schöpfen und mich zu erholen, bevor ich die zuvor geleerte Kokosnuss nach den Möwen warf.

Ich bin nie in der Armee gewesen, ich bin kein harter Kerl. Ich bin ein stiller Nerd mit Kontaktlinsen, die am Vortag hätten gewechselt werden müssen. Ich war ein Freizeit- und Spaßrucksacktourist, der überall dorthin reiste, wo der Sonnenschein und das Feiern billig zu haben waren – oder wo Selina hinwollte. Ich hatte keine Ahnung vom Überleben in der Wildnis. Nicht die geringste. Jemand musste so bald wie möglich aufkreuzen und mich retten, sonst war ich am Arsch.

Ich hätte auf der Stelle damit anfangen müssen, dieses Grab zu schaufeln oder diese Steine einzusammeln. Ich weiß, dass ich das hätte tun müssen. Doch ich tat es nicht. Ich redete mir ein, mich ein Weilchen ausruhen zu müssen, dass ich in jenem Moment zu erschöpft war, meine Kräfte zusammennehmen und Reserven mobilisieren musste, und, nun ja, immerhin hätte auch jeden Augenblick jemand auftauchen und mich retten können. Ich *war* erschöpft. Ich glaube nicht, dass ich in der Lage gewesen wäre, ein Grab zu buddeln, selbst wenn ich es versucht hätte. Das ist es nicht, was mich an der Sache quält und bedrückt. Mir ist bloß der Gedanke unerträglich, sie nicht beerdigt zu haben. Ich hätte sie unter die Erde bringen müssen. Das weiß ich. Glauben Sie mir, ich weiß es. Aber ich habe es nicht getan.

Ich war noch nicht bereit dazu. Es war zu endgültig. Ich *konnte* mich nicht überwinden, es zu tun. Und der Sand unter jenen Palmen war bestimmt von Wurzelwerk durchzogen. Und schon bald würde uns bestimmt irgendwer finden.

Ich konnte es nicht alleine schaffen. Meine Trauer war zu mächtig. Ich stand kurz davor aufzugeben. Der Gedanke an Selbstmord ging mir durch den Kopf. Ich hatte nichts mehr übrig, wofür es sich zu leben lohnte. Die See böte eine tolle und kühlende Option. Ich musste nichts weiter tun, als ins Wasser zu gehen und stetig voranzuschreiten, bis meine Füße den Grund nicht mehr berühren konnten, und dann noch ein bisschen weiter rausschwimmen – bis das Meer mich in seine fordernden Arme schloss. Es wäre wunderschön, angenehm, natürlich und endgültig.

Die See lag ruhig da. Sanft schlugen die Wellen an den Strand. Ich konnte beinahe spüren, wie sie auf mich einflüsterten, mich lockten, näher zu kommen. Ich würde Selina auf die andere Seite folgen. Sie hatte immer gesagt, sie wünschte, wir würden zum selben Zeitpunkt sterben, damit wir unsere gemeinsamen Reisen fortsetzen könnten. Ich hatte mich diesbezüglich immer lustig über sie gemacht, als Abwehrreaktion, da mich der Gedanke an den Tod seit jeher ängstigte. Nichts daran erschien mir romantisch. Tod bedeutete das Ende der Sinnlosigkeit des Lebens. Mit dem Tod war alles vorbei. Nach dem Tod gab es nichts.

Nur Möwen, Krebse und Fliegen.

Ich wusste, ich hätte sie begraben sollen. Doch ich tat es nicht.

– Ich benutzte beide Strandtücher, um Selinas Leiche zu bedecken. Dies war das höchste Maß an Achtung und Würde, welches ihr angedeihen zu lassen ich an jenem Punkt imstande war. Danach rieb ich mich überall am Körper mit Sonnenschutzmittel ein und zog das T-Shirt an.

Mein Magen brannte vor Heißhunger. Ich hatte noch eine Kokosnuss aufgeschlagen, die Milch getrunken und das Fleisch gegessen, aber das Innere von frischen und jungen Kokosnüssen gibt einfach nicht besonders viel Essbares her. Unter dem Zeug, das die Matrosen zurückgelassen hatten, war mir eine Streichholzschachtel in die Finger geraten. Heute Nacht würde ich ein Feuer entzünden können, sofern es mir gelang, genug trockenes Holz dafür zu sammeln. Es wäre möglich, über den Flammen eine warme Mahlzeit zuzubereiten – nur gab es leider vorerst nichts, was ich hätte kochen oder braten können.

Nachdem ich einige Stunden im Schatten unter den Palmen verbracht hatte, fühlte ich mich ein wenig kräftiger. Dennoch musste ich dringend etwas zu essen auftreiben, irgendetwas Nahrhafteres als Kokosnussfleisch. Da ich mich auf einer Insel befand, die von Korallenriffen umgeben und von üppig-saftigem Regenwald bewachsen war, ging ich stark davon aus, dass es überall um mich herum von potenzieller Nahrung nur so wimmelte, die darauf wartete, von mir aufgelesen zu werden. Die Möwen hoben schreiend ab und flatterten davon, als ich den Strand betrat. Für eine etwaige Möwenjagd benötigte ich etwas Tauglicheres als eine Machete.

Die Flut hatte den Gürtel von Muscheln und toten Korallen inzwischen fast erreicht. Die Krabben waren allesamt verschwunden. Ich schritt den Rand des auflaufenden Wassers ab und suchte vergebens nach Krebsen, die nicht mehr da waren. Ich spähte zum Horizont. Keine Schiffe, keine Boote, keine Flugzeuge.

Im Meer gab es reichlich Fische, und ich überlegte, mir mithilfe der Machete einen Speer aus einem Zweig anzufertigen, aber die Vorstellung, mich in das Wasser begeben zu müssen, jagte mir Angst ein. Stattdessen zog ich mich zu den Palmen zurück, wo die Strandhandtücher Selinas toten Leib bedeckten. Ich konnte nicht den Mut aufbringen, zu ihr hinüberzuschauen. Der Gestank wurde schlimmer. Nun, vielleicht bildete ich mir das auch ein. Vielleicht fiel mir der Gestank jetzt stärker auf, da ich unmittelbar zuvor in der zarten und frischen Küstenbrise gestanden hatte.

Die feucht-schwüle und muffig-schale Luft des Regenwaldes wirkte abweisend, geradezu feindselig. Das Meeresrauschen verklang hinter den Stimmen des Dschungels. Zikaden, Insekten, Säugetiere, Vögel. Ein tausendstimmiger Chor des Lebens. Eine riesige Speisekammer für jene, die wussten, wie man überlebte. Ich hatte davon keinen blassen Schimmer. Weshalb ich mir wie ein Totalversager vorkam.

Höchstwahrscheinlich lauerten dort giftige Schlangen, Spinnen und Skorpione, doch ebenso mussten Früchte zu finden sein, und schließlich hatte ich die Machete. Ich schlich die Grenze des Waldes entlang und suchte nach einem Durchbruch. Dickicht und Unterholz wucherten gewaltig. Wenn ich den Dschungel betreten wollte, würde ich mir einen Weg freihacken müssen. Ich fühlte mich zu schwach, um auch nur den Versuch in Erwägung zu ziehen. Ich musste eine natürliche Öffnung finden.

Ich dachte an die Seemänner, die uns nach Kematia gebracht hatten. Ihre Gesichter erschienen vor meinem inneren Auge, als ich sie dafür verfluchte, uns ausgesetzt zu haben. Sie wussten, dass wir es schwer haben würden, an diesem Ort zu überleben. Dennoch hatten sie uns verarscht und unserem Schicksal überlassen, im vollen Bewusstsein, dass Selina krank war.

Aus dem Augenwinkel nahm ich eine Bewegung wahr. Zwei Eichhörnchen huschten über einen Felsvorsprung, der ein Stück weiter den Strand hinab aus dem Dschungel ragte. Ich umklammerte den Griff der Machete fester.

Ich hatte nie zuvor ein Tier getötet.

Auf Zehenspitzen ging ich näher heran, während mir das Herz in der Brust hämmerte. Mein Blick sprang von einem Eichhörnchen zum anderen. Ich konnte nicht entscheiden, welches ich ins Visier nehmen sollte. Sie wuselten wie verrückt umher und sprangen die Klippe rauf und runter. Offenbar schenkten sie mir keinerlei Beachtung. Vielleicht lag diese Insel so weit abseits von allem, dass die wilden Tiere den Menschen keine natürliche Furcht entgegenbrachten? Ich öffnete den Mund, um weniger Lärm beim Atmen zu verursachen. Schweißtropfen rannen mir über das Gesicht. Ich war jetzt nur noch weniger als zwei Schritte von ihnen entfernt. Sie saßen nun mir abgewandt still da und schienen etwas zwischen den toten Blättern am Fuß des Felsens zu suchen.

Ich machte mich bereit. Ging in die Hocke. Holte tief Luft.

Und sprang.

Mit ausgestrecktem linkem Arm, um eines der Tiere zu schnappen, und hocherhobener rechter Hand, welche die Machete schwang, um die Beute entzweizuhacken.

Oder so ähnlich.

Ich gelangte nicht mal annähernd in ihre Reichweite. Eine Sekunde bevor sich meine Hand um das am nächsten befindliche hätte schließen können, erspähten sie mich. Ich sah es wie in Zeitlupe vor mir. Ich sah die erschrockene Überraschung in den Augen des Eichhörnchens, als sein Köpfchen herumfuhr. Ich dachte, ich würde es kriegen. Ich war mir dessen verdammt noch mal todsicher. Ich konnte das weiche Fell beinahe über meinen Handteller streichen fühlen. Ich dachte, ich würde es kriegen.

Aber ich lag falsch. Es entkam. Es war unglaublich flink. Es schlüpfte mir buchstäblich zwischen den Fingern hindurch und verschwand im dichten Wald, als ich auf den Sand knallte und mir mit einem Schlag die Luft aus den Lungen wich.

– Als ich in mein kleines Lager zurückkehrte, war dort alles voller Ameisen. Sie waren riesengroß und aggressiv und überall und hielten kriechend und krabbelnd sämtliche meiner Habseligkeiten besetzt. Während ich mich anstrengte, sie von meinem Zeug zu wischen, wurde ich nicht nur gebissen, sondern regelrecht von ihnen zerfressen. Es war bereits Nachmittag. Ein tropischer Nachmittag, wie ein Dampfbad, kochend heiß, mit schwitzig-triefender Luftfeuchtigkeit. Der Dschungel hinter mir schien still dazuliegen. Es fühlte sich an, als würden alle Lebewesen in der Gegend – abgesehen von den Zikaden und den verpissten Ameisen – Siesta halten und auf den Einbruch der kühlenden Nacht warten.

Auch ich hatte eine Rast nötig. Mein gescheiterter Jagdversuch hatte mich komplett ausgelaugt. Es war dringend geboten, mich hinzulegen, auszuruhen und meine Temperatur zu senken. Allerdings musste ich mir einen anderen Platz dafür suchen. Dank der Ameisen war es unmöglich, an dieser Stelle zu bleiben. Ich stopfte meine Sachen in die Strandtasche und gab mir allergrößte Mühe, den endlosen Rattenschwanz der Ameisenformation zu ignorieren, die in stetem Strom unter die Selina bedeckenden Badetücher schlüpfte. Diesen Anblick wollte ich mir um jeden Preis ersparen. Ich wollte mein Bewusstsein davor verschließen. Nichts lag mir ferner, als die Tücher zu lüpfen, um die von fressenden Ameisen übersäte Leiche zu sehen. Ich hatte sowieso nicht die Kraft, irgendetwas dagegen zu unternehmen. Ich war zu erschöpft. Ich war fix und fertig. Ich konnte nicht mehr. Ich hatte seit fast zwei Tagen nicht geschlafen. Seit gestern hatte ich nichts als Kokosnüsse gegessen. Ich fühlte mich dehydriert, obwohl ich die Milch etlicher Kokosnüsse getrunken hatte. Trauer, Verzweiflung und Wut überwältigten mich. Die Last, die ein einzelner Mensch auf seinen Schultern tragen konnte, war zweifellos begrenzt. Ich hatte meine persönliche Höchstgrenze erreicht. Mehr konnte ich nicht ertragen.

Selina sonderte mittlerweile einen strengen Geruch ab. Es stellte ein Gesundheitsrisiko für mich dar, mich so nahe an ihrem toten Körper aufzuhalten. Regenwälder waren die reinsten Hochkulturtempel für Bakterien, wie man mir erzählt hatte; selbst die winzigsten Schnittwunden entzünden sich, wenn man sie nicht anständig behandelt. An diesen Orten blühen ansteckende Krankheiten, Bazillen und solche Scheiße geradezu auf.

Ich hätte sie begraben müssen. Ich weiß, dass ich das hätte tun müssen. Aber ich konnte mich immer noch nicht dazu durchringen, es tatsächlich zu tun. Vielleicht ja heute Abend, wenn die Sonne untergegangen war und ich mich ein wenig erholt hatte, log ich mir vor, als ich mein Lager in die Schatten unter ein paar anderen Palmen verlegte, die ein Stück weiter den Strand hinunter standen und wo es keine Ameisen zu geben schien.

Ich konnte sie nicht loslassen. Ich glaube, das war der Grund. Können Sie das verstehen? Ich bin vielleicht schon leicht verrückt vor Trauer und Durst und Hitze gewesen, aber in meinen Augen war es noch nicht endgültig vorbei, solange ich sie nicht begrub. Mir fehlte die mentale Stabilität, ihren Tod zu akzeptieren.

Wir wollten heiraten. Habe ich Ihnen das schon erzählt? Sie war die Liebe meines Lebens. Die Frau, für die ich geschaffen war. Ich hatte ihr einige Tage zuvor einen Antrag gemacht. Sie hatte sofort ja gesagt, ohne auch nur den Bruchteil einer Sekunde zu zögern. Oder sie hat vielmehr nicht wirklich »ja« geantwortet, sie hat gesagt: »Selbstverständlich.«

Es war keiner dieser künstlich-gestellten, verkitschten Romantikeranträge. So was ist nicht meine Art. Kein festlicher Umzug, kein Zimmer voller Blumen, kein Fernsehteam, nicht mal ein mit dem Handy aufgenommenes YouTube-Filmchen. Es gab nur uns beide. Ein Abend in der Hängematte beim Hotel. Das Hotel war wahrscheinlich ein bisschen stilvoller und nobler als die Buden, die üblicherweise unseren Rucksacktourismusstandards entsprachen, aber das hatte mit dem Antrag nichts zu tun. Es ging ganz alleine auf mich und die Tatsache zurück, dass ich in meinem neuen Job sehr ordentlich verdiente. Der Antrag war nicht von langer Hand geplant oder so was. Er kam vielmehr so spontan, dass ich nicht einmal einen Ring hatte, den ich ihr offerieren konnte. Wir lagen in einer geräumigen Hängematte im Garten des Hotels nebeneinander, schauten uns den Sonnenuntergang an und teilten uns ein Kopi-Soda. Und dann stellte ich ihr die Frage. Und sie antwortete: »Selbstverständlich.«

»Ich möchte auch gerne Kinder haben«, sagte sie kurz darauf.

Ich erklärte, ich sei gewillt, ihr dabei zu helfen, ein paar zu zeugen.

Ich war glücklich. Sie war glücklich. Wir hatten unser gemeinsames Leben vor uns. Wir würden heiraten. Wir würden eine Familie gründen. Meine Karriere entwickelte sich in die richtige Richtung, und sie würde in ein paar Jahren Ärztin sein. Wir wären wohlhabend genug, um uns ein Haus und zwei Autos leisten und unsere Kinder verwöhnen zu können, und wir hätten nach wie vor die Möglichkeit, die Welt zu bereisen. Es gab keine Grenzen.

Es würde sich alles im Laufe der Zeit ergeben, nach und nach, ohne Druck und Zwänge. Wir mussten nichts anderes tun, als die Wärme unserer Liebe zu bewahren und die Geschenke, die das Leben für uns bereithielt, entgegenzunehmen.

Später, als wir in unser Hotelzimmer zurückkehrten (oder besser gesagt, den Ferienbungalow, denn es war eine dieser Hotelanlagen, bei denen man in einem kleinen Park in Bungalows untergebracht wird), eilte sie geradewegs ins Badezimmer, nahm ihr Päckchen mit Verhütungsmitteln und drückte die Pillen eine nach der anderen aus. Nachdem sie alle Tabletten aus der Folie gequetscht hatte, schaufelte sie diese mit der Hand auf und schmiss sie in die Toilette. »Wir können genauso gut auf der Stelle damit anfangen, uns ums Zeugen dieser Kinder zu kümmern«, sagte sie und zog sich ihr Kleid über den Kopf.

Aus irgendeinem Grund machte uns das Wissen, nicht einfach bloß miteinander zu schlafen, sondern es gezielt aufs Babymachen anzulegen, besonders scharf. Es törnte uns beide wie verrückt an. Wir waren seit fünf Jahren zusammen und uns wahrscheinlich einig, einander in sexueller Hinsicht so gut zu kennen, dass allmählich …

nun, zwar keine Langeweile aufkam, aber der Rausch der frühen verliebten Leidenschaft doch seit einiger Zeit zu etwas deutlich Entspannterem abgeklungen war. Und da wir nicht wirklich darauf abfuhren, mit unserer Sexualität zu experimentieren, war der Sex ein bisschen öde und monoton geworden. Dies änderte sich in jenem Moment, als ich sie bat, meine Frau zu werden.

In jener Nacht bekamen wir nicht sonderlich viel Schlaf ab. Auch in der folgenden nicht. Oder der Nacht, die wiederum danach folgte. Nicht einmal in der letzten Nacht – als wir wussten, dass wir früh aufstehen mussten, um vor der verbotenen Insel Kematia die Schnorcheltour unseres Lebens anzutreten – schliefen wir ausreichend. Wir konnten nicht voneinander lassen. Wir hatten in der Regel tagsüber kurze Nickerchen gehalten und uns, sobald die Hausangestellten mit der Reinigung fertig waren, in unseren Bungalow geschlichen, um uns abermals zu lieben. Und ein wenig zu schlafen.

Wir würden heiraten. Es war der totale Wahnsinn.

Und außer uns wusste niemand etwas davon. Wir hatten vereinbart, niemandem von daheim darüber in Kenntnis zu setzen. Keine Post auf Facebook oder Instagram. Nicht bevor wir entschieden hätten, auf welche Weise und in welchem Rahmen wir heirateten – denn wir würden es auf jeden Fall auf unsere eigene Art machen. Keine übergriffigen, sich ständig einmischenden Schwiegermütter. Wir würden die Kosten ganz alleine tragen und sämtliche Entscheidungen in unserem Sinne treffen. Es sollte *unsere* Hochzeit sein. Nicht die von jemand anders. Vielleicht würden wir uns heimlich davonstehlen, an einen hübschen Ort wo auch immer, und dort unsere Ehe schließen. Nur wir zwei. Keine Ahnung, wir haben viel darüber geredet, jedoch nie irgendwelche Entscheidungen getroffen. Wahrscheinlich war hauptsächlich ich es, dem die Vorstellung einer heimlichen Hochzeit gefiel. Ich war immer der Introvertierte gewesen, Selina die Extrovertierte. Sie liebte es, sich unter Menschen zu bewegen, liebte es, im Mittelpunkt der Aufmerksamkeit zu stehen. Sie gehörte nicht zu der Sorte Frau, die von einer dieser überdimensionierten kirchlichen Angeberhochzeitsfeiern mit Stretchlimousinen und zweihundert geladenen Gästen und Brautjungfern und einer bis an die Decke reichenden Hochzeitstorte und all diesem Mist träumte. Die Aufmerksamkeit allerdings hätte sie definitiv genossen.

Ich hingegen hätte sie gehasst.

Die Rede. Alle starren mich an. Der steife und unbequeme Anzug. Die debile Musik. Schwiegerpapas pflichtschuldiges-aber-nicht-so-wirklich-herzliches-und-aufrichtiges »Willkommen in deiner neuen Familie, mein Sohn«. Sämtliche weiblichen Hochzeitsgäste, die sich in einer Schlange aufreihten, um mir einen Kuss aufzudrücken, wann immer Selina sich die Nase pudern ging. Sogar ihre zahnlose Großmama. Der quälende Besuch beim Fotografen. Die althergebrachten Traditionen würdigen. Die heiligen Traditionen. Sprich mir nach. Zombie. Tote Rituale, dumpf Konservatives, das verdammt noch mal Unumgängliche. Die Verpflichtung des Junggesellenabschiedes mit den bis zur Halskrause vollgetankten Freunden. So tun müssen, als sei man überrascht, wenn sie einen aufgreifen, nachdem man eine Woche vor der Hochzeit gerade von der Arbeit nach Hause gekommen ist. Die Demütigungen mit einem Lächeln quittieren, denen man ausgesetzt wird, wenn man als Straßennutte oder Clown verkleidet herumlaufen muss und das Kauf-einen-Kuss-von-diesem-angehenden-Ehemann-Trottel-Spiel losgeht. All die grässliche Aufmerksamkeit. Noch mehr Küsse von weiblichen Wesen, die man keinesfalls freiwillig küssen würde. Und albernes Gelächter. Wer hat eigentlich das ungeschriebene Gesetz verabschiedet, dass man als echter Mann jedwede Frau küssen oder ficken zu wollen hat? Tja, ich würde lieber darauf verzichten. Herzlichsten Dank. Ich mag den Geruch anderer Menschen nicht besonders.

Bis auf den von Selina. Ihr Duft gefiel mir sehr. Sie roch unverwechselbar. Es war kein Parfüm, es war ihr Eigengeruch. Ich liebte diesen Geruch. Sie war für mich geschaffen.

Wir hatten die letzten Tage in einer Blase aus Liebe und Leidenschaft verbracht. Nur wir beide. Eine Blase, die niemals platzen, uns für den Rest unseres gemeinsamen langen und glücklichen Lebens umschließen sollte. Doch es war eben nur eine Blase, und es brauchte lediglich eine einzige unselige Bewegung von Selinas Bein, um sie zum Platzen zu bringen. Mehr nicht.

Plop.

Der Traum hatte sich verflüchtigt. Die Realität übernahm das Ruder.

Realität hat die Angewohnheit, für gewöhnlich ziemlich grauenvoll auszufallen.

Grauenvoll wie der Leichnam deiner Verlobten, der unter zwei letztes Jahr in Vietnam gekauften Strandtüchern verrottet.

Ich konnte die Realität nicht länger ertragen.

Ich konnte sie nicht begraben. Ich konnte mich nicht von dem Traum trennen. Ich brauchte Hilfe, mehr Hilfe, als ich je zuvor in meinem Leben gebraucht hatte. Ich brauchte jemanden, der mir half, die Trauer zu verarbeiten, mir half loszulassen, Selina Lebwohl zu sagen, und ich konnte ohne Beistand nicht auf dieser beschissenen Insel überleben. Ich würde es nicht mehr lange machen, wenn keine Hilfe kam. Irgendwer musste kommen, uns finden und das Heft in die Hand nehmen.

Ich sah dem Tod ins Antlitz, als ich dort im Schatten unter meiner neuen Palme lag, und ich war bereit zu sterben.

Es gab nichts mehr, was mein Weiterleben gelohnt hätte.

Ø

– Die Sonne strahlte noch immer hell über dem Strand, als ich aus dem Schlaf hochschreckte. Eine Sandwolke war mir ins Gesicht geweht, wie es häufig vorkommt, wenn spielende Kinder am überfüllten Badestrand an einem vorbeirasen, und einen Augenblick lang dachte ich auch, dass genau das passiert war. Ich öffnete behutsam die Augen, weil ich damit rechnete, der grelle Glanz der Sonne würde ihnen wehtun, doch stattdessen blickte ich in ein milderes Licht. Die Sonne war tiefer gewandert, während ich geschlafen hatte, und jetzt streckten die Schatten der Palmen ihre langen schwarzen Finger über den weißen Sand. Die Temperatur war ebenfalls leicht gesunken. Eine kühle Brise war an die Stelle der brütenden Hitze getreten.

Doch hier gab es keine spielenden Kinder, keinen Geruch nach Sonnenmilch, kein unablässiges Stimmengewirr, keinen Lärm von Jetskis und Sportmotorbooten, keine aufdringlichen Händler, die einem Hüte oder Halsketten oder Tücher oder Eis aufzuschwatzen versuchten, keine brummenden Flugzeuge, die Spruchbanner mit Werbung für das abendliche Showevent oder ein ansässiges Restaurant hinter sich herzogen, keine plärrenden Gettoblaster. Da war nichts als das Rauschen der Wellen, die auf den Strand rollten, und der Chor der Dschungellaute.

Ich war auf Kematia. Der Albtraum war kein Traum gewesen. Selina war tot. Ihre Leiche lag unweit entfernt unter unseren Badetüchern. Tot.

Eines meiner Beine war eingeschlafen. Es kribbelte wie die Hölle. Ich hatte offenbar in einer Position geschlafen, durch die der Blutkreislauf in jenem Bein blockiert worden war, und das – dem heftig unangenehmen Gefühl nach zu urteilen – für eine geraume Weile. Langsam wuchtete ich mich in eine sitzende Haltung. Mein Nacken, mein Rücken und meine Schultern schmerzten ebenfalls. Ich hatte direkt auf dem Sand geschlafen, und mein Körper teilte mir auf die ihm eigene Art sehr unverblümt mit, was er davon hielt. Als ich mir den Sand vom Gesicht rieb, durchfuhr mich Ekel, und der kalte Schweiß brach mir aus allen Poren.

Noch mehr Sand legte sich auf mich und blieb am Schweiß kleben. Mein Blick trübte sich, als ich auszumachen versuchte, wer oder was mir Sand ins Gesicht gesprüht hatte. Ein Teil von mir rechnete mit einer der riesigen Möwen oder einer Krabbe, aber die Ursache stellte sich als eine gänzlich andere heraus. Es war nicht einmal ein Tier oder Lebewesen.

Kaum einen Fuß von der Stelle entfernt, an der ich vor nur wenigen Momenten meinen Kopf gebettet hatte, lag eine enorme Kokosnuss. Ich konnte mich nicht daran erinnern, gehört zu haben, wie sie in den Sand klatschte. Ich hatte zu tief geschlafen, schätze ich. Alles, woran ich mich noch erinnerte, war, wie ich den Sand ins Gesicht bekommen hatte.

Eine Kokosnuss.

Ich sah zur Spitze der Palme hinauf, wo die grünen Kokosnüsse hingen, und dann zurück zu der Kokosnuss neben mir, als die Botschaft allmählich in mein vernebeltes Hirn sickerte. Wäre ich knapp einen Fuß weiter rechts von meiner gewählten Schlafstätte eingepennt, hätte die Kokosnuss meinen Schädel wie eine Eierschale gesprengt, und ich würde Selina nun im Jenseits Gesellschaft leisten. Alles wäre vorbei. Und vielleicht wären wir, um ehrlich zu sein, dann alle viel besser dran.

Unsere Familien daheim wären natürlich dennoch geschockt von unserem Tod gewesen, aber sie würden nicht mit dieser ganzen Scheiße konfrontiert werden, dass man mich – lächerlicherweise! – eingesperrt hat und des Mordes an Selina verdächtigt. Sie müssten sich damit nicht herumschlagen. Sie hätten einen ungeheuren Verlust zu beklagen, mitsamt dem Schmerz und der Trauer, welche mit einem solchen einhergingen, doch es gäbe eine romantische Geschichte, die ihr Leid linderte – und die man jedem erzählen konnte: Wir waren zusammen gestorben, beinahe einander in den Armen liegend, an einem paradiesischen Tropenstrand.

Ich ergriff die Machete, dann die Kokosnuss, schlug das Kopfende ab und trank. Nachdem ich sie bis auf den letzten Tropfen geleert hatte, schleuderte ich den Rest von mir und rammte die Machete in den Sand. Ich erhob mich auf die Beine und benutzte den Palmenstamm als Stütze, während die Welt sich vor meinen Augen drehte und mein Magen sich zusammenzog. Erneut schmeckte ich Kokosmilch im Mund. Nach nicht allzu langer Zeit jedoch ging all das vorüber, und ich fühlte mich in der Lage, auf den Strand hinauszutreten.

Die Sonne war bereits weiter Richtung Westen gewandert, als ich vermutet hätte. In ein paar Stunden wäre sie hinter der gigantischen Felswand, die hoch über der Mitte der Insel emporragte, verschwunden. Am Himmel entdeckte ich einige Wolken. Eine hatte es vor die Scheibe der Sonne getrieben, und nun wanderte ihr Schatten über den weißen Sandstrand.

Inzwischen hatte Ebbe eingesetzt. Die Gezeitenströmung musste ihren höchsten Punkt erreicht haben, während ich geschlafen hatte. Ich suchte den Horizont ab, sah jedoch weder Schiffe noch Flugzeuge. Dann drehte ich mich um und richtete meinen Blick auf die Insel selbst. Auf den Regenwald. Auf das massive, beinahe senkrechte Kalksteinriff in der Ferne.

Als ich so dastand, kam mir in den Sinn, dass ich eigentlich keinen blassen Schimmer von der Größe Kematias hatte. Von diesem Standpunkt aus schien die Insel nicht besonders groß. Einhundertfünfzig Meter im Durchmesser, hätte ich geschätzt, damit allerdings durchaus komplett falschliegen können. Bezüglich der Form und des Umrisses der Insel war alles möglich. Viel konnte ich von dort aus, wo ich stand, nicht erkennen. Vielleicht erfasste mein Blick in dieser Perspektive nur den kleinen Teil einer Insel, deren viel größerer sich hinter der Riesenfelswand versteckte? Ich versuchte mich zu entsinnen, wie die Insel ausgesehen hatte, als wir mit dem Schnellboot angekommen waren, konnte mich aber nicht an viel erinnern. Sie war mir ziemlich groß vorgekommen, wie ich annahm. Das Kliff war kolossal, fünfzig bis siebzig Meter hoch, und soweit ich es erkennen konnte, erstreckte es sich fast bis zum Rand der Insel.

Einige Vögel umkreisten das Felsenriff. Wahrscheinlich Adler. Es war schwer zu sagen, da die Sonne hinter ihnen stand, auch wenn sich in diesem Moment eine Wolke vor die Sonne geschoben hatte. Es mussten Adler sein. Was sonst?

Geier?

Dieser Gedanke gefiel mir ganz und gar nicht.

Dementsprechend versuchte ich, meinen Geist mit handfesten und praktischeren Dingen zu beschäftigen. Wenn die direkt neben meinem Kopf in den Sand geklatschte Kokosnuss mir etwas klargemacht hatte, dann war das, wie ich dachte, die Tatsache, dass mein Tod mich weder schnell noch schmerzlos ereilen würde. Ich habe mit Religion nichts am Hut, und ich glaube nicht ans Schicksal oder daran, dass sich Dinge aus bestimmten Gründen ereignen, das liegt mir nicht. Dennoch flüsterte mir irgendwas an dieser Kokosnussaffäre ein, dass ich einen langsamen und qualvollen Hungertod sterben würde, wenn ich mich nicht zusammenriss, meinen Scheiß geregelt kriegte und endlich die Initiative ergriff.

Ich war kein Robinson Crusoe. Aber Not macht erfinderisch, wie meine Großmutter stets zu sagen pflegte.

Nun, offen gestanden habe ich auf meinen Reisen um die Welt eine Menge Menschen in Notlagen gesehen. Mir schien Not weniger erfinderisch zu machen, als einen vielmehr in die Prostitution oder Sklaverei zu zwingen.

Ich begann trockenes Holz für ein Feuer zu sammeln. Am Strand gab es nur wenig Treibholz zu finden, aber wenigstens hatte die Sonne die paar Stücke, die ich auftreiben konnte, anständig getrocknet. Ich hatte die Streichhölzer, also konnte ich ein Feuer für die Nacht entzünden. Ich grübelte darüber nach, auf welche Weise ich das Feuer durchgehend in Brand halten konnte, um zu verhindern, dass mir die Streichhölzer ausgingen. Ich hatte keine Ahnung, wie lange ich hier gestrandet sein würde, bevor mich jemand aufspürte. Immerhin war Kematia Sperrzone, verbotenes Terrain – sowohl Touristen als auch der Fischfang waren verboten –, und lag Stunden vom Festland entfernt. Ich könnte mich sehr wohl gezwungen sehen, jedes einzelne Zündholz meines Vorrates gebrauchen zu müssen, wenn ich hier die nächsten Wochen oder gar Monate überleben wollte.

Ich stapelte das Treibholz in der Nähe der Stelle, wo ich geschlafen hatte. Ich würde mir obendrein einen besseren Schlafplatz einrichten müssen. Vielleicht eine Hängematte und eine Art Dach darüber. Ich hatte absolut keine Ahnung, wie man beides konstruierte. Die Überforderung durch diese Aufgabe schien erdrückend, weshalb ich mich entschloss, stur eine Sache nach der anderen zu erledigen. Immer schön der Reihe nach. Ich benötigte noch mehr Feuerholz. Ich schob alle anderen

Sorgen und Anliegen von mir und begab mich auf die Suche nach Holz.

Dabei fielen mir die Geräusche ins Ohr, die aus dem Dschungel ertönten. Es war nach wie vor heiß, aber die Sonne befand sich hinter einer Wolke, und der Wind wurde stärker und ließ die Palmblätter laut rascheln, als er die dicke feuchte Luft des Regenwaldes durchwirbelte. Ich vermute, die Tiere innerhalb des Dschungels spürten es ebenfalls, denn der Dschungel, der fast gänzlich still dagelegen hatte, als ich mich vor einiger Zeit zur Erholung in den Schatten legte, war nun mit einer Kakofonie von Lauten und Tierstimmen zum Leben erwacht. Vögel, Insekten und etwas sehr viel Größeres, das laut heulte.

Es gelang mir nicht, einen sichtbaren Beweis für etwas Lebendiges dort drin zu entdecken, aber *hören* konnte ich es auf jeden Fall. Erneut fragte ich mich, wie groß die Insel war. Ein unberührter Regenwald, in den nie ein Mensch je seinen Fuß setzte? Ein solcher Ort beherbergte möglicherweise viele Tierarten, denen ich nicht im Dunkel der Nacht begegnen wollte. Je größer die Insel, desto größer wahrscheinlich auch die Spezies, die hier lebten.

Ich warf mehr Treibholz auf den Stapel und fing an, eine Vertiefung durch den Sand zu ziehen, indem ich meine bloßen Hände benutzte. Eine kleine Grube wäre der richtige Platz für ein amtliches Feuer, dachte ich mir. Ich hatte nicht vor, das Feuer sofort zu entfachen, doch ich wollte es vorbereiten, damit alles bereit war, wenn der rechte Zeitpunkt kam. Mit den trockensten Treibholzstücken bildete ich in der frisch geschaffenen Furche eine Pyramide, schob mich auf dem Hintern ein Stückchen rückwärts und bewunderte mein Werk.

Mir wurde klar, dass ich Papier oder trockenes Gras oder irgendeine Art Anmachholz brauchte, wenn ich das Feuer zum Brennen bringen wollte. Ein Streichholz würde einen Haufen Treibholz nicht in lodernde Flammen aufgehen lassen. Ich verwandte einige Zeit darauf, mich zu erinnern, ob ich irgendwo auf der Insel trockenes Moos oder gelbes Gras gesehen hatte, aber das hatte ich nicht. Alles war grün und saftig-feucht.

Abermals heulte etwas im Dschungel auf. Es schien nicht besonders weit entfernt zu sein. Eine andere Stimme fiel ein und ließ die vorherige dann verstummen. Schrie in Panik. Oder vor Schmerz. Dann ... wurde einen Moment lang alles still, bis die Zikaden erneut ihr lärmendes Lied anstimmten. Dann begannen die Vögel zu singen. Der Regenwald hatte seinen eigenen Rhythmus.

Mir fiel das Buch ein, das Selina als Reiselektüre mitgenommen hatte. Es war ein dicker Roman, in dem es um Polizisten ging, die irgendwo in Schweden einem Mörder nachjagten. Ich erinnerte mich, dass sie auf dem Weg hierher auf dem Sonnendeck des Schnellbootes darin gelesen hatte. Doch hatte sie es auf dem Boot zurückgelassen oder mit auf die Insel gebracht? Ich wusste es nicht mehr. Wenn sie es mitgebracht hatte, musste es in der Strandtasche sein, also begann ich die Strandtasche zu durchsuchen, schob Sonnenschutzcreme, Schnorchel, Flossen und das ganze Zeug beiseite, bis ich endlich die biegsame viereckige Form eines Taschenbuches, das unter von Sonnenschutzmittel und Swimmingpoolchlorwasser verschmierten Händen gelitten hatte, ertastete. Ich zog das Buch aus der Strandtasche und riss etliche Seiten heraus, die ich zusammenknüllte und zwischen das aufgebaute Treibholz steckte.

Nachdem das erledigt war, widmete ich mich wiederum der Strandtasche. Mir war noch etwas aufgefallen, als ich sie durchwühlt hatte. Eine leere Tüte Kartoffelchips. Ich fischte sie hervor und riss sie vorsichtig auseinander, sodass ich die übrig gebliebenen, mikroskopisch kleinen Krümel auflecken konnte. Das Salz schmeckte himmlisch. Mein Magen tat furchtbar weh.

Ich musste mir echte Nahrung verschaffen.

Ø

– Also, Ihre Version der Geschichte lautet, dass Selina Quist Hansen am frühen Morgen des 20. an einer Korallenvergiftung starb?

– Es ist nicht ›meine Version der Geschichte‹, sondern das, was sich ereignete.

– Sehen Sie, das, was Sie mir erzählen, deckt sich nicht mit den Informationen, die ich vorab bekam. Der Leichnam wies – ich muss da noch mal die richtige Stelle in den Akten sichten – massive Spuren eines Schädeltraumas auf. Die Stirn wurde zerschmettert. Mutmaßlich wurde ihr mit einer Keule oder irgendeinem anderen stumpfen und schweren Gegenstand wiederholt ins Gesicht geschlagen, und diese Schläge waren offenbar tödlich gewesen.

– Ich habe Ihnen doch gleich gesagt, Sie würden mir nicht glauben.

– Sie machen es mir und sich nicht gerade leichter, wenn Sie mir eine Geschichte auftischen, die sich nicht mit den polizeilich ermittelten Indizien deckt.

– Haben Sie jemals in Betracht gezogen, dass die Polizei etwas vertuscht oder verschleiert? Sie wäre nur allzu gerne bereit, einen dämlichen Touristen zum Tode zu verurteilen, wenn dadurch gewährleistet würde, dass sie ...

– Halten wir uns mit Verschwörungstheorien zurück, bis die Ergebnisse der Obduktion vorliegen.

– Könnten wir nicht ein dänisches Forensikerteam die Autopsie durchführen lassen?

– Das ist völlig ausgeschlossen. Wir verfügen weder über das nötige Geld noch die rechtlichen Mittel oder das entsprechende Mandat.

– Aber Sie werden doch wenigstens dafür sorgen, dass ich einen guten Anwalt bekomme, oder?

– Das Konsulat kann Ihnen dabei helfen, einen Anwalt zu engagieren. Allerdings ist unser finanzieller Spielraum zu gering, um die anfallenden Kosten eines Gerichtsprozesses teilweise oder gar gänzlich zu decken. Wenn es um die Unterstützung eines dänischen Bürgers geht, der im Ausland inhaftiert ist, können wir die Familie, Freunde, Arbeitgeber und sogar die Bankfiliale kontaktieren. Wenn Sie mir die nötigen Bankdaten mitteilen, Ihre Kontonummer und so weiter, kann ich Ihnen – vorausgesetzt, Sie haben Geld auf Ihrem Konto – helfen, etwas Geld abzuheben. Im Gefängnis werden Sie auf die Landeswährung angewiesen sein.

– Verstehe ich das richtig? Die dänische Botschaft ist nicht in der Lage, einem unschuldigen Dänen zu helfen, der in einem Land, in dem die Todesstrafe gebräuchlich ist, des Mordes angeklagt wird? Ich bin also völlig auf mich allein gestellt?

– Das habe ich nicht gesagt. Sie müssen die anfallenden Prozesskosten aus eigener Tasche bezahlen. Die Botschaft kann nichts daran ändern. Wir halten uns lediglich an die Vorschriften.

– Und was ist, wenn ich mir keinen Anwalt leisten kann?

– Wir können ohne Umschweife Kontakt zu Ihren Angehörigen in Dänemark aufnehmen, wie ich bereits erwähnte. Es kommt nicht selten vor, dass die Verwandten eines dänischen Bürgers, der im Ausland mit dem Gesetz in Konflikt gerät, eine offizielle Sammelaktion starten, um die Gerichtskosten decken zu können. Falls Sie versichert sind, könnten wir uns außerdem mit Ihrer Versicherungsgesellschaft oder eben Ihrer Bank in Verbindung setzen. Manchmal sind verschiedene Versicherungspolicen an bestimmte Bankkonten oder Kreditkarten geknüpft.

– Ich bin total am Arsch!

– Sie sind nicht versichert?

– Ich habe eine Reiseversicherung abgeschlossen.

– Hatte Selina Quist Hansen ebenfalls eine Reiseversicherung abgeschlossen?

– Was spielt das für eine Rolle? Müssen wir für die Obduktion etwas auch selbst aufkommen?

– Bitte! Es gibt keinen Grund für diesen Sarkasmus. Ohne Reiseversicherung würden Sie oder Ihre Familie die Überführung des Leichnams bezahlen müssen, so Sie ihn denn daheim in Dänemark bestatten lassen wollen.

– Sie war reiseversichert. Unsere Pässe und die Versicherungsunterlagen befinden sich im Safe unseres Hotelbungalows.

– Dann wird die Polizei sie einkassiert haben. Heute früh hat man Ihren Bungalow durchsucht. Ich werde eine Kopie der Versicherungspapiere anfordern und die Versicherung in Ihrem Namen kontaktieren.

– Danke sehr.

– Hören Sie, ich weiß, wie hart all das für Sie ist, aber es

gibt wirklich keinen Grund, um ... Eine Menge Menschen werden im Ausland oder sogar auf See bestattet. Jim Morrison liegt in Paris begraben, der berühmte dänische Astronom Tycho Brahe fand seine letzte Ruhestätte in Prag. Es gibt kein Menschenrecht darauf, in seinem Heimatland beerdigt zu werden.

– Ist mir klar. Tut mir leid. Es ist nur ... Heute ist nicht gerade der schönste Tag meines Lebens. Ich bin nicht ... Es tut mir leid. Ich verstehe schon. Sie machen nur Ihren Job.

– Sie sind keineswegs die erste Person, die es für selbstverständlich hält, dass das Konsulat oder die Botschaft oder gar die dänische Regierung höchstpersönlich automatisch eingreift und jedem Dänen, der sich im Ausland etwas zuschulden kommen lässt, zu Hilfe eilt und jegliche Unkosten und Bußgelder, die bezüglich eines Prozesses, einer Rückführung oder auch nur eines Verkehrsdeliktes anfallen, bereitwillig erstattet. Das ist nicht der Fall.

– Ich würde mich gerne medizinisch untersuchen lassen. Könnten Sie es einrichten, dass ein Arzt herkommt und mich unter die Lupe nimmt? Ich will sichergehen, mich nicht mit dem Zeug angesteckt zu haben, das Selina getötet hat, was immer es auch war.

– Haben Sie nicht gerade behauptet, sie wäre an einer Vergiftung gestorben?

– Das ist richtig.

– Dann besteht keinerlei Ansteckungsgefahr. Sind Sie ganz sicher, dass sie genauso starb, wie Sie es mir erzählt haben?

– Sie ist an einer Korallenvergiftung gestorben. Lassen Sie mich meine Geschichte zu Ende bringen. Sie werden schon verstehen. Die giftige Koralle hat ihren Tod verursacht. Die

Seemänner wussten es. Sie sind abgehauen. Sie haben uns auf Kematia unserem Schicksal überlassen. Sie ließen sie einfach dort zurück, damit sie starb. Sie wussten, was passieren würde!

– *Wenn Sie nicht aufhören, mich so anzuschreien, gehe ich. Ich bin nicht dazu verpflichtet, mich hier aufzuhalten. Es handelt sich um einen freiwilligen Dienst, den ich Ihnen erweise. Kapieren Sie das endlich?*

– Das tue ich. Verzeihen Sie mir bitte. Ich kapiere vollkommen.

– *Wunderbar. Sobald ich die Kopie Ihrer Reiseversicherung erhalten habe, werde ich mich darum kümmern, eine ärztliche Untersuchung zu arrangieren. Das sollte möglich sein.*

– Sie können nicht irgendwelche Strippen ziehen, ihre Verbindungen spielen lassen?

– *Wie meinen Sie das?*

– Ihr diplomatisches Geschick zum Einsatz bringen. Wir wissen beide, dass dieses Land bis ins Mark korrupt ist. Geld und Beziehungen wirken hierzulande Wunder, nicht wahr? Ich brauche jemanden, der die richtigen Räder in Bewegung setzt. Ich bin ein Fremder, ein Europäer. Ich habe hier nicht dieselben Rechte wie die Einheimischen. Zumindest nicht, was die wohlhabenden Einheimischen angeht. Der erste Polizeibeamte, der mich verhörte, warf mir vor, mit meinen bösen Lügen dem Tourismus schaden zu wollen. Sie hatten bereits entschieden, dass ich des Mordes schuldig bin, bevor sie überhaupt die Insel erreichten. Das Gedeihen der hiesigen Gesellschaft hängt wesentlich vom Tourismus ab. Es stehen äußerst wichtige Belange auf dem Spiel. Niemand schert sich um die Wahrheit. Vielleicht können Sie auf jemanden einwirken, der mächtig genug ist, jemanden in der Hauptstadt, ihn dazu bringen, sich einzuschalten?

– *Die dänische Botschaft kann und will sich nicht in irgendwelche Bestechungsaffären verwickeln lassen geschweige denn solchen zuarbeiten. Abgesehen davon …*

– …

– *Nun, erzählen Sie mir, wie Sie überhaupt auf dieser Insel gelandet sind. Der Polizei zufolge bildet dies ein Rätsel für sich, da sie offenbar keinen einzigen einheimischen Fischer oder Seemann auftreiben können, der zugibt, mit irgendwelchen Dänen an Bord zu irgendeiner Insel übergesetzt zu sein. Laut offizieller Erklärung der Polizeibehörde existiert darüber hinaus vor Ort kein Schnellboot mit dem Namen* Kapal Hantu.

– Vielleicht haben sie nicht an den richtigen Stellen gesucht?

– *Möchten Sie noch einen Kaugummi?*

– Nein. In meinem Mund kribbelt es noch immer vom ersten Streifen. Wie viel Nikotin ist da eigentlich drin?

– *Jeweils vier Milligramm. Ich glaube, es sind die stärksten, die man kriegen kann. Ich weiß, dass es verrückt ist … Bitte, Noa, sagen Sie mir, wie Sie auf diese Insel gekommen sind. Erzählen Sie mir die ganze Geschichte. Einschließlich sämtlicher Details, die Ihnen einfallen. Vielleicht kann ich ein wenig Druck auf die Polizei ausüben, wenn ich genügend Details kenne … oder ich wäre in der Lage, einen Privatdetektiv zu engagieren, unter der Bedingung, dass jemand von daheim die Kosten übernimmt.*

– Sie glauben mir also?

– *Das habe ich nicht gesagt. Ich habe mich noch nicht entschieden, ob ich Ihnen glauben soll oder nicht. Es steht jeden-*

falls fest, dass man nicht einfach dänische Touristen auf einsamen Inseln aussetzen darf. Dergleichen ist untragbar. Also, erzählen Sie mir alles. Wie sind Sie mit den Seeleuten in Kontakt gekommen? Wann und wo hat das Schnellboot abgelegt? Ich muss alles ganz genau wissen.

Ø

– Selina unterhielt sich im Empfangsbereich des Hotels mit einem Schweden. Er war mir schon vorher aufgefallen. In der Nähe der Rezeption gab es eine kleine Bar mit einigen wenigen Tischen, in der er nachmittags abzuhängen pflegte. Meist las er Zeitung oder schien an seinem Laptop zu arbeiten. Ich schätze, er war in den Vierzigern. Er trug sein blondes Haar seitlich gescheitelt und war braun gebrannt. Sie wissen, von was für einem Typen ich spreche. Ein Expat, der viele entspannte Jahre in den Tropen verbracht hatte. An manchen Abenden saß er vor Skype und quatschte lautstark auf Schwedisch. Daher wusste ich, dass er Schwede war. Ich war jedes Mal verwundert gewesen, dass ihn das Hotelpersonal nicht bat, den Lautstärkepegel seiner Stimme zu senken, da er die anderen Gäste in nicht unerheblichem Maße belästigte. Ich selbst hatte mich nie beschwert. Wir hätten uns wenige Tage später sowieso wieder auf den Weg gemacht.

Ich war in der Stadt gewesen, um Einkäufe zu erledigen. Kartoffelchips, Mineralwasser, einige Biere und so Zeug. Die Stadt bestand aus nicht viel mehr als ein paar Restaurants, einer Handvoll Hotels und einer sehr überschaubaren Zahl winziger Drogeriemärkte. Der Weg, der aus der Stadt zu unserem Hotel führte, verlief einen Hügel hinab. Der Empfangsbereich lag direkt vor einem, wenn man den Hügel hinunterkam, der Pool lag zur Rechten, und die Bungalows standen über den Park verstreut, welcher sich den kompletten Hügel runter um den Pool und bis zum Strand zog. Unser Bungalow befand sich stur geradeaus, direkt am Strand. Die schnellste Route dorthin führte durch den Empfangsbereich. Daher war es unvermeidlich, dass ich sie erblickte.

Der Schwede sprach laut, untermalte seine Worte mit heftiger Gestik und ruderte mit den Armen in der Luft herum. Ganz der charmante Mann von Welt. Selina lachte über etwas, das er sagte.

»Hi«, begrüßte ich sie und stellte die Einkaufstüten auf einem der Tische ab. »Ich bin Noa. Selinas Verlobter.«

»Oh, ihr zwei heiratet?«, rief der Schwede. »Glückwunsch! Wann findet die Hochzeit statt?«

»Das haben wir noch nicht entschieden«, antwortete Selina und warf mir einen ihrer spöttisch-herausfordernden Blicke zu, die alles Mögliche bedeuten konnten. »Das hier ist Alexander. Ich stand an der Rezeption, um ihnen mitzuteilen, dass unsere Toilette undicht ist, und wir kamen zufällig miteinander ins Gespräch. Alexander lebt seit Jahren hier. Er kennt alle geheimen Orte.«

»Hi, Alexander«, sagte ich mit einem Blinzeln.

»Hallo«, erwiderte er. »Selina meint, du seist vom Schnorchelangebot in dieser Region ein bisschen enttäuscht?«

»Tja, an die Gili- oder Koh-Phi-Phi-Inseln kommt es nicht gerade besonders nahe heran.«

»Nein, da hast du völlig recht. Doch wie ich bereits deiner wunderschönen Verlobten erzählte«, sagte er und schaute Selina tief in die Augen, was sie mit einem Lächeln und dem Zurückwerfen ihrer Haare quittierte, »man muss in dieser Gegend richtig tauchen, wenn man das Meer wirklich erleben will. Haie, Korallenriffe, Stachelrochen. Alles wird geboten. Ich kenne einen Typen, der diese Walhaitouren unternimmt. Genau jetzt herrscht gerade Walhaisaison. Mit Walhaien zu tauchen ist eine Erfahrung, die man nie wieder vergisst. Das könnt ihr mir glauben. Ich weiß, wovon ich spreche.«

»Selina taucht nicht.«

»Ich werde klaustrophobisch. Ich gerate in Panik, schon einen halben Meter unter der Oberfläche. Ich komme einfach nicht damit klar. Ich drehe durch.«

»Ist das so? Wie bedauerlich. Natürlich muss man beim Tauchen die Nerven und einen kühlen Kopf bewahren, sonst kann man in gewaltige Schwierigkeiten geraten. Da unten kann man es sich nicht leisten, in Panik auszubrechen.«

»Allerdings schnorcheln wir viel.« Ich schob mich hinter Selina, legte ihr eine Hand auf den Nacken und streichelte sie dort. »Wo finden wir die besten Schnorchelstrände?«

»Tatsächlich gibt es keinen besseren als den Strand hier direkt vor der Tür.« Er zeigte Richtung Strand, wo die Palmen sich träge in der backofenheißen Nachmittagssonne wiegten. »Ihr könntet ein Schnellboot mieten und einer der kleinen Inseln, die der Küste vorgelagert sind, einen Besuch abstatten. An manchen sind die Schnorchelkonditionen besser als hier, aber es ist immer noch kein Vergleich zu den Gilis oder Phi Phi. Diese Gegend ist alles andere als ein Schnorchelparadies, fürchte ich.«

»Werden sie die Toilette reparieren?«, fragte ich Selina, drückte ein letztes Mal ihre Schulter und trat auf den Ständer mit den Urlaubsbroschüren zu.

»Ich glaube, das haben sie bereits. Zumindest haben sie sofort jemanden losgeschickt, der die Sache begutachten sollte.«

»Die Reparatur ist inzwischen garantiert erledigt«, sagte Alexander. »Dieser Laden verfügt über einen hervorragenden Service.«

»Wohnst du in diesem Hotel?«, fragte Selina ihn und berührte seinen Arm sanft mit den Fingerspitzen.

»Im Orchid Hotel? Nein, nein, ich habe meine eigene Bleibe.«

»Mir ist nur aufgefallen, dass du oft hier herumsitzt.«

»Sie erlauben mir die Nutzung des Internets, solange ich etwas in der Bar bestelle. Das kommt mir sehr entgegen. Die Internetverbindung ist dort, wo ich wohne, schrecklich lahm. Und hier habe ich außerdem die Gelegenheit, von Zeit zu Zeit andere Skandinavier zu treffen. Wenn man so lange im Ausland lebt, fängt man irgendwann an, den Klang seiner Muttersprache zu vermissen.«

»Wie lange lebst du schon hier?«

Ich nahm mir ein paar Reisebroschüren und ging zurück zu Selina, während er ihre Frage beantwortete. Ich schenkte seiner Antwort keine Beachtung, weshalb ich Ihnen nicht sagen kann, wie lange er bereits hier gelebt hatte.

Ich zeigte Selina die Broschüren. »Es gibt etliche Regenwaldrundfahrten«, meinte ich, dem Schweden meinen Rücken zugewandt.

»Der hiesige Regenwald hat echt eine Menge zu bieten«, reagierte er nichtsdestotrotz. »Der größte Teil davon ist völlig unberührt, dort hat noch nie ein Mensch seinen Fuß hineingesetzt. Vielleicht sogar komplett unerschlossenes Terrain. Ich kenne einen Mann, der …«

Selina bedachte die Broschüren nicht einmal mit einem flüchtigen Blick. »Ich werde keinen Regenwald durchwandern. Zu viele Krabbelviecher. Unmittelbar hier vor Ort komme ich gerade eben klar, indem ich so tue, als würde ich all die herumwuselnden Eidechsen gar nicht sehen. Ich werde den Regenwald NICHT betreten. Vielen Dank.«

Der Schwede lachte laut auf. »Du magst nicht tauchen. Du magst nicht in den Regenwald gehen. Damit bleiben an einem Fleck wie diesem kaum noch Möglichkeiten für dich übrig, junge Dame.«

Selina hasste es, wenn man sie anders als mit ihrem Taufnamen ansprach, doch der Schwede schien damit durchzukommen, ohne dass sie auch nur eine Augenbraue lüpfte. Ich sammelte die Broschüren zusammen und schob den Stapel in eine der Einkaufstüten. Ich selbst hätte Lust darauf gehabt, eines Tages eine Tour durch den Regenwald zu unternehmen, und wenn Selina nicht mitkäme, würde ich vielleicht alleine losziehen.

»Mir ist nach Abwechslung zumute«, sagte Selina. »Eine Strandparty oder so etwas. Es ist ein bisschen arg ruhig hier.«

»Wir sollten uns zum Bungalow aufmachen. Sonst schmelze ich noch in dieser Hitze«, meinte ich und griff nach den Einkäufen. »Selina?«

Sie stand auf. »Es war nett, mit Ihnen gesprochen zu haben, Alexander.«

Er nickte. Ich bemerkte, wie er Selinas Körper von oben bis unten musterte. »Das Vergnügen lag ganz auf meiner Seite.«

Ich trat auf den Spazierpfad, der sich durch den Park bis zum Strand und unserem Ferienhäuschen schlängelte. Ich schaute nicht zurück über die Schulter, um sicherzustellen, dass Selina mir folgte. Ich konnte ihre Flip-Flops hinter mir hören.

»Dir ist langweilig?«, fragte ich mit gesenkter Stimme. »Möchtest du heute Abend tanzen gehen? Wir könnten ein Tuk-Tuk nehmen. Irgendwo in der näheren Umgebung gibt es garantiert eine Diskothek. Vielleicht in der nächsten Stadt?«

»Halt!«, rief der Schwede uns hinterher.

Selina packte mich am Arm und ließ mich innehalten. Ich verspürte einen leisen Anflug von Ärger, beschloss jedoch, mich zusammenzureißen. Ich stellte die Tüten auf den Bodenfliesen ab und wandte mich dem Schweden zu.

Er hatte die halbe Treppe vor dem Empfangsbereich hinter sich gelassen und eine Hand über die Augen gelegt, um sie vor der Sonne zu schützen. »Falls ihr scharf auf eine wirklich aufregende Schnorchelexpedition seid – der beste Ort zum Schnorcheln, den es auf der ganzen Welt gibt, liegt nur ein paar Stunden per Schnellboot entfernt.«

Selina warf mir einen flüchtigen Blick zu, wobei eine unausgesprochene Frage in ihren Augen lag.

»Der beste auf der ganzen Welt?«, fragte ich und gab mir nicht die geringste Mühe, meinen Sarkasmus zu verbergen.

»Jawohl«, erwiderte er und eilte uns entgegen. »Allerdings ...«, er hob einen Zeigefinger und schaute uns eindringlich an, bevor er mit fast flüsternder Stimme weitersprach, »... ist es nicht ganz legal, sich dort aufzuhalten. Also, kein Wort zu irgendjemandem darüber. Es ist ein Nationalpark. Der Name lautet Kematia, benannt nach einer Insel, die darin liegt. Es handelt sich aber um einen ganzen Unterwassernationalpark, der viel größer ist als die Insel selbst. Zum Park gehört ein unberührtes, zu hundert Prozent intaktes Korallenriff. Im Laufe der Jahre war ich selber ein paar Male zum Schnorcheln dort. Es ist allerdings, wie ich schon angedeutet habe, strengste Sperrzone, und dementsprechend fällt es schwer, jemanden aufzutreiben, der bereit ist, dorthin auszulaufen. Für die ansässigen Fischerkähne liegt das Gebiet zu weit draußen auf offener See. Man braucht etwas Größeres, um hinzugelangen. Ein mittelstarkes Motorboot oder ein großes Rennboot. Und eine

Mannschaft, die das Risiko eingeht, ein schweres Bußgeld zahlen zu müssen. Es gibt Rangerteams, die dieses Naturschutzgebiet im Auge behalten, und sie nehmen ihren Job sehr ernst. Mit diesen Jungs ist nicht zu spaßen. Aber das Korallenriff – wow! Es ist das Risiko und jeden verdammten Cent wert. So etwas wie dieses Korallenriff gibt es tatsächlich nirgendwo sonst auf der Welt. Weil die Insel so extrem abgelegen ist, ist das Riff der Lebensraum etlicher Spezies und Subspezies, die man an keinem anderen Ort vorfindet. Sie haben nicht ohne Grund einen Nationalpark daraus gemacht. Ich bin überall auf diesem Planeten getaucht. Karibik, Great Barrier Reef, Rotes Meer. Das hier spielt in einer eigenen Liga – und man muss nicht tauchen, um all die Wunder zu erleben. Der größte Teil des Riffes liegt weniger als fünf Meter unter der Meeresoberfläche.«

»Ich halte das für keine gute Idee«, sagte ich und schnappte mir die Einkaufstaschen. »Meiner Ansicht nach sollte man Sperrzonen in Nationalparks respektieren.«

»Willst du andeuten, du wüsstest jemanden, der mit uns dort hinausfährt?«, fragte Selina den Schweden.

»Schon möglich.«

Ø

– Am nächsten Morgen hatte ich Kopfschmerzen. Mich fröstelte. Die Klimaanlage lief auf vollen Touren. Ich fand die Fernbedienung und schaltete sie ab. In der darauffolgenden Stille konnte ich Selina eine alte Melodie unter der Dusche singen hören. Meine Zunge klebte mir trocken am Rachen. Ich hatte am letzten Abend zu viel vom hiesigen SangSom-Rum gekippt. Selina konnte Alkohol besser vertragen als ich, und sie hatte ihre helle Freude daran, mich abzufüllen. Ich war nicht gerne besoffen, mir gefiel der Kontrollverlust nicht, der mit dem Suff einherging, aber es fiel mir für gewöhnlich schwer, Selina gegenüber nein zu sagen.

Ich nahm mir eine der Gratiswasserflaschen aus dem Kühlschrank, zog die Vorhänge zur Seite und blinzelte auf den Strand hinaus. Der Morgen war bewölkt, und es herrschte Ebbe. Ich schloss die Vorhänge wieder, setzte mich auf die Bettkante und trank vom Wasser.

Die Kopfschmerzen waren nicht besonders schlimm, dachte ich. Hätten heftiger ausfallen können. Ich schlüpfte aus meinen Boxershorts und stieg zu Selina unter die Dusche.

Das Badezimmer war schlicht und stur funktional eingerichtet. Toilette, Waschbecken und eine Duschnische hinter einem niedrigen Mäuerchen. Keine richtige Duschkabine, nicht einmal ein Duschvorhang. Das Wasser spritzte in sämtliche Richtungen. Der an die Wand montierte Warmwasserboiler funktionierte elektrisch. Meine künftige Ehefrau stand im Sprühnebel des heißen Wassers, nackt und über alle Maßen begehrenswert, während sie ein altes Reggae-Stück summte, in dem es um Sonnenschein ging und das der Zeit der Jugendjahre ihrer Mutter entstammte. Ich stand eine Weile lang einfach nur da und schaute sie an, beobachtete, wie das Wasser über ihren Leib rann, die Brüste entlang und dann tiefer hinab. Sie war so unglaublich schön. Ich konnte mein Glück kaum fassen. Ich stand kurz davor, diese wundervolle Frau zu heiraten, um dann den Rest meines Lebens mit ihr zu verbringen. Sie hatte mir das Jawort gegeben.

Sie öffnete die Augen und lächelte mich an. Dann wanderte ihr Blick tiefer, bis zu meiner Männlichkeit.

»Komm her«, sagte sie und vollführte die forderndlockende Geste mit dem Zeigefinger.

In derselben Sekunde, in der ich unter die Dusche trat, griff sie sich meinen Schwanz und begann ihn zu wichsen, während ihre andere Hand sich meinen Eiern widmete. Ich spürte, wie sich ihre nassen, warmen, festen Brüste an meine eigene Brust drückten, als sie sich fest gegen mich presste, um meinen Hals zu küssen.

Jemand klopfte an unsere Bungalowtür.

»Scheiße«, stöhnte Selina. »Der Zimmerservice? So

früh? Hast du das Bitte-nicht-stören-Schild an die Tür gehängt?«

»Nein.«

»Dann bist du derjenige, der rausgeht und die Tür aufmacht, Schatz.«

»Ich kann nicht. Ich habe den gigantischsten Ständer des Universums.«

Erneutes Klopfen. Diesmal nachdrücklicher und heftiger.

»Beeil dich.« Sie lachte und schob mich aus der Dusche. »Sie haben einen Schlüssel, wie du wissen solltest. Wenn du nicht hingehst, sperren sie selber auf, weshalb du die Begegnung mit ihnen ohnehin nicht vermeiden kannst.«

Meine Erektion schwand. Ich schnappte mir ein Handtuch von der Ablage und wickelte es um meine Hüfte.

»Augenblick!«, rief ich, obwohl es eher unwahrscheinlich war, dass die Reinigungsfrauen meine Sprache verstanden. Sie hätten genauso gut annehmen können, ich hätte »Hereinspaziert!« gerufen.

Abermals klopfte jemand an die Tür. »Mr. Poolzen?«, erklang eine männliche Stimme auf der anderen Seite.

»Die Putzfrauen sind es nicht«, meinte ich zu Selina, als ich in ein Paar Boxershorts sprang und nach einem T-Shirt langte, das auf dem Fußboden lag. Ich zog den Vorhang beiseite und blickte in das Gesicht eines kleinen, dunkelhäutigen Mannes, den ich als Fahrer des kostenlos verfügbaren Hotelshuttles wiedererkannte. Wir hatten das Shuttle einige Male benutzt, einschließlich letzter Nacht, als wir zum Tanzen in eine etwas größere Stadt ein Stückchen die Küste hinab gefahren waren.

Ich öffnete die Tür und zog mir das T-Shirt über den Kopf. »Ja, bitte?«, sagte ich mit einem Stirnrunzeln.

»Sie wollen schnorcheln gehen, ja?«, sagte er und nickte lächelnd. »Der Schwede hat es mir erzählt. Ich kann Ihnen helfen. Möglicherweise.«

Die Falten auf meiner Stirn vertieften sich. »Verzeihung. Ich weiß nicht, ob ich Sie richtig verstehe.«

»Sie haben mit Schwede übers Schnorcheln geredet. Gestern, sie mit Schwede gesprochen.« In fast albern zwielichtiger Geste sah er verschwörerisch über seine Schulter. »Kann ich bitte reinkommen? Nicht gut, wenn zu viele Leute mithören können.«

»Was ist los?« Selina tauchte im Badezimmertürrahmen auf, ein Handtuch um den Körper, ein weiteres um den Kopf geschlungen. Ich trat beiseite, um dem Mann Einlass in unseren Bungalow zu gewähren.

»Guten Morgen«, sagte er und schloss die Tür hinter sich. Danach überprüfte er, ob der Vorhang auch tatsächlich komplett zugezogen war. Dann wandte er sich uns zu und setzte eine Art Ich-erzähle-hier-keinen-Mist-Miene auf. »Der Schwede hat mir gesagt, Sie wollen schnorcheln in Kematia? Bestes Schnorcheln auf der Welt.«

Er nickte mir zu, doch es war Selina, die seine Frage beantwortete. »Richtig. Das wollen wir.«

Ich starrte Selina an. Wir hatten uns diesbezüglich keinesfalls geeinigt. Sie ignorierte meinen Blick.

»Ich kenne jemanden, der Sie vielleicht dorthin bringen kann. Okay? Aber Sie müssen wissen, dass es verboten ist hinzufahren. Wenn die Parkranger es rausfinden, Sie werden hohe Strafe zahlen. Viele Dollars. Vielleicht tausend Dollar. Und die Männer, die Sie hinbringen, auch. Vielleicht gehen Sie ins Gefängnis. Kommt darauf an. Also, wenn Sie gehen, wird es nicht billig sein. Und es gibt Regeln, an die Sie sich halten müssen. Erste Regel. Ich habe nichts mit dieser Sache zu tun. Der Schwede hat nichts mit dieser Sache zu tun. Die Männer auf dem Schnellboot werden Ihnen die restlichen Regeln mitteilen, die Sie befolgen müssen. Sie haben zu tun, was sie Ihnen sagen. Okay?«

Ich hatte schwer zu schlucken. Es war unmöglich zu leugnen, dass es sich um exakt jene Sorte von Erlebnis handelte, die uns überhaupt dazu bewog, die Welt zu bereisen. Orte abseits der ausgetretenen Pfade aufzusuchen, Orte mit wenig bis gar keinen Menschen, weit weg vom lärmigen Touristenrummel, von den Sonnenschirmen und Strandliegen. Dennoch war ich nicht scharf darauf, die Grenze zu einem Nationalpark zu überschreiten, dessen Zutritt verboten war. Ich wollte nicht riskieren, verhaftet und eingesperrt zu werden. Ich kratzte mich an einem Moskitostich. Mir gefiel das alles nicht.

Hinter mir sagte Selina: »Wie viel?«

Ø

– Nun, am nächsten Morgen schlichen wir vor Sonnenaufgang durch den Hotelpark. Ich ging zwei Schritte hinter Selina und trug die Strandtasche. Es war noch nicht einmal fünf Uhr. Im verlassen und still daliegenden Park schienen unsere Füße extrem viel Lärm zu verursachen. Über uns glitzerten eine Million Sterne am tiefschwarzen Himmel.

Der Instantkaffee brannte mir im Magen, und meine Lider waren schwer. Ich war noch nicht wirklich wach. Die tropische Nacht war warm, bis in die frühen Morgenstunden hinein. Das gehört zu den Dingen, die ich an den Tropen liebe. Es wird niemals kalt dort.

Auf dem Parkplatz vor dem Hotel erwartete uns der Mann, der am Tag zuvor zu unserem Bungalow gekommen war, in einem verbeulten Pick-up-Truck. Die Ladefläche des Lasters war mit Plane überdacht.

Sobald er uns sah, sprang er aus der Fahrerkabine und rannte um das Fahrzeug herum, um die Klappe zu öffnen.

»Steigen Sie ein«, flüsterte er und wies uns an, auf die Ladefläche zu klettern.

Wir stiegen ein und ließen uns auf hölzernen Sitzbänken nieder.

Er bedachte uns mit einem knappen Nicken und schloss die Einstiegsluke. Wir hörten, wie er wieder um den Truck herumlief und sich hinter das Steuer quetschte. Der Pick-up schaukelte auf seinen verschlissenen Federn. Kurz darauf erwachte der Motor dröhnend zum Leben, und wir dampften den Hügel hinauf und bogen links ab.

Selina lehnte ihren Kopf an meine Schulter, und ich legte meinen Arm um sie. Für gewöhnlich sind die seitlichen Wagenplanen solcher Pick-up-Trucks nur bei starkem Regen geschlossen, da es bei zugezogener Plane nicht besonders komfortabel ist, sich auf der Ladefläche aufzuhalten. Man kann lediglich hinten über die Ladeklappe hinweg nach draußen schauen, und die Benzinabgase neigen dazu, in den beengten Raum unter der Plane hineingesogen zu werden, was schnell zu Übelkeit führen kann – oder im schlimmsten Fall sogar den Tod durch Ersticken nach sich zieht.

Der Himmel war wolkenlos. Nur wenige Minuten zuvor hatte ich die Sterne bewundert.

Wir folgten ein gutes Stück dem Verlauf der Straße, die sich zunächst über die niedrigen Berge zwischen unserem und dem nächsten Strand hinwegwand; dann einem flachen und weitgehend geradeaus verlaufenden Teil am nächsten Strand entlang; danach durch etliche Haarnadelkurven wieder hinauf und schlussendlich erneut abwärts. Von unserem Platz hinten im Laster aus konnten wir wenig von der Landschaft um uns herum erkennen. Die Nacht war finster und die Straßenbeleuchtung spärlich gesät, so es denn überhaupt Laternen gab. Das eintönige Brummen des Motors machte mich schläfrig.

An einer bestimmten Stelle bogen wir nach links auf eine unbefestigte, holperige Lehmpiste ab. Der Fahrer drosselte das Tempo, um den Wagen behutsam über ein größeres Schlagloch hinweg zu manövrieren, und gab dann wieder Gas, nur um sehr bald am nächsten gefährlichen Schlagloch neuerlich abzubremsen.

»Wenn das noch lange so weitergeht, kotze ich hier alles voll«, sagte Selina.

»Die Abgase?«

»Kann sein, keine Ahnung.«

Ich drückte tröstend ihre Schulter. Mir selbst war ebenfalls schlecht. Ich fragte mich, ob ich an das Fenster zur Fahrerkabine klopfen sollte, damit unser Chauffeur anhielt und die Plane aufrollte. Ich ging davon aus, dass die Seitenplanen zugezogen waren, um uns vor den Blicken neugieriger Einheimischer zu verbergen. Sie gingen durch diese Tour mit uns ein erhebliches Wagnis ein, doch inzwischen waren wir höchstwahrscheinlich weit genug von jeglicher Zivilisation entfernt, sodass eine offene Ladefläche nicht länger riskant war.

Bevor ich mich allerdings endgültig entschieden hatte, was ich tun wollte, stoppte der Truck. Die Fahrertür ging auf, und der Mann vom Hotel sprang aus der Kabine. Wir konnten hören, wie er mit einigen anderen Männern sprach. Einer lachte.

Dann kam der Mann vom Hotel um den Laster herum

und öffnete die Ladeklappe. »Sie können rauskommen«, teilte er uns mit.

Wir stiegen von der Ladefläche und sahen zwei Männer im Licht der Scheinwerfer stehen. Der nächtliche Himmel wurde allmählich heller. Die Sonne ging auf. Wir befanden uns an einem kleinen, abgelegenen Strand. Es waren weder Häuser noch Hotels auszumachen. Es gab gar nichts, bis auf knochenbleichen Sand und Dschungel. Ein Schnellboot lag wenige Schritte vom Strandufer entfernt vor Anker und schaukelte sanft auf den trägen Wellen.

»Ihr wollt nach Kematia?«, fragte der jüngere der beiden Männer vor dem Auto.

»Ja«, antwortete Selina.

Hinter uns stieg der Mann vom Hotel wieder in die Fahrerkabine und startete den Motor. Er sagte in einheimischer Sprache etwas zu dem älteren Mann, was dieser mit einem Schlag auf die Motorhaube quittierte. Der Mann vom Hotel lachte, als er den Rückwärtsgang einlegte, wendete und davonbrauste. Die roten Schlusslichter verschwanden sehr bald den Holperpfad runter im Dschungel.

»Er spricht kein Englisch«, erklärte der junge Mann und zeigte auf den älteren. Der jüngere musste ungefähr Mitte zwanzig gewesen sein. Er war ein schlanker Mann mit struppigen Haaren, die ihm bis auf die Schultern hingen, und einem sehr dunklen Teint. Meiner Einschätzung zufolge hätte der andere Kerl sein Vater sein können. Vielleicht war er das tatsächlich, keine Ahnung. Er war größer gewachsen, unrasiert und trug überall am

Körper Tätowierungen, soweit ich es erkennen konnte. Beide trugen Jeans und T-Shirt. »Also redest du mit mir.«

»In Ordnung«, sagte ich und hob die Strandtasche auf.

»Jetzt wir gehen zum Schnellboot. Ich werde euch dort von den Regeln erzählen. Okay?«

»Okay«, gab Selina zurück, die es kaum erwarten zu können schien, endlich zu starten.

Der junge Mann nahm mir die Strandtasche aus der Hand und bedeutete uns, dem älteren Mann zu folgen, der bereits dem Schnellboot entgegenwatete, das uns in den Kematia-Nationalpark bringen würde, wo das Schnorcheln unsere kühnsten Träume überträfe.

Ø

– Es gibt keinen Kematia-Nationalpark.

– Was sagen Sie da?

– Ein Kematia-Nationalpark existiert nicht.

– Was soll das heißen? Man hat mich auf der Insel geborgen. Sie haben Selinas Leiche auf der Insel vorgefunden. Selbstverständlich existiert sie!

– Laut Polizei wurden Sie von der Insel Kematia gerettet. So viel ist korrekt. Allerdings handelt es sich keineswegs um einen Nationalpark, und das Gebiet ist weder eine Sperrzone noch in irgendeiner Weise geschützt und bewacht. Es ist bloß eine einsame, abgelegene Insel. Nichts weiter. Man sagt, bis irgendwann gegen Ende des neunzehnten Jahrhunderts sei die Insel die Heimat eines Stammes von Ureinwohnern gewesen. Irgendeine Art Epidemie hat den Stamm ausgelöscht, glaube ich. Wieder einmal ist Ihre Geschichte offenkundig und nachweislich unwahr.

– Ich habe nichts davon frei erfunden. Ich erzähle Ihnen die Wahrheit.

– Dennoch bleibt es Fakt: Es gibt keinen Kematia-Nationalpark. Kematia ist eine Insel, die sich in Privatbesitz befindet.

Vor Jahrzehnten hat ein deutscher Milliardär sie gekauft. Angeblich hatte er vor, eine luxuriöse Villa auf der Insel zu bauen, was er aus irgendeinem Grund nie realisiert hat. Ich könnte mir vorstellen, dass das Projekt an der lokalen Bürokratie scheiterte, wegen eines Mangels an Schmiergeld.

– Ich weiß nicht, was ich dazu sagen soll. Alles, was ich über Kematia weiß, ist das, was sie mir erzählt haben.

– *Wer?*

– Der Schwede im Hotel. Der Mann, der den Pick-up-Truck fuhr. Die beiden Seemänner auf dem Schnellboot.

– *Auch wenn es sich um einen Nationalpark gehandelt hätte, wäre es Ihnen möglich gewesen, ihn gegen Eintrittsgeld zu besichtigen. Die Nationalparks in diesem Teil der Welt sind weit davon entfernt, so geschützt zu werden, wie man sich das vielleicht ausmalen würde. Die Einheimischen haben nicht das geringste Problem damit hinzufahren, eine Gibbon-Mutter zu töten und ihr Junges einzufangen. Touristen lieben es, sich mit Gibbon-Babys fotografieren zu lassen. Es sind winzig kleine, aber lukrative Verkaufsschlager. Man errichtet fremdenverkehrsgemäße Infrastruktur auf Inseln, die einst geschützte Nationalparks waren, weil man ganz plötzlich zu der Einsicht gelangt, dass es nun wirklich nicht zwingend nötig ist, die schönen Strände dieser Inseln zu einem Teil des Naturschutzgebietes zu erklären. Das Gleiche gilt für die Insel, auf der Sie und Selina sich aufhielten, bevor Sie zur Schnorchelexpedition nach Kematia aufgebrochen sind.*

– Aber auf dieser Insel gibt es Straßen und Strom und mehrere Touristenorte.

– *Hier unten regiert ausschließlich das Geld. Die Natur steht zum Verkauf. Die Berge und der Regenwald auf jener Insel sind noch immer ein Nationalpark. Vorläufig. Bäume darin werden jetzt schon gefällt.*

– Ich wiederhole nur, was man uns erzählt hat. Vielleicht war die Schnorcheltour in einem verbotenen Nationalpark ihre Betrugsmasche, nichts als ein Riesenschwindel. Aber wie hätte ich das ahnen sollen? Wenn es so wäre, macht das noch lange keinen Lügner aus mir. Alles ist genauso passiert, wie ich es Ihnen erzähle. Sie müssen mir glauben. Ich will nicht in irgendeinem vergessenen Dschungelknast verrotten.

– Ich stelle lediglich Tatsachen fest. Diese Unrichtigkeiten stärken die Glaubwürdigkeit Ihrer Geschichte nicht gerade. Kematia ist kein Nationalpark. Es ist eine private Insel, die deren Besitzer sich als Kapitalanlage hält, oder vielleicht hat er auch schlicht das Interesse an ihr verloren. Ich komme Ihnen so weit entgegen, als dass ich akzeptiere, dass Sie glaubten, Kematia sei ein Nationalpark. Nur stimmt das eben nicht. Es widerspricht den Fakten.

– Und warum wird die Insel dann nicht regelmäßiger für Schnorcheltouren genutzt? Bezüglich einer Sache haben sie nicht gelogen: Dort bekommt man Weltklasseschnorcheln geboten.

– Vielleicht kostet es zu viel Mühe und Aufwand, dorthin zu gelangen? Vielleicht gibt es andere Korallenriffe, die wesentlich einfacher zu erreichen sind? Die meisten Touristen können eine wirklich spektakuläre Schnorchelkulisse kaum von einer durchschnittlichen unterscheiden. Sie mögen es gerne billig und bequem und springen fröhlich ins Wasser und schnorcheln los, wo immer das Schnellboot anhält.

– Wir haben eine Menge draufgezahlt für …

– Demnach unterhalten diese Typen ein kleines, aber florieren-

des Geschäft, indem sie abenteuerlustige Rucksacktouristen betrügen, die bereit sind, eine ordentliche Zulage zu bezahlen, um in einer Sperrzone zu schnorcheln.

– Das Schnorcheln war großartig. Dieser Teil des Deals war kein Betrug.

– Wenn Sie das sagen.

– Ich kapiere das nicht. Wenn es kein Nationalpark war und nicht mal illegal, sich dort aufzuhalten, warum dann das ganze aufwendige Programm, bei dem man uns hinten in einem Pickup versteckt und im Schutz der Dunkelheit zu einem völlig abgelegenen Strand gefahren hat? Warum hat das Schnellboot nicht ganz normal am Hafen angelegt, wie all die anderen Schnellboote?

– Sagen Sie es mir. Ich kann es mir nicht erklären. Ich weiß nur, dass es keinen Kematia-Nationalpark gibt und es nicht verboten ist, um die Insel herum zu schnorcheln oder sogar zu tauchen.

– Das ergibt keinen Sinn.

– Dem stimme ich zu.

– Sind Sie je auf der Insel gewesen?

– Nein. Ich glaube, es waren überhaupt noch nicht viele Menschen dort. Wie ich schon sagte, es handelt sich um eine Insel in Privatbesitz.

– Die Insel ist wunderschön. Unberührt von jeglicher Zivilisation. Der Strand leuchtet in reinstem Weiß. Das Korallenriff ist unvorstellbar. Kommt es Ihnen nicht merkwürdig vor, dass die Tourismusbranche sich vollkommen von Kematia ferngehalten hat?

– Es gibt Hunderte, wenn nicht Tausende von wunderschönen Inseln in Südostasien und dem Pazifik. Auf etlichen von ihnen

herrscht keinerlei Fremdenverkehr. Entweder sind sie zu klein, liegen zu abgelegen oder mitten in einem Krisengebiet. Es kann vielfältige Gründe dafür geben, warum der Tourismus eine Insel wie Kematia nicht erreicht hat. Möglicherweise liegt es sogar schlicht und ergreifend daran, dass der Besitzer der Insel ein Deutscher ist. Ein erheblicher Teil der Fremdenverkehrsindustrie in diesem Land wird von einigen wenigen Unternehmen kontrolliert. Wenn sie anfingen, Schnorcheltouren auf Weltspitzenniveau nach Kematia zu organisieren, würde der Wert dieses Landbesitzes sprunghaft in die Höhe schießen und einzig und allein der deutsche Besitzer davon profitieren. Wahrscheinlich würden sie versuchen, eine solche Entwicklung zu verhindern, und zwar so lange, bis sie die Insel in die eigenen Finger kriegen.

– Die Tourismusmafia?

– Manche bezeichnen sie so. Allerdings brechen sie keine bestehenden Gesetze.

– Dennoch könnte man realistischerweise davon ausgehen, dass sie es nicht gerade besonders freundlich aufnehmen würden, wenn jemand ein kleines Geschäft führt, das darin besteht, Schnorchelexkursionen zur Insel zu organisieren, oder?

– Ich kann nicht mit Sicherheit sagen, ob etwas in der Art geschehen ist, aber es wäre möglich. Diese Unternehmen sind extrem mächtig, und wenn sie sich aus irgendeinem Grund entschließen, Touren nach Kematia zu unterbinden, hätte jeder, der dieses Verbot unterläuft, mit schwerwiegenden Konsequenzen zu rechnen. Man wäre vermutlich nie wieder in der Lage, einen Job in irgendeinem Zweig der Tourismusbranche zu bekommen. Eventuell müsste man sogar aus der Region flüchten.

– Gäbe es irgendeine Möglichkeit, verbindlich festzustellen, ob Touren nach Kematia mit einem inoffiziellen Bann belegt sind?

– *Sie müssen offenbar noch eine Menge über dieses Fleckchen Erde lernen.*

– Ich habe weite Teile davon bereist.

– *Klar, aber es ist etwas völlig anderes, hier zu leben. Es gibt zahllose unausgesprochene Regeln, eine Unmenge bedeutsamer Angelegenheiten, die Fremden gegenüber nicht zur Sprache kommen. Wir würden niemals jemanden finden, der bereit wäre, die Existenz eines solchen Bannes zuzugeben. Das wäre seinerseits tabu.*

– Also kann ich die Wahrheit so lange aufsagen, wie ich will, und obwohl jeder weiß, dass ich die Wahrheit sage, glaubt mir niemand?

– *So könnte man es ausdrücken.*

– Gäbe es noch eine andere Art, es auszudrücken?

– *Ich bitte Sie, es führt zu gar nichts, wenn Sie sich aufregen. Zorn ist hier in der Gegend ein verpönter Affekt. Man betrachtet ihn als ein Zeichen von Unreife sowie der Unfähigkeit, seine Gefühle unter Kontrolle zu halten. Sollten Sie vor Gericht in Rage geraten, werden sie es für wahrscheinlich halten, dass ein Mann, der so tickt wie Sie, seine Verlobte in einem rasenden Wutanfall ermordet hat. Als Ausländer sind Sie ohnehin schon ein naheliegender Verdächtiger.*

– Vorgestern war ich ein glücklicher junger Mann, der kurz vor seiner Hochzeit stand. Wie bin ich nur in eine derartige Katastrophe geraten?

– *Ich vermute, die Antwort auf diese Frage liefert die Geschichte, die Sie mir gerade erzählen, Noa.*

– Ich habe den Faden verloren. Wo war ich?
– Ich würde gerne zu jenem Moment zurückkehren, als Selina tot war und Sie sich plötzlich ganz alleine auf Kematia wiederfanden. Erzählen Sie mir, wie Sie den Rest des Tages verbracht haben. Kehren wir zum gestrigen Nachmittag zurück. Selina ist tot. Sie haben ihren leblosen Körper in den von Palmen geworfenen Schatten gezerrt. Sie haben ein Feuer errichtet. Sie sind sehr schwach vor Hunger, Durst und Hitze.

Ø

– Es fühlte sich an, als würde der Tag niemals enden. Die Sonne brannte unablässig und erbarmungslos auf den schneeweißen Sand hinab und ließ mich selbst im Schatten unter den Palmen vor brütender Hitze kochen. Die Kokosmilch reichte nicht aus, um meinen Durst zu stillen. Ich hatte furchtbaren Hunger. War todmüde und ausgelaugt. Und ich trauerte. Selina war in meinen Armen gestorben. Ihr toter Leib lag wenige Meter entfernt den Strand hinauf unter unseren Badetüchern und lockte Insekten und andere Tiere an. Ich schämte mich. Es war würdelos. Ich gab mir die Schuld an ihrem Tod. Ich hätte besser auf sie aufpassen müssen. Ich hätte rechtzeitig voraussehen müssen, dass die Seeleute von diesem Ort fliehen und uns unserem Schicksal überlassen würden. War mir nicht sehr wohl ihr zum Teil merkwürdiges Verhalten aufgefallen? Scheiße, ich hätte mich gar nicht erst auf diesen Schnorchelausflug einlassen sollen. Mir war klar, dass diese Tour verboten war und man sich auf ein hohes Risiko einließ, wenn man sie unternahm. Deswegen war Selina jetzt nicht mehr am Leben. Am allermeisten schämte ich mich dafür, sie nicht begraben zu haben. Dass ich zu schwach war, es zu tun.

Ich war wirklich ein zutiefst armseliges Exemplar der Gattung Mann.

Ich war erbärmlich, bemitleidete mich selbst, stand vor dem Verhungern, war bis auf die letzten Reserven geschwächt, konnte kaum noch einen klaren Gedanken fassen, und allmählich verlor ich außerdem jegliche Hoffnung. Ich hieß den Tod willkommen, sehnte ihn herbei. Aber der Tod wollte nicht kommen, um mich mitzunehmen. Die Zeit stand still. Die ganze Welt stand still. Hunger rumorte in meinen Gedärmen.

Ich setzte mich auf. Das hier musste ein Ende finden. Ich musste etwas zu essen auftreiben. Ich musste irgendetwas unternehmen. Bislang hatte ich, um meinen Hunger zu stillen, nichts weiter getan, als ein Eichhörnchen entkommen zu lassen und ein wenig Kokosnussfleisch zu verspeisen. Es wurde langsam Zeit, mich zusammenzureißen. Ich musste mir Nahrung beschaffen, und wenn ich das erledigt hatte, würde ich entscheiden müssen, was mit Selinas Leiche zu tun war. Es wurde höchste Zeit, dass ich die Initiative ergriff und mein Schicksal in die Hand nahm. Es war an der Zeit, das, was auch immer in mir an Männlichkeit schlummerte, aufzuwecken und die Dinge zu regeln.

Ich stellte mir meinen Vater vor, diesen altersgebeugten bebrillten Büroangestellten, der meiner Mutter gegenüber nie laut oder aufmüpfig geworden war, bevor ich die Erinnerung schnell wieder beiseiteschob. Ich hatte einen tauglicheren Vorbildcharakter nötig. Ich würde mein eigenes Vorbild sein. Ich würde … zum Teufel, ich habe keine Ahnung. Meine Gedanken verloren sich in chaotischem Nebel. Sie ergaben kaum Sinn. Ich weiß nur, dass ich die Machete nahm und einen langen, einigermaßen gerade gewachsenen Ast von einem Baum am Rande des Dschungels hackte. Ein Ende des Astes spitzte ich an, um mir einen Speer zum Fischen zu machen.

Ich befand mich an einem Strand mit einem fantastischen Korallenriff. Es musste möglich sein, einen Fisch zu fangen und über dem Feuer zu braten. Das Feuer war startklar. Ich besaß Streichhölzer. Alles, was ich noch brauchte, war ein Fisch.

Allerdings musste ich ins Wasser, um den Fisch zu fangen, und der Gedanke daran ängstigte mich. Es war dasselbe Wasser, dasselbe Korallenriff, das uns bewogen hatte, überhaupt den langen Weg hierher auf uns zu nehmen, aber eben jene Korallen waren es auch, die Selina getötet hatten.

Als ich damit fertig war, das gespitzte Ende des Speeres zu schärfen, schnappte ich mir eine der Taucherbrillen aus der Strandtasche – der Schnorchel war nach wie vor an der Maske befestigt – und ging runter zum Wasser. Ich zögerte und blickte prüfend über das Meer. Immer noch nirgendwo Anzeichen von Schiffen oder Booten. Die See lag ruhig da. Azurblau vor weißem Sand. Es gab kaum Wellen.

Für einen kurzen Augenblick erwog ich, zurückzugehen und meine Schwimmflossen zu holen. Nicht als Schwimmhilfe, sondern um mit ihnen meine Füße vor den giftigen Korallen oder anderen dort draußen lauernden Gefahren zu schützen. Ich verwarf die Idee unverzüglich.

Stattdessen watete ich ins Wasser. Zunächst widerstrebend und zögerlich. Nichtsdestotrotz fühlte das Wasser sich herrlich an. Es kühlte meinen überhitzten Körper. Als mir das Wasser bis zu den Knien reichte, zog ich die Taucherbrille über und streckte mich im Wasser aus, wobei ich meinen Leib von den sanften Wellen tragen ließ. Die Brille beschlug. Ich strampelte ungeschickt mit den Beinen und hatte Mühe, festen Halt unter den Füßen zu finden. Schließlich gelang es mir, unter Übelkeit und Schwindelgefühlen. Mein Magen drehte und verknotete sich.

Ich schob mir die Tauchermaske auf die Stirn. Ich habe wirklich keinen blassen Schimmer, warum ich die Brille mitgenommen hatte. Fürs Speerfischen war sie absolut unnütz. Glücklicherweise musste ich nicht nach Fischen suchen. Sie kamen freiwillig zu mir. Neugierig wie Hundewelpen. Ich erinnere mich, dass sie Streifen auf der Seite trugen. Sie waren sehr zahlreich. Trotzdem hatte ich natürlich keine Ahnung, ob diese Art von Fischen essbar war. Vielleicht schmeckten sie nach Kotze oder waren sogar giftig. Es gab für mich nur einen Weg, es herauszufinden. Ich wusste, dass die Wasseroberfläche die Perspektive verzerrte und das Auge entsprechend täuschte, sodass man sein Ziel verfehlte, wenn man den Fisch direkt anvisierte, aber mir war schleierhaft, wohin genau ich sonst zielen sollte. Ein Stück unterhalb des Fisches? Darüber? Links oder rechts von ihm?

Außerdem wurde die Oberfläche permanent von heranrollenden Wellen in Bewegung gebracht und das Zielobjekt dadurch getrübt. Es schien zwecklos, überhaupt zu zielen. Vielleicht hatte ich die besten Aussichten, wenn ich den Speer einfach ins Wasser rammte und darauf hoffte, früher oder später einen der vielen Fische dort unten zu treffen. Ich wartete, bis die nächste Welle abgeebbt war, stieß den Speer mitten in den Fischschwarm und zog ihn wieder heraus.

Nichts.

Ich fluchte und wandte mich für einen weiteren Versuch um, doch jetzt waren die Fische verschwunden.

Ich drehte mich einmal komplett im Kreis. Nichts. Kein einziger Fisch. Das Wasser war kristallklar. Ich konnte den weißen Sandgrund und ein paar Steine erkennen, die zu meiner Rechten aus dem Sand stachen. Ich nahm die Tauchermaske ab, spülte sie im Wasser ab und spuckte auf die Innenseite des Glases, um zu verhindern, dass sie abermals beschlug.

Dann zog ich die Brille wieder über und ging auf die Knie, damit ich den Kopf unter Wasser und nach Fischen Ausschau halten konnte. Weiter draußen war der Grund von Seegras bedeckt, in dem kleine gelbe Fische herumschwammen. Aber nur paarweise, nie mehr als zwei. Irgendetwas an ihrer gelben Farbe machte es unmöglich, sie zu erspähen, wenn man den Kopf über die Wasseroberfläche hielt.

Auch wenn mir das Wasser nicht bis halb über die Oberschenkel gereicht hätte, wäre es enorm schwierig für mich gewesen, sie aufzuspießen. Ich musste den Kopf unter Wasser halten, um sie überhaupt erkennen zu können, und ich bezweifelte stark, dass ich in einer solchen Haltung den Speer zum Einsatz bringen konnte.

Abgesehen davon bildete ihre gelbe Färbung vielleicht ein Warnsignal. Wie die gelben Streifen einer Wespe. Iss mich nicht, ich bin giftig. Und sie waren auch noch extrem winzig.

Dann kehrten die gestreiften Fische zurück.

Nicht so viele wie zuvor, aber mehr als genug.

Ich hob den Speer, machte mich bereit und stieß ihn ins Wasser.

Und verfehlte.

Diesmal ergriffen die Fische nicht die Flucht. Sie wichen vor dem Speer zurück, kamen aber auf der Stelle wieder. Einer von ihnen begann die Haare an meinen Beinen anzuknabbern. Ich fragte mich, was an mir sie so anzog. Ich hatte dasselbe Verhalten bei ähnlichen Fischarten schon viele Male zuvor beobachten können, wenn Selina und ich irgendwo auf der Welt zum Schnorcheln unterwegs gewesen waren. Es schien tatsächlich immer die gleiche Sorte Fisch zu sein, die scharenweise um einen herumschwärmte. Diese gestreiften und grünlichen oder gelblichen Fische. Ich verstand, warum sie sich um schnorchelnde Urlauber scharten. Die Leute von den Schiffscrews lockten sie üblicherweise an, indem sie Brotkrumen ins Wasser warfen, um so dafür zu sorgen, dass die Touristen überall ordentlich Fische zu sehen bekamen. Hatten sich diese Fische so sehr daran gewöhnt, von Menschen gefüttert zu werden, dass sie automatisch angeschwommen kamen, sobald sie ein menschliches Wesen in ihrem Element erblickten? Dies erschien mir eher zweifelhaft. Ich war auf einer abgelegenen und einsamen Insel gestrandet, die mitten im Sperrgebiet eines Nationalparks lag (denken Sie daran, damals wusste ich nicht, dass es sich nicht um einen Nationalpark handelte). Wie hätten diese Fische Menschen mit Nahrung assoziieren können, wenn sie doch nie zuvor auf einen schnorchelnden Touristen gestoßen waren?

Darauf fiel mir keine Antwort ein. Die Fische schwärmten noch immer überall um mich herum, und früher oder später würde ich einen von ihnen erwischen. Alleine der Gedanke an gebratenen Fisch ließ mir das Wasser im Mund zusammenlaufen. Ich griff den Speer fester und machte mich bereit. Und stieß den Speer mit aller Macht ins Wasser.

Ich wusste sofort, dass ich einen Fisch aufgespießt hatte. Er zappelte wie wild, was den Speer in meiner Hand zittern ließ. Das Wasser färbte sich rot. Ich hob den Speer aus dem Wasser und betrachtete den Todeskampf des Fisches. Die Speerspitze hatte sich direkt durch ihn hindurchgebohrt, ihn offenbar jedoch nicht getötet. Er wand sich wie tollwütig. Tropfen des Fischblutes spritzten mir ins Gesicht. Ich konnte nicht anders, als in leisen Jubel auszubrechen. Ich hatte verdammte Scheiße noch mal einen verdammten Fisch gefangen. Mein Bauch grollte. Bald würde ich essen.

Ich streckte den Arm aus und schob den Fisch höher den Speer hinauf, da ich befürchtete, meine Beute würde mir sonst entgleiten. Ich konnte mir gut vorstellen, wie mir das Vieh vom Speer rutschte, während ich dastand und noch wie ein Idiot grinste. Der Fisch war nicht besonders groß. Ein bisschen kleiner als meine Hand. Aber er war mein und würde ein Festmahl abgeben.

»Tut mir leid, Fisch, aber wir alle müssen essen«, sagte ich dem Fisch.

Ich glaube kaum, dass er meinen Überschwang teilte.

Im Augenwinkel nahm ich eine Bewegung wahr. Ein paar Meter entfernt durchbrach eine dreieckige Flosse die Meeresoberfläche. Ein Hai. Und er bewegte sich in meine Richtung.

Es war kein großer Hai. Allein die Flosse war kaum größer als der Fisch, den ich soeben gefangen hatte. Dieser Hai war kein Menschenfresser.

Trotzdem krochen meine Eier in die Bauchhöhle hoch, und mein Herz schlug mir bis zum Hals. Tausend Bilder fluteten mein Hirn. Würde der Hai mich angreifen? Auch ein Hai dieser Größe wäre wahrscheinlich in der Lage, einen Fetzen Fleisch aus dem Bein zu reißen, wenn er es wirklich darauf anlegte.

Wäre ich hingegen in der Lage, ihn aufzuspießen? Ich hatte keine Ahnung, ob der Fisch, der an meinem Speer hing, zum menschlichen Verzehr geeignet war, aber Haie waren es definitiv. So viel wusste ich. In manchen Ländern galten ihre Flossen als Delikatessen. Dieser Hai könnte mich tagelang mit Nahrung versorgen, vorausgesetzt, sein Fleisch verdarb nicht in der Sonne. Auf alle Fälle wären damit zumindest ein üppiges Abendbrot und das morgige Frühstück gesichert.

Ich hatte den Speer. Ich hatte die Chance.

Ich musste mein Glück versuchen.

Erneut schloss sich meine Faust fester um den Speer … und dann stolperte ich, so schnell meine Beine es zuließen, Richtung Strand. Ich rannte, als wäre der Leibhaftige hinter mir her. Ich pflügte durch das Wasser, das sehr rasch flacher und flacher wurde. Furcht hatte über Vernunft und Hunger triumphiert. Ich rannte um mein Leben.

Im selben Augenblick, in dem ich aus dem Wasser und auf den sicheren Strand trat, brach ich auf dem Sand zusammen und schnappte nach Luft. Ich wandte mich um und blickte mit dröhnendem Pulsschlag in den Ohren zum Meer. Kein Hai in Sicht. Nirgends.

Ich schloss die Augen und wartete darauf, dass meine Körperfunktionen sich beruhigten. Als ich die Augen endlich wieder öffnete, stellte ich fest, dass ich den Fisch verloren hatte. Er hing nicht mehr am Speer.

Ø

– Ich warf den Speer von mir und verfluchte kreischend die Insel, das Meer, die Matrosen, meine eigene Nutzlosigkeit. Oder besser gesagt: Ich *versuchte*, laut kreischend zu fluchen. Kein einziges Wort drang über meine Lippen, ich war zu schwach zum Schreien, weshalb ich bloß wimmerte und weinte. Ich wankte vom Ufer weg und überquerte den Strand. Ich musste dringend aus der Sonne, doch ich steuerte nicht mein Lager an, wo ich die Strandtasche zurückgelassen und das Feuerholz aufgeschichtet hatte, sondern näherte mich Selina.

Sie lag noch haargenau da wie zuvor, ihren Leib unter den Badetüchern verborgen. Beziehungsweise war es natürlich nicht Selina, sondern vielmehr ihre Leiche. Sie war tot. Ich kniete mich neben ihr nieder und flüsterte ihren Namen. Ich hatte einige Leute behaupten gehört, die Seelen der Verstorbenen würden nach dem Tod noch eine Zeit lang bei ihren toten Hüllen verweilen. Ich selbst hatte mich der Illusion hingegeben, dergleichen kurz nach ihrem Hinscheiden verspürt zu haben, glaube aber nicht an irgendwas von diesem Unsinn, um ehrlich zu sein. Tot war tot. Das Ende. Schluss aus. Es war endgültig. Doch inzwischen war ich derart verzweifelt, dass ich anfing, ihren Namen zu rufen.

»Selina! Bist du da? Gib mir ein Zeichen! Es tut mir so leid, Liebste! Es tut mir leid, okay? Ich hätte besser auf dich aufpassen müssen! Verzeih mir, Selina. Kannst du mich hören?«

Ich sprach eine ganze Weile zu ihr. Ab und an brach mir die Stimme. Tränen strömten über mein Gesicht. Doch ich faselte und faselte. Was völlig nutzlos war. Selinas Seele schwebte keinesfalls in der Gegend herum. Ich erhielt kein Zeichen irgendeiner Art. Ich spürte nichts. Sie war fort. Fort. Fort.

Ich berührte sie behutsam. Berührte die Leiche. Sie fühlte sich steif an. Totenstarre. Nach so vielen Stunden. Der Leichnam fühlte sich überhaupt nicht mehr wie Selina an. Er war steif und steinern und kalt.

Plötzlich kam Wind vom Meer auf. Ich drehte den Kopf und schaute zum Himmel empor. Dunkle Wolken stürmten auf die Insel zu. Sie waren mir zuvor nicht aufgefallen, vielleicht deshalb, weil sie sich gerade erst zusammengeballt hatten, das Wetter in den Tropen kann sehr schnell umschlagen. Riesige Wellen erhoben sich aus der See und krachten gegen den Strand. Ich konnte sehen, wie die regenschwangeren Wolken ihre Saat gleich einem grauen Tuch auf das Meer hinabsinken ließen. Der Horizont hatte sich verflüchtigt.

Die folgende Windböe war heftiger. Sie schleuderte die Palmen hin und her und wehte die Handtücher von Selinas Leiche. Eines davon bekam ich ziemlich schnell zu fassen, doch das andere flatterte in den Dschungel und landete auf irgendwelchen Büschen. Ich mühte mich ab, das verbliebene Tuch wieder auf die Leiche zu legen.

Mein Blick fiel auf Selinas Antlitz. Der Mund hatte sich geöffnet. Überall waren Ameisen. Sie wuselten aus ihrem Mund und ihrer Nase und wieder zurück, sie waren auf ihren Wangen, in ihrem Haar, in ihren Augen. Der Wind ließ nach, und es gelang mir endlich, das Strandtuch zu bändigen. Ich warf mich regelrecht auf sie und das Tuch auf ihr Gesicht. Dann setzte ich ein Knie auf eine der Handtuchecken und legte eine Kokosnuss auf eine andere, um zu verhindern, dass das Tuch abermals weggeweht wurde. Von der mit Ameisen bedeckten Gesichtshälfte hielt ich mich fern. Ich konnte es nicht verkraften. Doch da ich sie nun einmal erblickt hatte, würde ich dieses Bild nie wieder aus meinem Gedächtnis löschen können. Ich sehe es immer noch vor mir, wenn ich die Augen schließe. Ich griff mir einen großen Stein, zog mein Knie vom Handtuch und legte den Stein an dessen Stelle.

Ich sah zu dem anderen Strandtuch hinüber. Es war von dem Busch heruntergefallen und lag jetzt auf dem Boden. Ich brauchte dieses Handtuch. Ich musste ihren kompletten Körper bedecken. Das erste Tuch hüllte lediglich ihren Kopf und den Oberkörper bis knapp unter die Brüste ein. Ich wollte nicht hinschauen, aber es schien so, als hätten meine Augen ihren eigenen Willen. Ameisen schwärmten über ihren Leib. Das Bikiniunterteil war komplett unter ihnen verschwunden. Das Höschen war schwarz und pulsierte lebendig.

Ein stechender Schmerz lenkte meinen Blick auf die eigenen Beine. Irgendwas hatte mich gebissen. Ameisen hasteten meine Beine herauf. Und nicht nur einige wenige. Und jetzt fingen sie an, mich zu beißen. Ich sprang auf und wischte und fegte die Mistviecher von mir, als eine wiederum heftigere Böe die Palmen dazu brachte, sich tief über mich zu beugen, erneut das Handtuch von Selina wegzureißen und es in den Dschungel zu katapultieren. Kokosnüsse fielen von den Palmwipfeln, klatschten um mich herum in den Sand und donnerten in das Unterholz des Regenwaldes hinter den Palmen. Wenn eine von ihnen meinen Kopf traf, würde mein Schädel platzen wie ein rohes Ei.

Ich lief auf den Strand hinaus, weg von den Palmen und den herabfallenden Kokosnüssen.

Ø

– Es war nicht einfach ein Regenschauer. Blitze durchzuckten die schwarzen Wolken. Der Strand erbebte unter meinen Füßen, als Donnerschläge am Himmel tosten. Es schüttete wie aus Kübeln. Die Wolken, finster wie Kohle, färbten die See grau, als saugten sie allem die Farbe aus. Die Palmen wanden sich wie hysterische beschworene Schlangen in Windböen, die über die Bäume des Regenwaldes hinter den Palmen hinwegfegten, als seien diese nur Grashalme. Salziges Meerwasser gischtete wild gegen das regenverhangene Strandufer.

Und es hörte einfach nicht auf. Es wurde nicht schwächer. Es dauerte an und an und an. Wenn es zu Hause in Dänemark auch nur fünfzehn Minuten lang so regnete, lief die Kanalisation über, das Wasser flutete Straßenunterführungen und Keller, und die Zeitungsschlagzeilen schrien von Wolkenbrüchen.

Ich hockte mitten auf dem Strand knielings im Sand und ließ Regen und Gischt über meinen Körper peitschen. Ich trug nichts als meine Badehose. Ich hatte das T-Shirt oben auf der Strandtasche abgelegt und dort zurückgelassen, als ich losgegangen war, um einen Fisch aufzuspießen. Ich konnte es von dort, wo ich saß, nicht sehen, da der strömende Regen meinen Blick trübte. Er trübte alles um mich herum. Ich konnte nur hoffen, dass das Shirt, wie unsere anderen Habseligkeiten, *meine* Habseligkeiten, noch da waren, wenn der Gewittersturm endete. Aber ich wagte kaum daran zu glauben. Der Wind hatte die Handtücher wie Papierfetzen von Selinas Leiche geblasen, die ich immerhin mit Steinen und Kokosnüssen beschwert hatte.

Ich erhaschte einen flüchtigen Blick auf die Feuerstelle, die ich in der Überzeugung errichtet hatte, sie heute Abend entzünden zu können. Soweit ich es durch den Regen erkennen konnte, war sie noch immer da, allerdings eingestürzt. Das Holz war inzwischen bestimmt klatschnass. Als Feuerholz nutzlos. Es würde kein Feuer geben, keine Möglichkeit, mich zu wärmen oder meine Kleider zu trocknen, wenn dieser Sturm vorüber war. Alles auf der Insel wäre durchnässt und nicht brennbar.

Ich hatte meine Uhr nicht nach Kematia mitgenommen, weshalb mir mein Zeitgefühl weitestgehend abhandengekommen war. Ich wusste nicht, wie lange es regnete. Ich hatte keine Ahnung, zu welcher Uhrzeit der Regen begann oder wann er wieder aufhörte. Ich schätzte, es ging ein gutes Stück nach der Mittagsstunde los. Eventuell sogar erst am späteren Nachmittag. Ich weiß es nicht. Ich hatte mein Zeitgefühl bereits vor Stunden verloren. Der Tag schien kein Ende zu nehmen. Der Regen schien kein Ende zu nehmen. Mir kam es vor, als regnete es stundenlang. Und während all dieser Zeit saß ich einfach nur da auf den Knien und ließ mir den Regen über Schultern und Rücken strömen. Ich empfing ihn wie eine Art wohlverdiente Strafe. Doch die Bestrafung brachte keine Erlösung. Sie kühlte mich lediglich ab.

Obwohl nach wie vor eine höhere Temperatur herrschte als die, die man daheim in Dänemark als angenehme Zimmertemperatur betrachtet hätte, entzog der Regenguss meinem Körper die Hitze. Nach einer Weile begann ich zu frösteln und zu bibbern. Von da an wurde es nur noch schlimmer. Ich zitterte am ganzen Leib. Meine Zähne klapperten.

Ich musste mir einen schützenden Unterschlupf suchen. Ich brauchte etwas, um mich warm zu halten. Eine Decke wäre prima gewesen. Doch ich besaß weder etwas, worin ich mich hüllen konnte, noch existierte irgendwo ein Zufluchtsort, an dem ich mich unterstellen konnte. Zumindest nichts Trockenes und Warmes. Mittlerweile musste alles feucht sein, überall. Ich traute mich nicht, unter den Palmen Schutz zu suchen, da hin und wieder immer noch Kokosnüsse herabfielen. Tiefer im Regenwald lagen entwurzelte Bäume, denen gewaltige Äste herausgerissen worden waren. Ich würde Leib und Leben riskieren, wenn ich dort hineinginge.

Wäre ich schlau gewesen, hätte ich mir im Laufe des Tages irgendeine Art von Unterschlupf oder Dach gebaut. Einen angelehnten Baldachin vielleicht. Eine Stätte, die mich und meine Besitztümer trocken und einigermaßen in Sicherheit hielt. Aber ich war keineswegs schlau gewesen. Ich hatte getrauert, Durst gelitten, gehungert. Ich würde keine Woche auf dieser Insel überleben, wenn ich nicht bald meinen Mann stand. Das hatte ich schon früher eingesehen und versucht, etwas zu unternehmen, Treibholz für ein Feuer gesammelt, einen Speer geschnitzt, um Fische zu fangen, aber nun, wie ich so dalag, im Herzen eines beschissenen Unwetters, kam es mir nicht so vor, als hätte ich auch nur eine einzige richtige Entscheidung getroffen.

Später – es schien mir sehr viel später – klang der Sturm schließlich ab und hörte dann auf. Ich rappelte mich auf und schaute mich um. Es wurde dunkel. Die Sonne ging irgendwo auf der anderen Seite der Insel unter. Ein mattes orangefarbenes Schimmern leuchtete unterhalb der Wolken, die noch immer das hochaufragende Kliff im Zentrum Kematias bedeckten.

Über mir blitzten bereits die ersten Sterne des nächtlichen Himmels. Es fühlte sich unwirklich an. Als hätte das Gewitter den Tag verschluckt.

Ø

– Bald darauf waren das Abendlicht und sämtliche Wolken verschwunden, und Sterne drängelten sich am pechschwarzen Nachthimmel. Nachdem der Regen aufgehört hatte, sah ich zuallererst nach Selinas Leiche. Eines der Handtücher schien für immer verloren zu sein, aber ich konnte das andere finden und legte es auf ihren toten Leib zurück, wobei ich abermals Kokosnüsse und schwere Steine nutzte, um es an Ort und Stelle zu halten. Die Ameisen waren weg. Ich denke, das Unwetter hatte sie gezwungen, in ihrem Ameisenhaufen sichere Zuflucht zu suchen oder so ähnlich. Selinas Haare waren nass und klebten an ihrer Kopfhaut. Der starke Niederschlag hatte überall Sand auf ihren Körper prasseln lassen. Ich versuchte, die pappigen Sandkörner mit dem durchweichten Strandhandtuch abzubürsten, doch es war zu dunkel dafür. Obgleich der Mond aufgegangen war, konnte ich kaum etwas von dem erkennen, was ich da trieb. Das Handtuch war zu klein, um den Leichnam von Kopf bis Fuß zu bedecken. Selbst wenn ich es so arrangierte, dass es gerade so eben über ihren Schädel reichte, lag der Großteil ihrer Beine frei. Sie schienen im fahlblauen Mondlicht zu leuchten.

»Ich habe dich geliebt«, flüsterte ich und eilte zu meiner neuen Lagerstelle hinüber. Es war zu finster, um zu kontrollieren, ob noch alles da war. Ich entdeckte mein durchnässtes und versandetes T-Shirt, das über der Wurzel einer Palme ruhte.

Mir war kalt, aber es würde mir nicht guttun, ein nasses T-Shirt anzuziehen, daher hängte ich es zum Trocknen über einen Ast am Rande des Dschungels.

Im Inneren des Regenwaldes quakten Frösche. Geckos stießen ihre unverkennbaren Rufe aus. Der Ort schwirrte und summte und brummte vor Leben. Darin herrschte ein ganz eigener, pulsierender Rhythmus. Viel erkennen konnte ich nicht. Die Vorstellung, welche Tiere dort drin lauern mochten, flößte mir lähmende Furcht ein. Leoparden, Tiger, Pythons. In der Nähe der Strandtasche entdeckte ich die Machete im Sand. Das Zeug, das sich in der Strandtasche befand, würde ich am nächsten Morgen durchsehen, sobald die Sonne aufging. In der momentanen Dunkelheit der Tropennacht konnte ich nur eines mit absoluter Gewissheit sagen: Alles in der Tasche war nass. Einschließlich der Streichholzschachtel. Unsere Kameras und Mobiltelefone waren wahrscheinlich ruiniert. Wobei sie mir hier sowieso nicht von großem Nutzen gewesen wären. Der Gedanke, dass die letzten Fotos der lebendigen Selina für immer verloren sein könnten, machte mich traurig. Zu meiner Videokamera gehörte ein wasserfestes Gehäuse, weshalb die Unterwasseraufnahmen vom Schnorcheln eventuell erhalten worden waren.

Es spielte eigentlich kaum eine Rolle. Ich durfte nicht länger an solche Dinge denken, sondern daran, mir auf möglichst vorteilhafte Weise den Abend zu vertreiben. Ich musste Material sammeln, aus dem ich mir ein Dach und irgendeine Art Bett bauen konnte.

Ich zog die brennbaren Holzstücke aus der eingestürzten Feuerstelle und legte sie flach in den Sand, sodass sie in der Morgensonne trocknen konnten. Dann entnahm ich der durchweichten Schachtel die Streichhölzer und legte sie der Reihe nach auf das potenzielle Feuerholz. Vielleicht konnte man sie noch retten? Ich war mir unschlüssig, ob es sich dabei nicht um eine reine Wunschvorstellung handelte. Die Streichhölzer wurden vielleicht hinfortgeweht, wenn neuer Wind aufkam, oder sie würden sich selbst dann als unbrauchbar erweisen, nachdem sie in der Sonne getrocknet waren. Vielleicht waren die Streichholzköpfe bereits rettungslos zerstört.

Ich konnte nicht klar denken. Ich hatte erhebliche Schwierigkeiten, den Kern des Problems überhaupt zu erfassen. Rückblickend ist mir klar, wie verzweifelt ich war. Und die Entscheidung, die ich schlussendlich bezüglich meines weiteren Vorgehens traf, konnte einem vernunftgeleiteten Verstand schwerlich einleuchten. Doch ich durfte nicht länger wie gelähmt an Ort und Stelle verbleiben, ich musste mich rühren, aktiv werden, weitermachen. Mein Leib war kalt und steif, nachdem ich mich schutzlos und starr dem strömenden Regen ausgesetzt hatte, und mein Blutkreislauf benötigte dringend einen kräftigen Anschub, damit wieder ein wenig

Wärme in meine Knochen sickerte, andernfalls würde ich höchstwahrscheinlich krank werden. Also entschloss ich mich, die Insel zu erkunden – im Dunkel der Nacht –, in der Hoffnung, irgendwas Brauchbares oder Hilfreiches zu entdecken. Vielleicht sogar etwas zu essen.

Ich nahm die Machete an mich und machte mich auf den Weg den Strand entlang. Während des Unwetters war eine riesige Menge von Abfall, Bruchstücken und Meerestrümmern ans Ufer gespült worden. Treibholz, Muscheln, Schnecken, Algen und eine Tonne Plastikteile. Sogar auf dieser abgelegenen tropischen Insel wurde Plastikmüll angeschwemmt. Es war deprimierend. Ich fand einen einzelnen Gummistiefel und entschied, ihn mitzunehmen. Ich brauchte, wie ich mir vorstellte, etwas, mit dem ich Regenwasser auffangen konnte, und ignorierte den Gedanken an den stinkenden Fuß, der dereinst in diesem Stiefel gesteckt hatte. Diesbezüglich konnte ich nicht wählerisch sein. Ich musste ums Überleben kämpfen. Wenn ich den Stiefel schon besessen hätte, als der Sturm wütete, wäre er jetzt voller Trinkwasser gewesen.

Ich brachte am Rand der Insel ein gutes Stück hinter mich. Ich war lange unterwegs. Der Sand wurde sumpfig und schlammig. Meine Füße versanken darin. Mir war ein wenig wärmer geworden. Meine Badehose fühlte sich trockener an, war im Schritt jedoch noch immer feucht.

Ich vernahm seltsame Geräusche aus dem Inneren des Dschungels, die wie schreiende Tiere klangen. Ich schluckte den dicken Kloß in meinem Hals und umklammerte die Machete fester.

Vor mir konnte ich einen Wasserlauf ausmachen. Süßwasser. Wahrscheinlich trinkbar. Die Insel war einsam und menschenleer und es damit so gut wie ausgeschlossen, dass sich Verunreinigungen oder Schadstoffe in dem Fluss fanden. In Anbetracht der Regenfälle, die auf die Insel niedergegangen waren, musste das Fließgewässer so sauber und rein wie eh und je sein. Oder? Ich eilte Richtung Fluss. Das Schreien oder Fauchen oder Heulen oder was auch immer die Tiere von sich geben mochten, brach nicht ab. Mir war es ein Rätsel, welche Art von Tier derartige Töne absonderte. Eine gefolterte Katze? Eher nicht. In den Schreien klang mehr Jagd- und Fresslust als wirklicher Schmerz an.

Wie sich herausstellte, war der Bachlauf nur ein paar Schritte breit und weniger als einen Fuß tief. Im Dunkel schimmerte das Wasser fast schwarz. Mangrovenbäume säumten das gegenüberliegende Ufer. Ich hörte ein Geräusch wie von im Wind flatterndem Leder und schaute gerade rechtzeitig auf, um einen flüchtigen Blick auf die gewaltige Fledermaus zu erhaschen, die über meinen Kopf hinwegflog. Die Flügelspannweite betrug mindestens einen Meter. Ich spürte einen Luftzug, als sie an mir vorbeisegelte. Kurz darauf jagte ihr eine zweite nach.

Flughunde.

Meine Augen folgten ihnen. Vor dem Hintergrund des pechschwarzen Himmels war das trotz ihrer Größe nicht einfach. Etliche weitere Flughunde schlossen sich ihnen an, bis ungefähr sieben oder acht von ihnen über dem Strand in der Luft kreisten. Ich hob die Machete, in diffuser Angst, von ihnen attackiert zu werden, fragte mich jedoch dabei auch, ob sie essbar waren, wenn man sie häutete und briet. Warum nicht? Ich hatte furchtbaren Hunger.

Einer von ihnen landete in einem hohen Baum, und die merkwürdigen Schreie wurden aufs Neue lauter. Die Flughunde bildeten deren Quelle. Sehr bald ließen sich auch die anderen Flughunde in dem Baum nieder. Sie stritten sich um irgendetwas in diesem Baum. Darin lag der Grund für das Gekreische.

Flughunde fressen Früchte. Das hatte ich mal gelernt. Demnach musste jener Baum Früchte tragen. Um diese Leckerbissen kämpften sie miteinander. Das musste es sein. Ich hatte keine Ahnung, welche Sorte Frucht es sein mochte. Oh, dass es weder Bananen noch Ananas waren, konnte ich mir ausmalen. Bananen wachsen an Stauden, die leicht an ihren üppigen breiten Blättern zu erkennen sind, und Ananas wachsen in Bodennähe.

Mit der Machete fest in der Hand näherte ich mich dem Baum. Welche Art von Frucht er auch trug, die Flughunde beharkten einander in ziemlicher Höhe. Könnte ich die Früchte überhaupt erreichen, und wären sie für menschliche Mägen verträglich? Ich konnte es nicht abschätzen, aber es war andererseits nicht ausgeschlossen, dass es sich um Pampelmusen oder die Drachen- oder auch Käsefrucht handelte. Soweit ich absehen konnte, lagen auch gewöhnliche Äpfel im Bereich des Möglichen. Mit etwas Glück würde ich vielleicht am Fuße des Baumes auf ein bisschen Fallobst stoßen. Mittlerweile war ich bereit, schier alles zu mir zu nehmen.

Ich suchte das Areal rings um den Baum ab. Die Flughunde waren zu sehr damit beschäftigt, sich um ihre Beute zu streiten, als dass sie mich beachtet hätten. Im Sand unter dem Baum fand sich nichts. Mit der Machete zerschnitt ich das Dickicht auf der Rückseite des Baumes. Auch dort entdeckte ich keine herabgefallenen Früchte. Vielleicht war es schlicht zu dunkel? Ich könnte morgen bei Tageslicht zurückkommen, um noch einmal nachzusehen. Falls dort oben in der Baumkrone noch irgendwas übrig war, würde ich glatt den Baum fällen, um es in die Finger (und den Magen) zu kriegen.

In jenem Augenblick sah ich das Totem. Es war aus Stein, ungefähr anderthalb Meter hoch und teilweise von Moos und Pflanzen bedeckt. Es war alt, vielleicht jahrhundertealt, und vollständig unter dem Gestrüpp verborgen gewesen, bis ich angefangen hatte, auf der Suche nach Fallobst das Dickicht zu zerteilen. Ich bin nicht sicher, was es darstellen sollte. Einen bösen Geist? Die Kreatur war menschenähnlich, hatte boshaft glotzende Augen sowie Fangzähne, und aus ihrem Maul hing eine ekelhaft lange Zunge.

Bei meinen Reisen um die Welt war ich auf eine stattliche Menge von Totems gestoßen, und dies hier war nichts wirklich Besonderes, zumindest soweit ich es im trüben Mondlicht beurteilen konnte. Doch es verriet mir etwas Wichtiges. Einstmals hatten Menschen auf

Kematia gelebt. Ich wusste nicht genau, ob ich darauf hoffen sollte, dass dem noch immer so war. Denn die bösartige Kreatur, welche das Totem abbildete, war dabei, ein menschliches Wesen zu verspeisen.

Ø

– Am Ende füllte ich doch kein Wasser aus dem Flüsschen in den Gummistiefel. Es war mir zu unappetitlich. Allein der Gedanke an den Fuß, der diesen Stiefel einst vollgeschwitzt hatte, ließ mich davon absehen, ihn zu benutzen. Wenn man in den Tropen Gummistiefel trug, schwitzte man wie ein Affe. Abgesehen davon tummelten sich im Wasserlauf womöglich alle Arten von Krankheitserregern und Parasiten. Ich beschloss, dass es zu gefährlich war, davon zu trinken, schließlich würde mich der tendenziell unerschöpfliche Vorrat an Kokosnüssen mit ausreichend Flüssigkeit versorgen. Dafür benutzte ich den Gummistiefel, um den Obstbaum zu markieren. Wie ich schon sagte, ich konnte nicht wirklich klar denken. Das Totem kennzeichnete den Baum bereits zur Genüge, was mich nicht davon abhielt, Sand in den Stiefel zu schaufeln, damit er vor meiner Rückkehr nicht vom Wind oder der Flut fortgerissen wurde. Das war durchaus rationales Denken, wie ich mir einredete, und ich kam mir vor, als hätte ich etwas außerordentlich Wichtiges vollbracht.

Ich steuerte meine Lagerstätte an, die Machete mit der rechten Hand hin und her schwingend. Nicht das leiseste Lüftchen rührte sich. Um den Mond funkelten die Sterne. Nirgendwo ein Flugzeug. Ich erspähte einen Satelliten, der vor den Sternen dahinglitt. In weiter Ferne, hinter dem Horizont, bemerkte ich ein grünes Schimmern. Lichter. Ich wusste, was das war. Boote, die nach Tintenfischen angelten. Die Fischer benutzten das Licht, um die Kalmare in die Falle zu locken. Allerdings waren diese Boote viel zu weit weg, und selbst wenn sie im Laufe der Nacht näher herankämen, hatte ich keine Möglichkeit, ihre Aufmerksamkeit zu erregen. Nicht ohne ein Signalfeuer.

Ich ging hoch den Strand hinauf, in die unmittelbare Nähe der Palmen, des Dschungels und der Felsen. Der Dschungel war tiefschwarz und noch immer von unheimlichen Geräuschen erfüllt. Ich kämpfte gegen den Drang an, zügig davonzulaufen. Ich würde mich keinesfalls von meiner Furcht beherrschen lassen, wenn die Furcht auch nicht zu leugnen war. Sie war ständig präsent. Das Totem hatte die Pforte zu einer tief in den Abgründen meiner Seele verborgenen Urangst geöffnet, und ich war nicht länger sicher, ob ich vor Kälte oder Furcht zitterte.

Ich hatte versucht, die Gedanken an die Tiere im Inneren des Dschungels weitestmöglich zu verdrängen, doch das Totem hatte mir – mochte es auch Jahrhunderte alt sein – verraten, dass zumindest irgendwann in der Vergangenheit Menschen diesen Ort besiedelt hatten. Was, wenn bis heute ein Eingeborenenstamm auf der Insel lebte? Ich hatte von Inseln in diesem Teil der Erde gelesen, die nach wie vor von Ureinwohnern bewohnt waren, deren Existenz sich in fast vollständiger Abschottung vor der Außenwelt vollzog. Manche dieser Stämme waren bekannt und berüchtigt dafür, fremde Menschen, die an ihrer Insel anlegten und an Land gingen, zu töten. Auf der indischen Inselgruppe der Andamanen gab es zum Beispiel solche Stämme, vielleicht auch auf den besonders abgelegenen ostindonesischen Inseln. Ich gab mir Mühe, meine Fantasie zu zügeln, indem ich mir sagte, dass die Seemänner, die uns hergebracht und zurückgelassen hatten, irgendwelche Vorsichtsmaßnahmen gegen einen eventuell erwartbaren Angriff unternommen hätten, wenn Kematia die Heimat eines Stammes blutrünstiger Krieger gewesen wäre. Sie schienen nicht im Allergeringsten über irgendetwas beunruhigt gewesen zu sein. Einzig dem Meer und den Korallen hatte ihr Interesse gegolten. Nichts und niemand sonst.

Trotzdem – es war möglich, dass jemand vom Festland das Totem hier aufgestellt hatte, um davor zu warnen, im Dschungel von Kematia herumzustreunen. Mir wurde bewusst, dass ich aufhören musste, über derlei nachzudenken, denn sonst würden mich die imaginären Schrecknisse, zusätzlich befeuert durch den Hunger und den Durst und die Erschöpfung, überwältigen und in den Wahnsinn treiben. Ich musste zurück zum Lager und ein paar Kokosnüsse köpfen, um den schlimmsten Hunger und Durst zu lindern. Obwohl mir der schiere Gedanke an noch mehr Kokosnüsse den Magen verdrehte.

Selina kam mir in den Sinn, ihr straffer schlanker Leib, und eine scheußliche Vorstellung beschlich mich, der ich mich unverzüglich versperrte, als hätte Satan persönlich auf mich eingeflüstert. Ich verbat mir jeden weiteren Gedankenfetzen daran. *So* hungrig war ich nicht. Und würde auch *niemals* so hungrig sein. Lieber würde ich Hungers sterben.

Doch war mir dieser Gedanke wirklich zum ersten Mal durch den Kopf gegangen?

War es möglich, dass dies – auf unbewusster Ebene – der Grund dafür war, warum ich mich geweigert hatte, sie zu begraben?

Mein Magen rumorte.

Ich hielt die Machete so fest umklammert, dass meine Hand sich verkrampfte. Ich biss knirschend die Zähne zusammen. Ich beschleunigte mein Tempo, stampfte festen Schrittes durch den Sand, während ich meinen Verstand zwang, das Thema loszulassen.

Nach einer Weile fiel mir auf, dass ich sehr lange gelaufen war, seit ich vom Obstbaum und den Flughunden aufgebrochen war. Hatte ich mein Lager verpasst? Ich hielt inne und schaute zurück. Ich konnte nichts als die dunklen Umrisse der Bäume und Palmen vor der etwas helleren Strandkulisse und die Sterne am Himmel sehen. Vielleicht war ich am Lagerplatz vorbeigelaufen, ohne es bemerkt zu haben. Ich hatte keine Ahnung, wo ich war.

Mein Zeitgefühl war verwaschen und diffus. Wie viel Zeit es mich gekostet hatte, zum Baum mit den Früchten oder wieder von dort zurückzulaufen, wusste ich nicht. Ich stand komplett neben mir. Fassungslos und verwirrt wanderte mein trüber Blick den Strand auf und ab. Beide Seiten schienen eine Spiegelung der jeweils anderen zu sein. Sie waren identisch. Nachthimmel, Meer, Sand, Palmen und Bäume. Keine Anhaltspunkte für irgendeine Unterscheidbarkeit. Entweder hatte ich meinen Lagerplatz noch nicht erreicht oder war schnurgerade an ihm vorbeigestolpert. Diese beiden Möglichkeiten gab es, und ich konnte absolut nicht sagen, welche der Wahrheit entsprach. Wenn ich mich falsch entschied, konnte es letztendlich dazu kommen, dass ich um die gesamte Insel herumlief. Halt, nein, das stimmte nicht. Sollte ich beschließen, in die Richtung des Obstbaumes zurückzugehen, würde ich – falls das Lager nicht schon hinter mir lag – wissen, dass es die falsche Richtung war, wenn ich auf den Gummistiefel träfe. Dann würde ich selbstverständlich umkehren. Um zu vermeiden, die komplette Insel zu umrunden, musste ich zurück.

Dennoch entschied ich, den entgegengesetzten Weg fortzusetzen. Ich versuchte mich zu überzeugen, dass ich die Lagerstelle nicht hätte übersehen können, mit all dem Feuerholz, das dort rumlag und darauf wartete, in der Morgensonne zu trocknen. Oder etwa nicht?

Ich weiß nicht, wie lange ich noch laufen musste, bis ich das Lager erreichte, aber es fühlte sich jedenfalls wie eine Ewigkeit an. Irgendwann erspähte ich plötzlich das auf dem Sand ausgebreitete Feuerholz, und die Erleichterung, die in mir aufstieg, war gewaltig. Ich wankte hinüber und fiel im Sand auf die Knie. Alles war noch genau so, wie ich es zurückgelassen hatte. Die Strandtasche, die Reihe von Streichhölzern auf einem der Treibholzstücke. Ich stieß die Machete in den Sand und begann Kokosnüsse zu sammeln. Mein Durst war kaum noch zu ertragen.

Ich rollte ein paar Kokosnüsse zu einem größeren Holzscheit und ließ mich auf Letzterem nieder. Ich beugte mich vor, schnappte mir die Machete und hackte in eine der Nüsse ein Loch, bevor ich mir gierig und schlürfend die Milch in den Rachen kippte. Nachdem ich sie bis auf den letzten verfügbaren Tropfen geleert hatte, kratzte ich mit der Machete das Fleisch von der Innenseite der Schale.

Mein Magen zog sich protestierend zusammen und fing zu blubbern an. Ich rülpste, und beinahe wäre Land mitgekommen. Aber ich konnte das Kotzen unterdrücken. Ich musste den Inhalt im Magen behalten.

Etwas später stand ich auf, um Selinas Leiche in Augenschein zu nehmen. Es widerstrebte mir. Es würde nichts zu sehen geben. Sie war tot. Ihr Leichnam wurde von innen von Ameisen aufgefressen. Davon hatte ich mehr als genug erblickt. Gleichzeitig konnte ich mich einfach nicht zurückhalten. Ich musste sie sehen. Ich weiß nicht, warum ich die Machete in der Hand behielt. Lieferte vielleicht der Gedanke an im Dschungel lauernde nachtaktive Raubtiere oder das noch immer in meinem Kopf herumspukende Fantasiebild eines kriegerischen Eingeborenenstammes den Anlass dazu? Ich weiß nur noch, dass mir das Heft der Machete zwischen meinen Fingern irgendwie ein Gefühl von Trost vermittelte. Ein großes scharfes Messer konnte sich nur als nützlich erweisen, wenn es etwa darum ging, etwas zu zerschneiden oder zu zerhacken, wie Holz zum Beispiel. Oder Fleisch.

Ein extrem großer Krebs huschte genau vor mir in ein Loch im Sand. Ich zuckte erschrocken zusammen, und mein Herzschlag schien für einen Moment auszusetzen. Alles, was ich registrierte, war eine blitzschnelle Bewegung und dann auch schon nichts mehr. Eine verdammte Krabbe. Ich sog scharf die Luft ein. Vielleicht konnte ich mit der Machete ein paar Krabben ausgraben und töten. Krebse waren essbar. Sogar im Rohzustand. Ich würde sie ungekocht essen müssen, solange ich keine Möglichkeit fand, ein Feuer zu entzünden.

Es war nur so ... Wissen Sie, es klingt lachhaft, aber ich hasse den Geschmack von Krebsfleisch. Ich hatte schon mal Krebse gegessen, und sie schmecken ungefähr so wie Garnelen. Garnelen hasse ich ebenfalls.

Andererseits war ich wirklich *sehr* hungrig. Und ich musste unbedingt etwas anderes als Kokosnussfleisch zu mir nehmen.

Innerhalb einer halben Sekunde vergaß ich jedoch alles, was mit Krebsen und Hunger zu tun hatte. Das Handtuch, mit dem ich Selinas Leiche bedeckt hatte, nachdem der Regen abgeklungen war, lag mitten auf dem Strand.

Meine Augen wanderten zu der Stelle zwischen den Palmen, an der ich den Leichnam Stunden zuvor abgelegt hatte. Ich entdeckte die Steine und Kokosnüsse, mit denen ich das Badetuch beschwert hatte und die jetzt verstreut um die Wurzeln der Palmen lagen.

Die Leiche hingegen war fort.

Selina war verschwunden.

ø

– Die Finsternis schien sich zu verdichten, als ich mich langsam der Stelle näherte, an der Selinas Leichnam hätte liegen müssen. Meine Beine zitterten so heftig, dass ich im Sand auf die Knie sackte. Ich konnte nicht atmen. Mein Blick zuckte fieberhaft in sämtliche Richtungen und versuchte verzweifelt, das Dickicht zu ergründen und sich dort an irgendein Anzeichen von Bewegung zu heften. Dunkelheit und einige Baumstämme, die sich leicht vor dieser abhoben, waren alles, was ich erkennen konnte. Allerdings war der Ort durch Geräusche und Laute von vibrierendem Leben erfüllt. Das Quaken von Fröschen. Knackende Zweige. Der Klang von etwas, das sich gegen die mächtigen Stämme zu werfen schien. Die Rufe und das Kreischen diverser Tiere. Ein Rascheln im Unterholz. Schritte. Oder bildete ich mir das nur ein? Lag es an meinen blank liegenden Nerven? Hatte ich wirklich das Geräusch von Schritten vernommen?

Trotz der Nachtschwärze war ich in der Lage, die Kuhle im Sand zu fixieren, dort, wo die Leiche gelegen hatte. Aufgrund des starken Regens hatte die Einbuchtung sich weiter vertieft.

Ich überlegte, ob irgendein Tier den Leichnam geraubt haben konnte. Ein Leopard war zweifellos kräftig genug, um eine tote Frau mit sich zu zerren, und bei Leoparden handelte es sich um die verbreitetste Raubkatzenart. Vielleicht hatte ein Leopard sie sich geschnappt.

Mir waren Geschichten über Leoparden zu Ohren gekommen, die sich in bestimmten Regionen Afrikas in Zelte schlichen und Menschen im Schlaf töteten. Und was sie dort taten, konnten sie ebenso gut auch hier tun. Meine Pupillen bohrten sich angestrengt in die alles umgebende Finsternis. Ich hob die Machete und ließ sie sogleich wieder sinken. Heute Nacht würde ich wohl kaum ein Auge zumachen können.

Ich zog in Betracht, welche anderen animalischen Spezies für die Untat verantwortlich sein konnten. In diesem Teil der Welt lebten etliche gigantische Python- und Boa-Arten. Manche von ihnen waren in ausgewachsenem Zustand so riesig, dass sie Menschen als Beutetiere betrachteten, und es kam immer mal wieder zu tödlichen Attacken. Vor ein paar Jahren hatte ich in der Zeitung von einem Hotelangestellten gelesen, der in einem der größeren Touristenschmelztiegel von Bali dem Angriff eines Pythons zum Opfer gefallen war. Wobei meines Wissens nach die meisten Schlangen nur jene Beute fraßen, die sie selbst erlegt hatten. Es war durchaus möglich, dass der Regenwald Kematias tatsächlich eine Riesenwürgeschlange beheimatete, die geduldig darauf wartete, dass ich ihr nahe genug kam, um von ihr getötet werden zu können, aber Schlangen sind eben keine Aasfresser, was es höchst unwahrscheinlich machte, dass eine Schlange Selina verspeist hatte. Und falls doch, hätte eine Schlange es definitiv hier an Ort und Stelle getan. Nein, eine Schlange kam nicht in Betracht.

Geier vielleicht? Diese Vögel waren Aasfresser. Am Tage hatte ich große Vögel die turmhoch aufragenden Klippen umkreisen sehen. Aber nachtaktive Geier? Außerdem hätten sie sich ihrerseits gleich hier über den Leichnam hergemacht und eine Sauerei aus Blut und Knochen hinterlassen.

In den Regenwäldern Südostasiens lebten natürlich noch andere größere Raubtierarten, doch nur einige wenige unter ihnen waren groß genug, um eine tote Frau fortzuschleifen. Zu ihnen gehörten Bären und Tiger – wobei Letztere heutzutage extrem selten vorkamen. Und was war mit Krokodilen?

Oder Menschen?

Erneut stellte ich mir eingeborene Stammesangehörige in Kriegsbemalung vor. Unter Umständen hatte eine Kannibalensippe den leblosen Leib meiner Verlobten gestohlen. Doch würden sie wirklich so etwas tun? Und wenn ja, warum? Wer wusste schon, was Eingeborene antrieb und wozu sie imstande waren? Möglicherweise waren ihre kulturellen Eigenarten dem Verstand eines Westlers wie mir völlig fremd und unzugänglich.

Eventuell waren die Seeleute zurückgekehrt, während ich landeinwärts unterwegs gewesen war. Es war nicht ausgeschlossen, dass sie sich noch einmal wegen uns aufgemacht, Selina tot vorgefunden und sie aufs Schnellboot zurücktransportiert hatten. Aber warum das Strandtuch so unachtsam fallen lassen? Und die Strandtasche sowie ihre eigenen Habseligkeiten waren noch immer da. Warum all das ein weiteres Mal zurücklassen, sollten sie tatsächlich abermals aufgetaucht sein?

Ich erhob mich von den Knien. Ich kam zu dem Urteil, dass der Leopard die wahrscheinlichste Möglichkeit bildete, und starrte auf die Fußspuren, die ich auf meinem Weg hierher im Sand hinterlassen hatte. Es wunderte mich, wie klar die Spuren im Dunkel zu erkennen waren. Das fahle Mondlicht verlieh dem Sand einen bläulichen Schimmer, der dafür sorgte, dass die Spuren sich deutlich abzeichneten. Man konnte ihnen problemlos meterweit den Strand entlang folgen, ohne sich zu rühren. Der Gewittersturm von vorhin hatte ältere Fährten und Fußspuren weggewaschen und die Oberfläche des Strandes glatt gebügelt.

Wenn ein Tier – oder ein Stamm von Eingeborenen – Selinas Leiche an sich genommen hatte, hätte das ebenfalls irgendwelche Spuren im Sand hinterlassen müssen. Sogar dann, wenn man sie nicht auf den Strand hinaus, sondern in den Dschungel geschleppt hätte. In diesem Fall hätte ich nicht rätseln müssen, wer oder was sie sich geschnappt hatte. Der Sand hätte es mir verraten.

Ich ging neben der flachen Grube, in welcher der Leichnam gelegen hatte, in die Hocke. Hier war es dunkler als draußen auf dem offenen Strand, weshalb man weitaus schlechter sehen konnte. Ich weiß nicht, ob es an mir lag, daran, dass ich meine anderen Sinne blockierte, um mich ganz darauf zu konzentrieren, meine visuelle Wahrnehmung das Dunkel durchdringen zu lassen. Doch soweit ich mich erinnere, verstummten in diesem Augenblick sämtliche Geräusche um mich herum, als hielte der Dschungel den Atem an, als verfielen alle lebenden Kreaturen auf der Insel plötzlich in ein erwartungsvolles Schweigen, während ich den Sand unterhalb der Palmen untersuchte.

Ein Leopard oder Krokodil hätte mit Selinas Körper tiefe und breite Spuren hinterlassen, nicht nur Pfoten- oder Klauenabdrücke – der davongeschleifte Leichnam selbst hätte eine Furche in den Sand gezogen, die auch in der Dunkelheit nicht zu übersehen gewesen wäre.

Nichts dergleichen gab es.

Ich drehte den Kopf und warf einen Blick auf den Umriss des weggeschleuderten Badehandtuches auf dem mondbeschienenen Strand. Und dann sah ich sie. Und als ich sie sah, kam es mir völlig unverständlich vor, sie nicht schon eher gesehen zu haben.

Sauber in Reihe gesetzte Fußstapfen führten von der Stelle, an der die Leiche gelegen hatte, den Strand runter an dem Handtuchhaufen vorbei in die Finsternis.

Ich hastete zu den Spuren hinüber und hockte mich abermals hin. Dies waren menschliche Fußabdrücke, keine Tierfährten. Daran bestand nicht der geringste Zweifel. Ich war zwar kein Fährtenleser, konnte jedoch die Form eines menschlichen Fußabdruckes an einem feuchten Sandstrand erkennen, wenn ich einen sah.

Jemand war von der Stelle aus, an der ich Selinas Leichnam aufgebahrt hatte, zum Strand hinaus ins Dunkel gelaufen. Theoretisch hätte es sich bei demjenigen um mich selbst handeln können. Seit dem Unwetter war ich wiederholt um die Leiche herumgeschlichen, hatte mich jedoch überwiegend in die entgegengesetzte Richtung bewegt und in unmittelbarer Nähe der Palmen gehalten. Hinzu kam: Diese Fußabdrücke waren viel kleiner als meine.

Und sie waren auch weniger tief. Die Person, die sie hinterlassen hatte, musste kleiner und leichter als ich gewesen sein.

Was überhaupt gar keinen Sinn ergab. Wie hätte es möglich sein können, dass ein Mensch, der den Leichnam meiner geliebten Selina mit sich trug, weniger wog als ich?

Viel Spaß beim Grübeln, Sherlock.

Ø

– Das war mein Handy. Eine SMS. Das Konsulat hat mir versprochen, mich über jegliche Neuigkeiten, die Ihren Fall betreffen, unverzüglich in Kenntnis zu setzen. Bitte entschuldigen Sie mich, solange ich die Nachricht lese.

– Lesen Sie los.

– Danke.

– Keine Ursache.

…

– Das Konsulat hat Kontakt zur Polizei und weiteren Behörden daheim in Dänemark aufgenommen und gewisse Details über Ihre Vergangenheit in Erfahrung gebracht. Wie es aussieht, hat man Sie vor zwölf Jahren wegen gewalttätigen Verhaltens zu einer Bewährungsstrafe verurteilt. Während des Prozessverlaufes gaben Sie an, keinerlei Erinnerung an den Vorfall zu haben, aufgrund von drogeninduziertem Gedächtnisverlust?

– Was hat ein zwölf Jahre alter Fall mit meiner gegenwärtigen Situation zu tun? Es ist so viele Jahre her. Ich war sehr jung und sehr dumm und habe mich in ziemlich beschissene Dinge verwickeln lassen. Nach der Verhandlung habe ich mein Leben wieder in die Spur gebracht. Das Urteil wirkte wie ein Weckruf auf mich. In der Folge trat ich einen Job an, fand neue Freunde, und ein bisschen später konnte ich sogar eine Ausbildung genießen. Der verurteilte Noa war ein gänzlich anderer Noa als der Mann, der ich heute bin.

– *Dennoch könnten einige Leute denken, dass dadurch das Bild einer irgendwie unsteten Persönlichkeit gezeichnet wird, oder?*

– Sie sind doch hier, um mir zu helfen, nicht wahr?

– *Ich repräsentiere die dänische Regierung. Der Beistand, den anzubieten ich imstande bin, ist streng begrenzt, wie ich bereits erläutert habe. Ich bin hier, weil die örtliche Polizei Kontakt mit dem Konsulat aufgenommen hat. Gegenwärtig versuche ich nichts weiter, als mir ein möglichst vollständiges Bild der Lage zu verschaffen.*

– Welche irgendwie geartete Verbindung besteht zwischen einem zwölf Jahre alten, minderschweren Strafdelikt und dem, was auf der Insel Kematia geschah?

– *Vielleicht gibt es keine. Nehmen Sie immer noch Drogen?*

– Nein.

– *Rauchen Sie Marihuana?*

– Nein.

– *Welche Drogen haben Sie damals vor zwölf Jahren konsumiert?*

– Ein paar Pillen. Ich habe keine Ahnung, was für Pillen das waren. Sie gehörten nicht mir. Die anderen haben das Zeug angeschleppt. Wir alle warfen was davon ein. Ich nahm zwei, die anderen jeweils nur eine. Ich weiß wirklich nicht, was es war.

– *Haben Sie noch andere Straftaten begangen?*

– Seinerzeit schon. Wir wurden allerdings nie erwischt. Aber ja, wir haben eine Menge Dinger gedreht. Seit dem Gerichtsverfahren habe ich mir aber nichts mehr zuschulden kommen lassen. Nada. Nicht mal ein Knöllchen wegen Falschparkens.

– Haben Sie irgendwelche Schwierigkeiten, Ihr Temperament zu zügeln?

– Ich bin im Augenblick ziemlich entspannt, meinen Sie nicht?

– Halten Sie mich für provokant?

– Ich bin müde. Sie setzen mich ganz schön unter Druck. Sie zaubern irgendeine uralte Scheiße aus dem Ärmel, die keinem anderen Zweck zu dienen scheint, als mich schlecht dastehen zu lassen. Ich habe seit Tagen nicht richtig geschlafen. Den gestrigen Tag verbrachte ich auf einer einsamen Insel, mit der Aussicht auf einen langsamen Tod durch Verhungern. Ich krieche auf dem Zahnfleisch. Ich brauche jemanden, der mir hilft. Ich muss mich erholen, um wieder zu Kräften zu kommen. Ich sitze in einem Drecksloch von Gefängniszelle in einem Dritte-Welt-Land und stehe komplett unschuldig unter Verdacht, einen Mord begangen zu haben. Ich könnte mir vorstellen, dass gefestigtere und insgesamt bessere Menschen als ich in einer solchen Situation Probleme hätten, ihr Temperament zu zügeln, oder?

– Richtig.

– Dennoch fragen Sie mich, ob es mir grundsätzlich schwerfällt, meinen Zorn im Zaum zu halten? Worauf wollen Sie damit hinaus?

– Selina ist auf dieser Insel zu Tode gekommen, Noa. Jemand hat ihr mit einem stumpfen Gegenstand sehr kräftig ins Gesicht geschlagen.

– Ein Gesteinsbrocken. Ich habe es getan. Aber ich habe sie nicht umgebracht.

– Der Hieb gegen ihren Kopf gilt als Todesursache. Wir kennen zwar die Obduktionsresultate noch nicht, aber der Mediziner, der ihre Leiche untersuchte und sie offiziell für tot erklärte, hat ausgesagt, die Todesursache sei eine schwere Schädelfraktur.

– Ich habe sie nicht getötet. Sie ist so gestorben, wie ich es Ihnen geschildert habe, in meinen Armen, am Strand, gestern Morgen. Und die Leiche ist, wie ich Ihnen gerade erzählt habe, letzte Nacht verschwunden. Gestatten Sie mir, meine Geschichte zu Ende zu bringen, und Sie werden alles verstehen.

– Noa, ich muss an dieser Stelle leider energisch einschreiten. Es bringt nichts, Ihrer … Geschichte zu lauschen, wenn sie sich nicht mit den bekannten Fakten zur Deckung bringen lässt. Sie müssen mir die Wahrheit sagen.

– Genau das tue ich.

– Sie müssen verstehen, dass es mir immer schwerer und schwerer fällt, sie zu glauben. Sie sind ein verurteilter Gewalttäter, das ehemalige Mitglied einer kriminellen Bande. Sie haben eine Drogenvergangenheit. Der Psychologe, der Sie seinerzeit im Rahmen der Ermittlungen in Augenschein nahm, beschrieb Sie als unausgeglichene, unreife Persönlichkeit, der es an einer moralischen Richtschnur oder Empathie mangele.

– Tut mir leid. Offenbar ist mir Ihr Name entfallen.

– Line Bang Skovmand.

– Line. Schauen Sie mich an. Schauen Sie mir in die Augen. In Ordnung. Ich lüge nicht. Ich habe sie nicht getötet. Das Gift der Korallen hat sie getötet. Die Matrosen wussten es. Ich bin nicht für ihren Tod verantwortlich. Kematia ist für ihren Tod verantwortlich. Die Insel selbst ist es. Das Korallenriff. Finden Sie die Seemänner, die uns dorthin gebracht haben. Reden Sie mit den Einheimischen. Sie wissen Bescheid. Die Seeleute wussten in jenem Moment, als sie die Schnittwunde auf ihrem Knie erblickten, was mit Selina passieren würde. Deswegen haben sie uns auf der Insel zurückgelassen. Sie wussten es.

Ø

– Ich erinnere mich an den Namen des Schnellbootes. *Kapal Hantu.* An der Seite des Bootes befand sich ein Schild, auf dem der Name in lateinischen Buchstaben geschrieben stand. Ich weiß nicht, warum mir ausgerechnet dieses Detail wieder einfällt, aber so ist es nun mal. Ich habe es der Polizei erzählt, doch es schien sie nicht zu kümmern. Ich glaube nicht, dass sie an der Wahrheit interessiert sind. Sie wollen nur einen Ausländer für das Verbrechen verurteilt sehen und diesen Fall vergessen.

Es war ein großes Rennboot mit Sitzreihen im Heck und einem Sonnendeck am Bug und auf dem Dach. Selina und ich saßen eng nebeneinander in der Dunkelheit, während der ältere Seemann – der, der kein Englisch sprach – das Boot steuerte. Der jüngere Seemann saß auf dem Sitz neben ihm und war mit seinem Smartphone beschäftigt.

Es herrschte ruhige See, sogar noch weit vor der Küste. Ich weiß nicht genau, wie lange wir zu jenem Zeitpunkt bereits unterwegs gewesen waren; man gerät in einen Zen-artigen Zustand, wenn man im Dunklen auf einem Schiff unterwegs ist. Wie eine Trance oder so etwas. Der Rhythmus, in dem das Schnellboot die flachen Wellen zerschnitt. Das Dauerbrummen der vier Motoren. Und das rote und grüne Licht der Bootslaternen. Die, das nebenbei, erst eingeschaltet wurden, als wir uns ein gutes Stück von der Küste entfernt hatten. Selinas Kopf ruhte auf meiner Brust, als wir in schläfrigem Schweigen dasaßen und uns vom Boot unserem Ziel entgegentragen ließen. Plötzlich jedoch sagte der jüngere Matrose etwas zum älteren, woraufhin Letzterer das Tempo des Schnellbootes drosselte.

Selina schob sich unter meinem Arm hervor, und ich wandte den Kopf, um den jungen Seemann zu erblicken, der sich uns mit breitem Lächeln näherte.

»Sind wir da?«, fragte Selina.

»Nein, nein, nein.« Er lachte. »Tut mir leid. Immer noch weit weg. Sorry. Aber vielleicht wollt ihr aufs Dach und den Sonnenaufgang anschauen. An einem Morgen wie diesem ist er sehr schön.«

»Oh, das würden wir liebend gerne tun«, erwiderte Selina. »Nicht wahr, Noa?«

»Klar«, sagte ich.

»Folgt mir«, meinte der junge Seemann. Ich wünschte, sie hätten sich uns vorgestellt, sodass ich sie bei ihren Namen nennen könnte, anstatt sie als den alten und den jungen Seemann zu bezeichnen. Das hätte es außerdem erleichtert, sie jetzt aufzuspüren, schätze ich. Aber sie hatten sich nicht vorgestellt.

Der alte Seemann schenkte uns seinerseits ein breites Lächeln. Die Hälfte seiner Zähne fehlte.

»Einen Augenblick«, sagte Selina und fischte ihre Kamera und ein Taschenbuch aus der Strandtasche.

»Halt«, sagte der junge Seemann mit erhobenem Zeigefinger und erloschenem Lächeln, jetzt ganz ernst. »Kein Foto vom Boot oder von uns. Verstanden?«

»Ja«, gab ich zurück. »Vollkommen.«

»Es ist verboten, den Kematia-Nationalpark zu besuchen. Wir könnten gewaltigen Ärger kriegen, wenn das jemand rausfindet. Tut mir leid. Denkt daran. Kein Bild von mir, meinem Partner oder dem Boot. In Ordnung?«

»In Ordnung«, antwortete Selina.

»Dann kommt mit.«

Er geleitete uns in den hinteren Bereich des Bootes und half uns eine Leiter zum Sonnendeck auf dem Dach hinauf. Trotz der Flaute und der langsamen Geschwindigkeit, mit der wir fuhren, rutschte ich ein paar Male auf den Sprossen aus und musste die Peinlichkeit erdulden, auf die Hilfe des grinsenden jungen Seemannes angewiesen zu sein. Selina erklomm die Leiter ohne Probleme, obwohl sie Kamera und Taschenbuch bei sich trug.

Als wir es endlich bis aufs Sonnendeck geschafft hatten, reichte uns der junge Seemann einige Wasserflaschen und bat uns, gegen das Dach zu klopfen, falls wir seekrank wurden oder aus irgendeinem Grund Beistand brauchten. Dann rutschte er die Leiter hinab, und bald darauf beschleunigte das Schnellboot wieder, und wir befanden uns erneut auf Kurs.

Im Osten hatte der Himmel einen orangefarbenen Schimmer angenommen. Selina fuhr mir durchs Haar. »Ist das nicht ein fantastisches Abenteuer?«

Ich schaute sie an, sah ihre bezaubernden Augen und ihre im Wind flatternden Haare. »Das ist es in der Tat«, sagte ich und zog sie an mich.

Und es war wirklich ein Abenteuer.

Die Sonne stieg über dem Horizont auf, zwang die Nacht zum Rückzug und badete alles in rotes, oranges und gelbes Licht. Das Meer, die vereinzelten Wolken, den Himmel, das Schnellboot, mich und Selina.

Kurze Zeit später färbte sich der Himmel blau, und wir spürten die Hitze der Sonne.

Fliegende Fische stiegen um uns herum zur Oberfläche empor, sprangen aus dem Wasser und segelten in der Luft.

Wir näherten uns unserem Ziel.

Ø

– Stunden später drosselte das Schnellboot sein Tempo, und der junge Matrose ging vor Anker. Die Sonne brannte inzwischen erbarmungslos auf uns herab. Ihre Strahlen blitzten und funkelten auf den sanften Wellen, die sich am Boot brachen. In einiger Entfernung entdeckten wir eine Insel mit schneeweißen Sandstränden, hinter denen eine hohe Felsformation über einem opulenten Regenwald aufragte.

Eine geraume Weile zuvor hatte Selina auf den Boden des Sonnendeckes geklopft, um die Aufmerksamkeit der Seeleute zu gewinnen. Wir benötigten das Sonnenschutzmittel aus unserer Strandtasche. Nun saß sie mit dem Rücken gegen die Wand des Sonnendecks gelehnt und lächelte mich an, die Haut glänzend von der Sonnencreme.

»Ich glaube, wir sind da«, sagte ich.

»Wollen wir runter?«, fragte sie und stand auf.

Ich folgte ihrem Beispiel. Abgesehen von der Insel, bei der es sich um Kematia handeln musste, gab es dort draußen nichts. Nur Meer, Meer, Meer, wohin man auch schaute. Es zeigte dieselbe blaue Farbe wie der

Himmel und schien mit diesem zu verschmelzen, wodurch der Horizont fast unsichtbar wirkte. Aus irgendeinem Grund beunruhigte mich dieses Phänomen ein wenig.

Wir stiegen die Leiter hinab und fanden uns kurz darauf im Heckteil des Rennbootes wieder. Die Motoren waren jetzt ausgeschaltet, und der ältere Seemann bedachte uns mit einem knappen Nicken. Er sah nicht besonders glücklich aus.

»Kümmert euch nicht um ihn.« Der junge Seemann schritt die Reling entlang. »Er sehr abergläubisch. Macht ihm ein bisschen Angst, Kematia so nahe zu sein. Dieser Ort war einmal tabu. In den alten Zeiten es gab Gerüchte und Geschichten über Kematia. Viele Menschen dachten damals, es wäre ein böser Ort. Jetzt, wir haben natürlich Internet und Computer, und keiner glaubt mehr an solche Dinge. Außer alte abergläubische dumme Knacker wie er.« Er lachte laut auf.

Der Ältere murmelte etwas in sich hinein. Man musste ihre Sprache nicht verstehen, um zu begreifen, dass er fluchte.

Dadurch wurde das Lachen des jungen Matrosen noch lauter. Der ältere Mann wandte uns den Rücken zu und fing an, mit irgendwelchen Objekten im Heck des Bootes herumzuhantieren.

»Bevor ihr schnorcheln geht.« Der junge Seemann schaute uns eindringlich an, dadurch unserer vollen Aufmerksamkeit gewiss. Dann erläuterte er uns, dass Kematia und die Korallenriffe, welche die Insel umgaben, Sperrgebiet waren. Wegen der weltabgeschiedenen

Lage, der Unterwasserströmungen und irgendwas mit dem Meeresboden, das ich nicht richtig mitbekam, war die hiesige Fauna einzigartig, vor allem innerhalb des Korallenriffes selbst. Es war wie Australien, erklärte er. Dieses Areal hatte seine ganz eigenen Arten und Unterarten von Fischen, Korallen, Schnecken, Muscheln, Kopffüßern, Kraken, Quallen und so weiter, die man nur hier vorfinden konnte.

»Aber«, sagte er und hob weihevoll den Zeigefinger, »ihr müsst sehr, sehr vorsichtig sein. Ihr dürft NICHTS berühren. Nicht die Fische, nicht die Korallen! Vor allem die Korallen nicht.«

Er sprach ausführlich über die Haie, auf die man hier stoßen konnte, die Muränen, die giftigen Korallen, Rotfeuerfische, Steinfische, Würfelquallen, Seeigel, Riffschlangen und was weiß ich noch.

Wir hörten nicht besonders aufmerksam zu. Jedenfalls tat ich das nicht. Wir wollten die Angelegenheit nur hinter uns bringen und endlich ins Wasser springen. Im Heck brummte der ältere Seemann kopfschüttelnd irgendwas in seinen Bart. Der jüngere ermahnte uns, nicht zu weit vom Boot weg zu schwimmen, da es an einigen Stellen gefährlich starke Strömungen gab. Wir müssten sofort zurück zum Boot, wenn er uns riefe.

Dann übergab er uns beiden Taucherbrille und Schnorchel und wies uns an, die Schwimmwesten anzulegen, als Vorsichtsmaßnahme, falls wir von einer Strömung erwischt wurden. Sollte das geschehen, würden sie uns unverzüglich mit dem Schnellboot folgen, versicherte er uns.

Er lachte, als der alte Seebär ihm etwas entgegenblaffte, das eindeutig nicht nach einem Witz klang.

»Seid einfach vorsichtig«, sagte der junge Seemann und hechtete mit dem Kopf voran ins Wasser.

Ø

– Wir setzten die Tauchermasken auf und sprangen ihm hinterher. Das Wasser unmittelbar ums Boot herum war ungefähr fünf Meter tief und kristallklar. Unter uns erstreckte sich nach beiden Seiten ein riesiges Korallenriff. Große, fächerförmige Korallen wiegten sich in der Strömung, und Schwärme von hellblauen Fischen beknabberten den Meeresgrund. Vor dem Bug des Schnellbootes stieg das Riff bis zur Meeresoberfläche empor, wodurch wir nahe an die Fische und Korallen herankommen konnten, ohne untertauchen zu müssen.

Bei meinem Sprung ins Wasser war mein Schnorchel vollgelaufen, sodass ich kräftig pusten musste, um ihn freizubekommen. Ich hielt mir meine wasserfeste Kamera direkt vors Gesicht, sodass ich die Bedienungsoptionen genau im Blick hatte. Die Kamera war brandneu, weshalb ich noch nicht souverän mit ihr umzugehen verstand. Es gelang mir, den richtigen Knopf zu drücken und sie einzuschalten, und nachdem ich weitere verschiedene Tasten betätigt hatte, begann ein rotes Licht zu blinken, also ging ich davon aus, dass die Kamera jetzt filmte. Ich zielte mit dem Objektiv zunächst auf mich und zog ein paar alberne Grimassen, bevor ich die Kamera umdrehte und auf Selina richtete, die von mir weggeschwommen war.

Sie schnorchelte über den Meeresspiegel und sah dabei absolut hinreißend aus. Ich würde eine verdammt heiße Braut zum Altar führen. Die endlos langen Beine, die ihr Antrieb verschafften, der stramme Hintern und die Hüftrundungen unterhalb der Schwimmweste, das lange dunkle Haar, das sich wellenartig durchs Wasser bewegte. Ich schwamm ihr nach und ließ das Kameraauge jede Einzelheit verschlingen.

Sie streckte den Kopf aus dem Wasser und nahm den Schnorchel aus dem Mund. »Du sollst nicht mich, sondern die verfickten Fische und Korallen filmen, Vollidiot.«

Ich war drauf und dran, eine blöde Bemerkung darüber fallen zu lassen, dass sie ja wohl der allerschönste Fisch im Meer wäre, hielt jedoch meine Zunge im Zaum, als ich den jungen Seemann tief unter uns sichtete.

Er rollte sich auf den Rücken, schaute zu uns auf und winkte mit der Hand.

»Was treibt er da?« Selina lachte, ließ das Schnorchel-Mundstück wieder zwischen den Lippen verschwinden und neigte den Kopf nach unten ins Wasser, um nachzusehen.

Ich tat es ihr gleich, wobei mir allerdings unbehaglich zumute war. Er störte unsere Zweisamkeit.

Er winkte erneut, und Selina winkte zurück. Dann formte er mit dem Mund ein O und stieß Atemluft aus, und die Luft bildete kreisrunde Blasen, die größer und größer wurden, je weiter sie zu uns aufstiegen. Als sie die Oberfläche erreichten, maßen sie mehr als einen Meter im Durchschnitt. Ich hörte Selina durch ihren Schnorchel kichern.

Ich schaltete die Kamera ab und schwamm voran. Wir waren hergekommen, um das Korallenriff zu bestaunen, nicht, um irgendeinen Zirkusclown für seinen Quatsch zu beklatschen. Ich verfolgte für eine Weile einem Schwarm orange leuchtender Fische, verzichtete aber darauf, Aufnahmen zu machen. Dann lief mir Wasser in die Brille, und ich wälzte mich auf den Rücken, um es ablaufen zu lassen.

Während ich so dahintrieb, von der Schwimmweste über Wasser gehalten, sah ich den älteren Seemann vom Rennboot aus mit einer Rute angeln und dabei starr Richtung Insel blicken.

»Das war erstaunlich!«, jauchzte Selina hinter mir.

»Danke sehr«, erwiderte der junge Matrose. Demnach war er wohl wieder aufgetaucht. »Seid bitte bloß vorsichtig, okay?«

Ich streifte mir die Brille über und drehte mich herum. Ich hatte vor, die Teile des Riffes, die sich näher an der Oberfläche befanden, genauer zu erkunden und dort zu filmen. Das Problem bei diesen Unterwasserkameras bestand darin, dass man die Brennweite nicht verstellen konnte. Man musste wirklich dicht an die Fische ran, um wenigstens ein paar Einstellungen einzufangen, die es wert waren, daheim den Freunden präsentiert zu werden.

Unter mir erspähte ich eine Muräne, die den Kopf aus

einer Höhle im Riff schob und mit dem Maul schnappte. Ich verspürte keinerlei Verlangen, dieser Kreatur zu nahe zu kommen, weshalb ich einen Schlenker vollführte, um einen großen Bogen um sie zu machen. Vor meiner Nase, wo das Riff zur Wasseroberfläche hinaufwuchs, schwärmten Fische aller Farben und Formen in den Korallen umher. Manche waren winzig, andere voluminöser als mein Rumpf. Ich hielt mich zunächst ein paar Meter entfernt, aktivierte die Kamera, richtete sie auf die Fische und schwamm ihnen schließlich behutsam entgegen.

Auf dem Meeresboden lag ein Gegenstand, der einem alten Anker ähnelte. Das Ding schien Jahrhunderte auf dem Buckel zu haben und war teilweise von Korallen bedeckt.

Die Korallenvielfalt, die das Riff bot, war spektakulär. Es gab hirnförmige Korallen geradezu zyklopischen Ausmaßes, daneben üppige wogende fächerartige, manche rot, andere gelb, und aus einigen schienen bunte Blumen zu wachsen, nur um sich einen Wimpernschlag darauf wieder zurückzuziehen, wenn ihnen ein Fisch zu nahe kam. Mir ist – dies nur nebenbei bemerkt – durchaus klar, dass es keine Blumen, sondern irgendwelche bizarren Würmer waren, aber sie sahen wie Blumen aus. Das meiste dessen, was sich mir bot, hatte ich so oder so ähnlich schon zuvor gesehen, auf anderen Schnorcheltouren, aber dennoch war das hier etwas Außergewöhnliches. Alles wirkte wilder, lebendiger, farbenprächtiger und beeindruckender als sämtliche mir bekannten Korallenriffe.

Ich habe nicht genug Ahnung von Korallen und Fischen, um die Arten, die sich in Scharen um das Riff zusammenrotteten, akkurat benennen zu können. Daher kann ich nicht mit Bestimmtheit sagen, ob es sich bei den dortigen Spezies um einzigartige Vertreter ihrer Gattung handelte. Korallenriffe sind derart reich an Lebensformen, die unüberschaubare Menge an Fauna und Flora ist so überwältigend, dass es oftmals schwerfällt, sich an einzelne spezielle Fische und dergleichen zu erinnern. Ich habe es oft genug erlebt, aber diese Erfahrung war trotzdem eine absolut unvergleichliche.

Nach einer Weile spürte ich, wie etwas meinen Oberschenkel berührte, und der Gedanke an die Muräne von vorhin bescherte mir Herzflattern, aber es war nur Selina. Ihre Augen funkelten hinter dem Glas der Taucherbrille. Sie zeigte mir die Daumen-hoch-Geste und wies dann auf eine Meeresschildkröte weiter draußen. Es war ein sehr großes Exemplar.

Ich schwenkte die Kamera in die entsprechende Richtung und schwamm vorwärts, um sie zu filmen. Selina war an meiner Seite. Die Meeresschildkröte trieb sich ein bisschen zu weit unten herum, doch ich drehte trotzdem. Das Tier bewegte sich mit träger Grazie und durchforstete das Korallenriff nach etwas Essbarem.

Selina strich mir über den Arm und deutete erneut auf etwas. Die Meeresschildkröte war nicht alleine. Ich hatte mich so intensiv auf diese eine konzentriert, dass mir ihre drei Artgenossen, die sich zu unseren Füßen über das Riff bewegten, völlig entgangen waren.

Ich gab Selina ein Zeichen, welches ihr zu verstehen gab, dass ich die anderen ebenfalls wahrgenommen hatte, und schwamm davon, um den vier Meeresschildkröten zu folgen und sie allesamt auf Film zu bannen. Es war atemberaubend. Selina griff nach meiner Hand und drückte sie kurz. Ich erwiderte den Druck. Das hier gehörte zu der Sorte von Erfahrungen, die man für den Rest seines Lebens nicht mehr vergessen würde, und wir teilten diese Erfahrung miteinander.

Wir verweilten eine lange Zeitspanne oberhalb der Schildkröten, ließen uns entspannt an der Oberfläche treiben, beobachteten und filmten die seltsamen Wesen.

Eine der Meeresschildkröten hob irgendwann den Schädel und schaute zu uns herauf, als hätte sie soeben unsere Anwesenheit registriert. Sie neigte ihren Kopf schräg zur Seite, wie ein irritiertes Kätzchen. Ich sah, wie ihr Blick von Selina zu mir und wieder zurück wanderte. Dann schlug sie mit ihren großen Flossen und schwebte langsam zu uns herauf, während ihre Augen sich weiterhin neugierig zwischen uns beiden hin und her bewegten.

Mir war leicht mulmig zumute. Was, wenn sie uns beißen würde? Sie erweckte nicht im Geringsten einen feindseligen Eindruck … aber trotzdem. Meeresschildkröten haben kräftige Schnäbel, mit denen sie einem locker einen Finger abtrennen können.

Selina schickte seltsame Geräusche durch ihren Schnorchel. Mir waren diese Töne wohlvertraut. Sie befand sich in einem Zustand rauschhafter Verzückung.

Ich gab mir Mühe, so viel wie möglich auf Film zu

bannen, zog allerdings die Hand mit der Kamera zurück, als die Meeresschildkröte sich uns näherte. Sie hielt weniger als einen Meter unter uns inne und hielt den Blick auf uns gerichtet. Selina streckte eine Hand nach ihr aus, doch ich packte hastig ihren Arm und verhinderte, dass sie die Schildkröte berührte.

Kurz darauf schnappte die Schildkröte über der Oberfläche nach Luft und trudelte dann gemächlich davon. Wir folgten ihr nach.

Selina zeigte mit dem Finger. Zuerst konnte ich nicht ausmachen, auf was sie mich hinweisen wollte, aber dann kapierte ich. Zehn Meter vor uns endete das Riff, und der Meeresgrund senkte sich beinahe vertikal jäh in den Abgrund. Je dichter wir herankamen, desto furchterregender kam mir der Tiefseegraben vor.

Unter uns rauschten die anderen drei Meeresschildkröten vorbei. Noch nie hatte ich diese Tiere in einem derartigen Tempo schwimmen sehen. Ich wusste nicht, dass sie überhaupt dazu imstande waren. Die Schildkröte vor uns startete ebenfalls durch und raste ihren Kolleginnen und Kollegen ins offene Meer hinterher. Sekunden später waren sie verschwunden.

Selina kraulte bis zum Rand des Abgrundes und stoppte dort. Ich folgte ihr widerstrebend. Hier draußen war der Sog der Unterwasserströmung deutlich zu spüren. Außerdem schien das Wasser kälter zu sein. Beides gefiel mir nicht. Am Ende des Korallenriffes lagen die unendlichen blauen Wassermassen der offenen See – und bargen wahrscheinlich allerlei Arten von Schrecknissen.

Ich tippte Selina an und signalisierte ihr zurückzuschwimmen. Ich war nicht scharf darauf, von der Strömung erfasst und fortgetragen zu werden. Genauso wenig wollte ich einen Hai oder irgendeine andere Art Monster, die sich dort in den Untiefen verstecken mochte, persönlich kennenlernen. Selina war diejenige, die an Thalassophobie litt und deswegen nicht tauchen konnte, aber vielleicht bildete ihre Schwäche für mich einen Vorwand, um meinerseits nicht tauchen zu müssen. In allen anderen Belangen war sie die Kühne, Mutige, Draufgängerische. Ich war nichts davon.

Ich malte mir im Geiste alles Mögliche aus, was in dem endlosen blauen Nichts unseren Weg kreuzen könnte, von Walen über Haien bis zu Speerfischen mit riesigen Rückenflossen und gigantischen rasiermesserscharfen Säbeln, die ihnen aus den Oberkiefern wuchsen, doch in Wirklichkeit war da nichts als Wasser und die im Rhythmus der Wellen gespiegelten Strahlen der Sonne.

Wir kehrten zu dem Teil des Riffes zurück, in dessen Nähe das Schnellboot lag, und beschäftigten uns eine Zeit lang damit, die höher gelegene Riffstruktur zu erkunden. Ich filmte tonnenweise Fische und Korallen jeglicher Art.

An manchen Stellen stieg das Riff bis zu weniger als einem Meter unter der Oberfläche empor, und wir mussten aufpassen, nicht mit ihm in Kontakt zu kommen, während wir vorbeischnorchelten. Ich habe grandioses Filmmaterial eingefangen, zumindest glaube ich das. Noch habe ich nichts davon gesichtet. Aber die Aufnahmen müssen einfach was geworden sein. Wir waren allem so unfassbar nahe.

Hin und wieder warf ich einen flüchtigen Blick zurück zu dem bodenlosen Höllenschlund, wo das Riff endete und das Unbekannte lauerte.

Ø

– Später ankerten sie unmittelbar vor Kematia und brachten diverses Zeug an Land, womit sie ein Feuer errichteten, über dem sie Maiskolben und die Fische grillten, die der alte Seemann gefangen hatte.

Selina und ich trugen die Strandtasche zum Ufer, breiteten unsere Badetücher auf dem reinweißen Sand aus und legten uns nieder.

»Wow!«, sagte Selina lachend. »War das nun das geilste Schnorcheln aller Zeiten oder nicht?«

»Das war es ganz bestimmt«, murmelte ich und blinzelte zu einem Vogel hinauf, der hoch oben im blauen Himmel über dem Strand seine Kreise zog. »Ziemlich beeindruckend.«

»Danke.«

»Wofür?« Ich wandte mich um und betrachtete sie. Ihre Augen waren hinter der Sonnenbrille vor mir verborgen.

»Wir wären nicht hier, wenn du dich nicht darauf eingelassen hättest. Es war offensichtlich, dass du Vorbehalte bezüglich dieser Schnorchelexkursion hattest.«

Ich zog die Strandtasche zu mir heran, um nach der Sonnencreme zu suchen. »Ich wollte schnorcheln gehen. Ich hatte einfach nur kein Interesse daran, deswegen womöglich in irgendeiner Gefängniszelle zu landen. So sehr liebe ich das Schnorcheln nun auch nicht.«

Sie strich mit den Fingerspitzen über meinen Arm. »Ich dachte, es wäre der Schwede gewesen, der dich skeptisch stimmte.«

»Es war mehr oder weniger die Gesamtidee. Ich hasse es, Gesetze zu missachten, die erlassen wurden, um die Umwelt zu schützen. Würdest du mir bitte den Rücken eincremen?«, sagte ich und reichte ihr die Tube mit dem Lichtschutzmittel.

»Immer ganz der Gutmensch.« Sie schob sich an mich heran und küsste meinen Nacken. »Mein vernunfthöriger Mann.«

»Ich bin bloß ein Langweiler. Jetzt reib mich mit dieser Lotion ein.«

Ich schaute den zwei Matrosen zu, die um das Feuer saßen und den Fisch häuteten, während Selina Sonnenmilch auf meiner oberen Kehrseite verteilte.

»Jetzt bist du an der Reihe«, sagte sie und schlug mir mit der Tube sanft auf den Hinterkopf.

Ich nahm ihr die Tube aus der Hand und wartete, als sie um mich herumkrabbelte. Mein Blick fiel auf ihre Beine.

»Was ist das da an deinem Knie? Du blutest!«

»Ich bin beim Schnorcheln an einem Felsen oder einer Koralle entlanggeschrammt. Es ist nur ein Kratzer. Es ist gar nichts. Es tut nicht einmal weh.«

»Lass mich mal sehen.« Ich legte ihr eine Hand unter das Knie. »Das hier ist nicht bloß ein Kratzer. Es ist ein Schnitt, eine richtige Wunde. Sie ist nicht besonders tief, aber du brauchst ein Pflaster.«

»Oh, lieber Onkel Doktor, haben Sie ein hübsches Pflaster für mich? Vielleicht eines mit kleinen bunten Tieren drauf?«

»Hör auf mit den Albernheiten, Selina. Ich versuche, mich um dich zu kümmern.«

»Ich habe es nicht nötig, dass sich jemand um mich kümmert. Das hier ist nichts Ernstes.«

»Brannte die Verletzung im Salzwasser?«

»Ein bisschen. Jetzt creme meinen Rücken bitte mit Sonnenschutz ein.«

Ich zögerte und nahm abermals die Schnittwunde an ihrem Knie in Augenschein. Ein Tropfen Blut rann ihr Schienbein hinab. »Das Blut hätte Haie anlocken können.«

»Das wäre verdammt cool gewesen. Ich wollte schon immer mal in der Gesellschaft von Haien schnorcheln.«

»Von Haien gefressen zu werden, ist weitaus weniger cool, als man gemeiniglich annimmt.«

»Und wir wurden verschont.«

»Stimmt.« Ich wechselte meine Position, hockte mich hinter sie und drückte einen Klecks Sonnencreme auf ihre Schulter. Als ich die Creme einmassierte, begann sie eine leise Melodie zu summen. Aus irgendeinem Grund nervte mich das. Nachdem ich meine Aufgabe erledigt hatte, kehrte ich auf mein eigenes Strandtuch zurück, rieb den Rest meines Körpers mit Lichtschutz ein und warf die Tube dann zu Selina rüber.

Sie griff ohne ein Wort danach.

Ich legte mich hin, schloss die Augen vor der Sonne, lauschte den Wellen, den Stimmen der Seeleute, dem Knacken des Feuers und Selina, die neben mir ihren Platz einnahm.

Die Sonne knallte auf uns herab. Ich spürte, wie mir ein Schweißtropfen über die Stirn kullerte. Meine Kopfhaut fing zu jucken an. Ich freute mich schon wieder auf den Komfort unseres Hotelbungalows. Fürs Erste war mein Bedarf an Abenteuern gedeckt. Ich fühlte mich erschöpft und sehnte mich nach einem richtigen Bad. Nach dem Baden, so tagträumte ich, würde ich mit einem kalten Bier oder einem schlichten Kopi-Soda nackt auf dem Bett liegen und einen regionalen Fernsehsender schauen, obwohl ich kein Wort von dem verstand, was darin geredet wurde. Vielleicht könnte ich auch ein bisschen *Candy Crush* auf meinem Smartphone spielen.

Es ist ziemlich komisch, darüber nachzudenken. Wir waren um die halbe Welt gereist, hatten einen Haufen Geld für die geheime Schnorcheltour zu diesem fantastischen Traumstrand geblecht und etliche Stunden auf einem Rennboot zugebracht, um hierher zu gelangen, und jetzt waren wir dort. Es war wunderbar. Die Schönheit der Insel entsprach tatsächlich vollauf dem, was man sonst nur auf den digital überarbeiteten, traumhaften Bildern von Reisemagazinen zu sehen bekam. Und ich Esel wollte lieber zu meinem Hotel zurückkehren und *Candy Crush* zocken.

»Jetzt servieren sie das Essen.« Selina stupste mich an.

Ich öffnete die Augen, blinzelte gegen die Sonne und drehte den Kopf. Der junge Seemann war mit zwei Tellern auf dem Weg zu uns. Selina hatte sich das Blut vom Bein gewischt.

»Du blutest nicht mehr?«

»Ich habe dir doch gesagt, dass es nur ein Kratzer war.«

»Hast du.«

»Ich dachte, du wärst eingeschlafen«, sagte sie leise.

»Meinst du, wir können das Zeug bedenkenlos essen?«

»Warum nicht? Der Fisch ist frisch, buchstäblich direkt aus dem Meer geangelt, und ich habe gesehen, wie sie den Mais mit dem Flaschenwasser gewaschen haben.«

»Ich bin am Verhungern«, sagte ich und lächelte den Matrosen an.

»Euer Mittagessen«, sagte er und reichte uns die Teller. »Guten Appetit.«

»Vielen Dank«, sagte ich.

»Es riecht grässlich«, sagte Selina auf Dänisch zu mir. Einer der Vorteile, eine wenig verbreitete Sprache zu sprechen, liegt darin, dass niemand sie versteht und man auch über die Menschen in unmittelbarer Umgebung einigermaßen frei und ungezwungen sprechen kann.

»Der Geruch ist angenehm. Ich liebe gegrillten Fisch.«

»Ist mir bekannt.«

»Von mir aus können wir sofort zurückschippern. Ich bin ziemlich erledigt.«

»Oh«, sagte sie und fummelte an ihrem Fisch herum. »Vielleicht sollte ich doch etwas davon essen. Ich muss meine leiblichen Reserven auftanken, schätze ich.«

Ich probierte meinen Fisch. »Ist wirklich sehr schmackhaft.«

Sie erwiderte nichts.

»Was?« Ich versuchte, ihre Augen hinter der Sonnenbrille auszumachen.

»Nichts. Ich konnte uns nur gerade zwanzig Jahre in der Zukunft reden hören. Ein langweiliges altes Ehepaar, das die immer gleichen Banalitäten in Dauerschleife wiederholt, weil sie sich eigentlich nichts mehr zu sagen haben.«

»Das wird uns nicht passieren.«

»Passiert es nicht allen Menschen?«

Ich aß meinen Fisch auf und nahm mir dann den Maiskolben vor.

Ø

– Während unserer Mahlzeit begannen die Seemänner mit dem Zusammenpacken. Sie löschten das Feuer und trugen einen Teil ihrer Sachen zurück zum Schnellboot. Ich saß dort träge und satt in der Sonne, schaute ihnen beim Arbeiten zu und versuchte, mit der Zunge einen Essensrest zu entfernen, der zwischen meinen Zähnen feststeckte.

Das Boot schaukelte am Ende der Ankerkette sachte auf und ab. Es lag so nahe am Strand, dass die Matrosen es erreichen konnten, indem sie ein paar Schritte durchs seichte Wasser wateten.

Ich beobachtete, wie sie Kisten in den Frachtraum auf dem Achterdeck verluden. Der junge Kerl schien seinen Spaß zu haben und den älteren Kollegen zu necken, der sich nach wie vor verschlossen gab und sich in düsterer Stimmung zu befinden schien. Er wies mit finsterem Blick in unsere Richtung. Der junge Seemann nickte, lief die Reling entlang und sprang ins Wasser.

Ich sah ihn durchs Wasser waten und auf uns zu kommen. Ich trank den Rest von meiner Cola und legte die leere Dose auf meinem Teller ab.

Bald darauf hatte er uns erreicht. »Mittagessen beendet?«

»Ja. Danke.« Ich übergab ihm meinen Teller mit der Cola-Dose.

»Mochtest du?«

»Sehr. Es war gut. Vielen Dank.«

»Oh?«, sagte er, wandte sich Selina zu und zeigte auf ihren Teller. Sie hatte lediglich ein wenig am Maiskolben herumgenagt. Der Fisch lag noch unangetastet auf ihrem Teller. »Dir das Mittagessen nicht geschmeckt?«

Sie fasste sich an die Stirn und warf mir einen gequälten Blick zu. Ihre für gewöhnlich leuchtenden Augen schienen glanzlos und trüb. Ihr Gesicht hingegen glänzte vor Schweiß. Trotz der Sonnenbräune war ihre Haut eher bleich. »Ich fühle mich nicht gut, Noa«, sagte sie mit heiserer Stimme.

»Was ist los?«, fragte ich und berührte ihre Stirn. Sie fühlte sich feucht und kalt an. »Hast du ausreichend getrunken?«

Sie gab keine Antwort, sondern winkte nur ab und warf dabei versehentlich die Fanta-Dose um, aus der sie getrunken hatte, woraufhin sich grüne Flüssigkeit auf den weißen Sand ergoss.

Ich sah zu dem jungen Seemann auf. »Ihr geht es nicht gut«, meinte ich. »Vielleicht liegt es an der Hitze?«

Er ging neben ihr in die Hocke. »Madam, du krank?«

Sie zuckte die Achseln und nickte gleichzeitig dazu.

Er drehte sich zum Schnellboot um und rief dem älteren Mann etwas zu, der ihm in verärgertem Ton antwortete, kurz darauf vom Boot hüpfte und durch das Wasser zu uns rannte.

Er postierte sich hinter seinem Kollegen, stemmte die Hände in die Hüften und stieß einen Satz hervor. Die Worte kamen schnell und klangen hart und unnachgiebig. Der Jüngere erwiderte etwas darauf.

Ich verstand die Sprache nicht. Ich habe keine Ahnung, worüber sie redeten, doch als sie ihre Diskussion beendeten, sah der Jüngere mich eindringlich an, dann zu Selina und fragte: »Habt ihr Fisch oder Koralle berührt?«

»Nein, natürlich nicht«, antwortete ich. »Ich denke, sie hat einen Hitzschlag erlitten. Vielleicht sollten wir sie aus der Sonne bringen? Sie muss sich abkühlen und etwas trinken.«

Er übersetzte es dem Älteren, der den Kopf schüttelte und zum Rennboot deutete. Er wirkte sowohl wütend als auch verängstigt. Sein hektisch suchender Blick inspizierte sämtliche Details um uns herum. Schließlich wies er auf die Wunde an Selinas Knie. Sie blutete nicht mehr, aber es war unverkennbar keine alte Schnittverletzung. Der Jüngere starrte auf die Wunde und schluckte schwer. Ich konnte sehen, wie sich der Adamsapfel an seiner knochigen Kehle hob und senkte.

»Du dir das Knie verletzt?«

»Es ist nichts. Bloß ein Kratzer. Ich fühle mich nicht gut. Können wir jetzt bitte zum Hotel zurück?«

»Wie hast du dich verletzt?«

»Ich weiß es nicht. Möglicherweise bin ich beim Schnorcheln gegen eine Felskante oder eine Koralle gestoßen. Ich habe es nicht bemerkt, bis wir am Strand waren.«

Diese Information sorgte für eine lange Debatte zwischen den zwei Seemännern. Der Ältere fuchtelte mit dem Arm etliche Male Richtung Schnellboot, und der Jüngere nickte übereinstimmend.

»Wir müssen die Wunde behandeln«, teilte er Selina nachdrücklich mit. »Sie kann sich schnell entzünden. Wir haben einen Verbandskasten an Bord. Wir gehen, um ihn zu holen, dann kommen wir zurück und kümmern uns darum.« Er richtete seine Aufmerksamkeit auf mich und wiederholte seine Botschaft. »Danach wir müssen deine Frau zum Boot tragen, damit kein Salzwasser in die Wunde gelangt. Salzwasser macht, dass es wehtut.«

»Sollten wir sie nicht gleich zum Boot bringen und dort behandeln?«, fragte ich.

Nachdem der Jüngere meinen Vorschlag übersetzt hatte, schüttelte der ältere Matrose den Kopf und spuckte in den Sand.

»Nein, es ist besser so, wie ich gesagt habe. Wartet einfach hier. Wir beeilen uns.« Der junge Seemann klatschte in die Hände und schaute von mir zu Selina. »Okay?«

»Okay«, sagte ich.

Selina nickte.

Ø

– Die beiden Seefahrer eilten zum Schnellboot, kletterten an Bord und verschwanden in der Kajüte.

Selina klappte neben mir auf ihrem Badetuch zusammen. Ihr Atem ging viel zu schnell. Ich legte ihr eine Hand auf die Schulter und drückte sie behutsam.

»Das kommt schon in Ordnung. Sie holen den Erste-Hilfe-Koffer. Deine Verletzung muss sterilisiert werden, bevor wir uns auf den Heimweg machen. Wir könnten einen Arzt rufen, wenn wir wieder im Hotel sind.«

»Gibst du mir bitte mein T-Shirt aus der Strandtasche?«

»Frierst du etwa?«

»Ein bisschen, aber das ist nicht der Punkt. Ich halte das Sonnenlicht nicht aus. Davon kriege ich Kopfschmerzen.«

Sie trug noch immer ihre Sonnenbrille.

Als ich ihr das T-Shirt aus der Strandtasche holte, warf ich einen besorgten Blick zum Boot hinüber. Sie ließen sich ganz schön Zeit mit der Reiseapotheke. Ich gab Selina das T-Shirt und schaute mit einem traurigen

Stich im Herzen zu, wie sie ihre Augen damit bedeckte. Die Sonnenbrille behielt sie darunter aufgesetzt.

»Wir sind bald wieder zu Hause«, sagte ich törichterweise. Ich wusste, dass wir mit dem Schnellboot und dem Wagen Stunden benötigen würden, aber ich verspürte das Bedürfnis, irgendwas Tröstliches von mir zu geben. »Alles wird gut werden.«

»Halt deine beschissene Klappe«, sagte Selina.

»Verzeihung.« Ich griff nach dem Sonnenschutzmittel und schmiss es in unsere Tasche.

»Ich liebe dich«, sagte sie sanft. »Ich kann nur nicht ...«

»Ist schon in Ordnung. Ich packe mal besser unseren Kram zusammen.« Ich stand auf, nahm das Handtuch, auf dem ich gesessen hatte, trat ein paar Schritte beiseite und schüttelte es aus.

Es gab noch immer kein Anzeichen dafür, dass die Seeleute mit dem Verbandskasten kamen. Ich fluchte innerlich. Die sollten sich verdammt noch mal beeilen.

Ich faltete das Badetuch zusammen und schob es in die Strandtasche. Für eine Weile stand ich still da, die Hände an den Hüften, und blickte auf Selina hinab. Sie hatte sich auf die Seite gelegt, die Beine angezogen und den Kopf auf die Unterarme gebettet. Das T-Shirt verhüllte jetzt ihr ganzes Gesicht. Ich beobachtete, wie die schnelle und flache Atmung ihre Brust in Bewegung versetzte.

Die Ebbe setzte ein. Eine Kokosnuss rollte am Uferrand entlang. Ich nahm mir unsere Teller und die leeren Limonadendosen. Selinas grüne Fanta war im Sand versickert. Niemand hatte sich darum bemüht, die Dose aufzuheben, nachdem sie ihr aus Versehen umgekippt war. Die Flüssigkeit hatte den weißen Sand grün gefärbt. Ich trug die Sachen zu den Kunststoffkästen der Seeleute. Mir war nicht klar, was mit Selinas nicht angerührtem Essen passieren sollte, weshalb ich es neben den Kisten im Sand absetzte.

Irgendwelche Tiere verursachten Lärm im Regenwald. Affen, wie ich annahm. Ich war weit genug in Fernost herumgekommen, um die ein oder andere schlechte Erfahrung mit aggressiven und räuberischen Makaken gesammelt zu haben. Eine weitere wollte ich mir ersparen.

In einer der Plastikkisten fiel mir eine Kühltasche ins Auge, die mit Soda- und Mineralwasserflaschen gefüllt war. Die nächste Kiste enthielt einen Strick aus Nylon, eine Schachtel Streichhölzer sowie eine Machete, während sich im letzten Behälter Essbesteck und einige Teller fanden. Neben den Kästen lagen zwei Klappstühle.

Selina befand sich nach wie vor mit dem T-Shirt über dem Kopf in Seitenlage, als ich zurückkehrte. »Ist dir nicht schrecklich heiß mit diesem T-Shirt über dem Kopf? Ich schwitze hier wie ein Schwein, und ich habe nichts als meine Badehose an mir.« Ich kauerte mich neben ihr in den Sand.

»Es ist wirklich heiß?«, meinte sie und zog es ab. »Warum brauchen die so lange?«

»Keine Ahnung. Ich überlege ernsthaft, rüberzugehen und sie zu fragen.«

»Das solltest du tun.«

»Möchtest du etwas zu trinken, bevor ich mich aufmache? Ich habe eine Kühltasche mit Kaltgetränken entdeckt.«

»Nein. Ich brauche nichts. Lauf zum Boot. Ich will nach Hause.« Sie nahm die Sonnenbrille ab und trocknete sich mit dem T-Shirt das Gesicht ab.

»Okay.« Ich strich ihr mit den Fingerspitzen zärtlich über die Hüfte und erhob mich. Auf meinem Weg den Strand hinunter zum Ufer richtete ich den Blick auf das Schnellboot und empfand nicht wenig Erleichterung, als der junge Matrose auf dem Deck erschien. Ich blieb stehen und winkte ihm zu.

»Hey, ich glaube, sie kommen endlich«, sagte ich zu Selina, die sich daraufhin auf die Ellenbogen stützte, um selber nachzusehen.

»Wird auch verdammt noch mal höchste Eisenbahn«, sagte sie.

Ich winkte dem jungen Seemann erneut, doch er schien mich weder zu bemerken noch Anstalten zu machen, zu uns zurückzukommen. Er hastete an der Längsseite des Bootes entlang.

»Was zum Teufel treibt er da?«, fragte Selina hinter mir.

»Wahrscheinlich will er ...« Ich verlor den Faden, als er das Heck erreichte und das Ankertau einzuholen begann.

Ich konnte es nicht fassen.

Obwohl ich dort stand und sah, wie er den Anker aus dem Wasser zog, konnte ich einfach nicht glauben, was ich sah. Ich schaute zu, wie er mehrere Meter Tau einholte, ich sah, wie der Anker über der Oberfläche erschien, und konnte noch immer nicht fassen, was meine Augen erblickten. Er ließ den Anker aufs Deck fallen und eilte ins Innere des Schnellbootes zurück.

»Lassen die uns etwa hier sitzen?«, rief Selina laut.

Ich konnte hören, wie sie sich hinter mir unsicher auf die Beine hievte.

Die vier Außenbordmotoren erwachten brüllend zum Leben. Der Krach ließ überall um uns herum Vögel abheben.

Und dann realisierte ich es endlich.

Zu diesem Zeitpunkt war es selbstverständlich schon zu spät, um etwas dagegen zu unternehmen.

Selina und ich fingen an, sie anzuschreien, und rannten ihnen winkend ins Wasser hinterher. Die Motoren heulten auf, die Schiffsschrauben schäumten das Wasser auf, und das Rennboot schoss vorwärts.

Sie setzten uns aus.

Eine kranke Frau und einen Computer-Nerd. Sie überließen uns auf einer abgelegenen einsamen Insel unserem Schicksal.

Wir wären auch ohne Selinas Erkrankung am Arsch gewesen.

Doch sie war krank. Sie starb. Das wussten wir in jenem Moment natürlich noch nicht. Wir hatten nicht die geringste Ahnung, warum sie krank war oder was in den folgenden zwei Nächten mit ihr geschehen würde.

Die Seemänner jedoch wussten es ganz genau.

Deswegen sind sie so überstürzt abgehauen.

Ø

– *Lassen Sie mich das klarstellen. Sie behaupten, die beiden Individuen, die Sie nach Kematia brachten, haben Sie im Stich gelassen, weil sie wussten, dass Selina im Sterben lag?*
– Sie hatten uns gewarnt, keinesfalls die Korallen zu berühren. Selina hat sich ihr Knie an den Korallen verletzt. Sie ist krank geworden. Sie haben die Schnittwunde an ihrem Knie entdeckt. Sie sind abgehauen. Sie haben gewusst, was geschehen würde.
– *Verstehen Sie mich bitte nicht falsch, Noa. Ich will wirklich und aufrichtig glauben, was Sie mir erzählen. Allerdings …*
– Allerdings hat die Polizei Ihnen erklärt, dass es in diesem Teil des Landes kein Schnellboot namens *Kapal Hantu* gibt. Das haben Sie mir bereits berichtet. Und auch die Polizei selbst hat es mir mitgeteilt. Sie haben es mir sogar lautstark ins Gesicht geschrien. Na und? Vielleicht hieß das Boot gar nicht *Kapal Hantu*? Vielleicht trügt mich meine Erinnerung. Vielleicht lautete der Name des Bootes *Hapal Kamto* oder so. Ist es nicht merkwürdig, dass die Polizei meine Version der Geschichte einzig und allein aufgrund ihrer Unfähigkeit – oder ihres Unwillens – zurückweist, ein Schnellboot mit dem Namen *Kapal*

Hantu ausfindig zu machen? Vielleicht hieß der Heimathafen des Bootes so? Oder die Firma, der das Boot gehört? Es gibt eine Menge Hinweise, denen man nachgehen könnte, wenn man das denn wollte.

– Das ist nicht wahr. Den polizeilichen Akten zufolge, die man mir zukommen ließ, haben sie entsprechende Ermittlungen angestellt. Ein Schnellboot, das Ihrer Beschreibung hinsichtlich des Namens oder des Aussehens entspricht, existiert hier in der Gegend schlicht nicht.

– Aha. Folglich glauben sie also, wir wären die ganze Strecke dorthin geschwommen?

– Nein, das kann ich mir nicht vorstellen.

– Warum sollte ich diesbezüglich lügen?

– Das ist ein Rätsel für sich.

– Ein Rätsel? Demnach bin ich ein Lügner, und Ihnen gelingt es lediglich nicht herauszufinden, warum ich lüge? Ist es das, was Sie damit sagen wollen?

– Es besteht kein Anlass, mich anzuschreien. Ich bin hier, um Ihnen zu helfen, so gut ich kann. Ich versuche lediglich zu begreifen, was auf dieser Insel geschehen sein könnte. Laut der mir zugänglichen Polizeiangaben finden sich in Ihrer Geschichte eine Reihe von Details, die nicht mit den bekannten Tatsachen in Deckung zu bringen sind.

– Weil die Polizei eifrig damit beschäftigt ist, die Dinge zu vertuschen. So funktioniert das Gesetz hier. Nach Möglichkeit sucht man sich einen Ausländer, dem man das Verbrechen in die Schuhe schieben kann. Erzählen Sie mir nicht, Sie wüssten nichts davon!

– Möchten Sie einen Kaugummi?

– Nein, danke. Kommt es Ihnen nicht seltsam vor, dass sie die

Möglichkeit der Existenz eines einheimischen Schnellbootes namens *Kapal Hantu* so zügig ausschließen konnten? Dieses Land ist nicht gerade für seine deutsche Gründlichkeit bekannt.

– Da ist was Wahres dran.

– Ich wette, die öffentlich verfügbaren Behördendaten sind eine Katastrophe. Manche Boote sind vielleicht nicht einmal registriert. Oder sie könnten auch in einem Nachbarstaat zugelassen sein. Was weiß ich? Dennoch hat die Polizei es innerhalb von Stunden geschafft, komplett auszuschließen, dass es dieses Boot überhaupt gibt. Man hat mich erst heute Morgen auf Kematia gefunden. Seitdem haben sie den gesamten Fall mit einer derartigen Gründlichkeit bearbeitet, dass sie die Existenz dieses Bootes ohne auch nur den Hauch des leisesten Zweifels ausschließen können. Mal ehrlich – klingt das in Ihren Ohren überzeugend? Oder gar wahr?

– Okay. Noa. Ich kann Sie sehr gut hören.

– Der Schwede und der Fahrer des Hotelbusses. Sie beide wissen, dass ich die Wahrheit sage.

– Sehen Sie, das ist unser nächstes Problem. Die Polizei konnte keinen Mann schwedischer Herkunft ausfindig machen, der Ihrer Beschreibung entspricht. In dieser Region leben etliche schwedische Staatsbürger, aber keiner von ihnen heißt Alexander. Das Hotelpersonal kann sich an keinen Schweden erinnern …

– Er saß jeden verdammten Tag in der Lobby und nutzte das WLAN.

– Die Angestellten des Hotels können diese Aussage nicht bestätigen.

– Dann lügen sie. Sie helfen beim Verschleiern!

– Der Fahrer des Hotelshuttles befindet sich außerorts. Ein Mitglied seiner Familie stirbt an Krebs, und vorgestern ist er nach Hause gereist, um seiner Familie in dieser schweren Zeit beizustehen. Er stammt aus Birma. Folglich ist er seit Samstag außer Landes.

– Mein Gott. Sie sind echt effektiv.

– Das Hotel ist nicht weit weg von hier. Sie haben Ihren Bungalow durchsucht. All Ihre Besitztümer sind zwecks weiterer Untersuchungen konfisziert und hergebracht worden.

– Ich brauche Hilfe, Line. Merken Sie nicht, was die mir antun? Man wird mich für einen Mord, den ich nicht begangen habe, zum Tode verurteilen. Es ist Ihre Pflicht, mir beizustehen. Ich bin Däne. Ich wurde in Dänemark geboren, meine Eltern sind dänischer Herkunft. Will Dänemark einfach nur still dasitzen und zusehen, wie ein unschuldiger dänischer Bürger hingerichtet wird?

– Wie ich früher schon sagte, gibt es im Rahmen der mir gestatteten Hilfsangebote strikte Einschränkungen. Ich habe die Regeln nicht aufgestellt, und all das unterliegt nicht meinem Einfluss. Ich bin verpflichtet, das Protokoll einzuhalten. Natürlich werden wir einen gewissen Druck auf sie ausüben, um zu gewährleisten, dass das Verfahren so fair und gerecht wie möglich abläuft. Und wir vom Konsulat werden tun, was wir können, aber selbstverständlich setzt uns die dänische Regierung verbindliche Grenzen.

– Könnten Sie nicht vielleicht mit unserem Außenminister reden?

– Um ihm genau was mitzuteilen?

– Die Wahrheit. Erzählen Sie ihm, was ich Ihnen erzählt habe. Dass ich ein unschuldiger Mann bin, dem die Todesstrafe droht.

– Das könnte schwierig werden, insofern die Geschichte, die Sie mir erzählt haben, zumindest in Teilen unwahr klingt. Die Polizei geht davon aus, dass Sie da draußen auf dieser Insel den Verstand verloren haben. Dass Ihre Geschichte aus einer Mischung von Psychose, Wahnvorstellungen, Täuschungen, Lügen und Halluzinationen besteht. Unglücklicherweise pflegt man Geisteskranke in diesem Land durchaus zum Tode zu verurteilen. Leuchtet es Ihnen wirklich nicht ein, dass Ihre Geschichte ein wenig verrückt scheint? Ein Schwede, von dem niemand je etwas gehört hat, verkauft Ihnen eine illegale Schnorcheltour zu einem nicht existierenden Nationalpark. Ein Schnellboot, das keinem der Einheimischen bekannt ist, und ein Auto, das von einem Mann gefahren wird, der nicht einmal im Land war, bringen Sie dorthin. Dann behaupten Sie auch noch, Selina wäre an einer Vergiftung gestorben, nachdem sie sich ihr Knie an einer Koralle aufgerissen hatte, obwohl es in dieser Region keine Feuerkorallen oder andere Giftkorallenarten gibt. Selinas Leiche weist Frakturen auf …

– Ich habe Sie verstanden. Es hört sich verrückt an. Ich fürchte, es wird noch viel schlimmer.

Ø

– Ich rannte verzweifelt dem Schnellboot hinterher, schwang die Arme wie Windmühlenflügel über meinem Kopf und brüllte aus voller Lunge, während ich durch das Wasser pflügte.

Doch es war vergebens. Sie zogen davon, und es gab keine Möglichkeit, sie aufzuhalten. Das Schnellboot startete durch, beschleunigte, schnitt seine Bahn durch die Wellen und war kurz darauf nur noch ein Punkt am Horizont.

Ich stand bis zu den Oberschenkeln im Meer, als ich anhielt und dem Boot nachglotzte. Die See wusch das weiße Kielwasser des Bootes weg, und das Röhren der vier Motoren verklang. Ich ließ die Arme sinken und drehte mich um.

Selina war am seichten Ufer zusammengebrochen. An der Bewegung ihrer Schultern konnte ich ablesen, dass sie weinte. Ich lief zu ihr zurück.

Wir waren auf einer einsamen Insel ausgesetzt worden. Es fühlte sich irreal an und war schwer zu begreifen. Ich wusste, dass es geschehen war, aber ich konnte es nicht als etwas akzeptieren, das tatsächlich mir selbst widerfahren war.

Jetzt habe ich deswegen ein schlechtes Gewissen, aber zu jenem Zeitpunkt bildete Selinas Krankheit die geringste meiner Sorgen – falls ich mir überhaupt deswegen Sorgen machte. Es war mir schlicht unvorstellbar, dass Selina durch eine winzige Schnittwunde an ihrem Knie starb.

»Die können uns doch nicht einfach hier aussetzen, scheiße noch mal«, schluchzte Selina, als ich schließlich vor ihr stand. Sie hatte ihre Sonnenbrille verloren. Ihre Augen sahen fahl und bleich aus, als wäre ihnen größtenteils die Farbe entwichen. Ihr Gesicht war vom Weinen gerötet und geschwollen.

»Komm her«, sagte ich und streckte ihr die Hand entgegen.

Sie nahm sie. Ihre Hand war kalt und klamm. Es bereitete ihr einige Schwierigkeiten, auf die Beine zu kommen, aber sie schaffte es. Um sich Halt zu verschaffen, packte sie mit der anderen Hand meinen Arm. Sie schnappte keuchend nach Luft, während wir Seite an Seite zum Strand hinaufgingen.

»Sie haben uns im Stich gelassen«, sagte sie. »Wir werden hier ganz auf uns alleine gestellt sein, bis uns jemand findet.«

Ich strich ihr eine schweißnasse Locke dunklen Haares aus dem Gesicht. »Sie könnten zurückkehren, um uns zu holen.« Ich starrte aufs Meer hinaus. Das Schnellboot war verschwunden. Nirgendwo war auch nur die Spur eines einzigen Schiffes oder Bootes zu erkennen.

»Scheiße«, sagte sie und trat beiseite.

»Was?«

Sie fiel auf die Knie und erbrach flüssiges Grün, in dem ein paar gelbe Stücke schwammen. Die Kotze spritzte vor ihr auf den weißen Sand. Bald darauf schwappte eine sanfte Welle über den Sand, ihre Beine und meine Füße und spülte den grünen Unrat fort. Sie hatte nur ein paarmal von dem Maiskolben abgebissen und wenige Schlucke von der grünen Fanta genommen, ohne etwas davon bei sich behalten zu können.

»Bist du fertig?«, fragte ich und rieb ihr den Nacken.

Sie nickte, und ich half ihr wieder auf die Beine.

»Okay?«

Sie nickte abermals, und ich führte sie zum Badehandtuch, wo ich ihr half, sich hinzulegen. Dann nahm ich das andere Handtuch aus der Strandtasche und breitete es neben ihr aus. »Ein paar von ihren Sachen haben sie hiergelassen«, sagte ich im Stehen. »Es gibt Wasser und diverse Limonadensorten. Und dein Essen ist auch noch da, falls du …«

»Ich hätte gerne etwas Wasser.«

Eiligst holte ich zwei Wasserflaschen hervor, erpicht darauf, irgendetwas zu tun.

»Du siehst ein bisschen besser aus«, sagte ich, öffnete eine Flasche und reichte sie ihr.

»Ich fühle mich auch ein bisschen besser. Das geht einem immer so, wenn man gerade gekotzt hat, oder?«

Ich setzte mich auf das freie Handtuch und bürstete mir Sand von den Füßen. »Was ist da gerade passiert? Warum zum Geier sind die plötzlich losgebraust?«

»Die sind nicht einfach losgebraust. Die haben sich in panischer Eile verpisst und ihre Kisten und den ganzen Scheiß zurückgelassen.«

»Das ergibt keinen Sinn. Aus welchem Grund sollten sie das tun? Plausibler wäre gewesen, sie hätten uns hergebracht, um uns auszurauben und dann unserem Schicksal zu überlassen.«

Selina trank einen Schluck Wasser. Ich hatte meine eigene Flasche noch nicht geöffnet.

»Sie haben uns nicht bloß im Stich gelassen, Noa. Die sind komplett durchgedreht und geflohen. Hast du den Gesichtsausdruck des älteren Seemannes bemerkt, als er den Kratzer an meinem Knie sah? Er hat sich fast in die Hose geschissen.«

»Aber warum? Ich kapiere es nicht. Also, du hast dir an irgendeiner Koralle oder so was das Knie aufgerissen, und du kränkelst ein wenig, aber mal ehrlich …«

»Vielleicht war die Koralle giftig? Vielleicht hat die Koralle mich vergiftet?«

Ich wandte den Kopf und schaute sie an. »Hör auf damit. Du bist erschöpft und zu lange in der Sonne gewesen. Wir sollten uns besser unter den Palmen da hinten in den Schatten legen.«

»Ich möchte lieber hierbleiben.« Sie schmiegte den Kopf an meine Schulter. »Wenn es mir nicht so schlecht ginge, wäre das hier hochromantisch, oder? Wir zwei alleine auf einer einsamen Insel. Keine Verpflichtungen, niemand sonst in der Nähe, keine Arbeit, kein Ärger. Nur du und ich.«

Ich legte den Arm um sie. »Wenn man von der Tatsache absieht, dass wir beide überhaupt keine Ahnung davon haben, was es erfordert, auf einer Tropeninsel zu überleben, und wenn wir nicht ...«

»Pst«, unterbrach sie mich. »Du ruinierst die Romantik.«

Ich schloss die Augen. »Das ist alles so unwirklich. Wir können doch nicht wirklich auf einer abgelegenen Insel festsitzen. Dergleichen kann einfach nicht wahr sein. Man setzt Urlauber nicht einfach so aus. Die Leute werden uns vermissen. Das Hotel wird uns vermissen. Der Schwede. Unsere Familien daheim. Uns umzubringen hätte mehr Sinn ergeben.«

»Ich wünschte, sie hätten uns ein paar eiskalte Biere dagelassen. Im Augenblick könnte ich ein Bier bestens vertragen.«

»Du wärst wohl kaum in der Lage, es bei dir zu behalten.«

Sie ließ sich auf den Rücken nieder und sah zum strahlend blauen Himmel hinauf. »Ich würde garantiert kotzen. Trotzdem habe ich total Bock auf Bier.«

»Mich macht es ziemlich wirr im Kopf, in der Sonne Bier zu trinken.«

»Eventuell könnte ein kurzes Schläfchen dafür sorgen, dass ich mich besser fühle? Ich bin irgendwie müde.« Sie griff sich das T-Shirt und umhüllte damit wie zuvor ihren Kopf.

Ich schraubte meine Wasserflasche auf und trank daraus. »Es ergibt keinen Sinn«, sagte ich und rülpste. Normalerweise knuffte mir Selina vorwurfsvoll in die Rippen, wenn ich laut aufstieß. Diesmal tat sie das nicht.

»Was meinst du, wie lange wird es wohl dauern, bis uns jemand hier findet?«, fragte sie unter dem T-Shirt hervor.

Ich starrte auf die menschenleere See und verspürte keine Hoffnung. »Sie könnten immer noch wiederkommen, um uns zu holen«, murmelte ich, ohne zu glauben, was ich sagte.

Ø

– In den folgenden Stunden tat ich eigentlich gar nichts. Die meiste Zeit über hockte ich neben Selina auf dem Strandtuch und suchte den Horizont nach Schiffen ab, die nie kamen. Ich glaube, ich gab mich der Illusion hin, sie zu versorgen, und sobald es ihr besser ging, würden wir entscheiden, was zu tun war. Falls nicht vorher ein Schiff käme und uns rettete. Im Rückblick kommt mir das idiotisch vor. Ich bin keineswegs stolz auf mich. Ich hatte mir nicht einmal überlegt, wie ich die Aufmerksamkeit der Besatzung des vermeintlichen Schiffes auf uns lenken konnte. Obwohl dieses Schiff niemals auftauchte, wäre mir deutlich wohler zumute gewesen, wenn ich wenigstens einen Gedanken daran verschwendet hätte.

Um mich abzulenken, versuchte ich unsere Smartphones zu aktivieren. Erst mein eigenes, dann Selinas; keines von beiden empfing irgendein Signal. Kein Wunder. Kematia liegt viel zu weit ab von allem.

Der Nachmittag kroch in der kochenden Hitze voran. Wir rührten uns nicht vom Fleck. Selina weigerte sich, unseren Sitz- und Liegeplatz in schattige Gefilde zu verlegen. Der Meeresspiegel sank und sank. Ich trug ein paar Male Sonnenschutzcreme auf Selinas Haut auf, obgleich sie dagegen protestierte und mich bat, damit aufzuhören. Sie klagte über Schmerzen in ihren Beinen, im Bauch, in der Brust und im Kopf.

»Bald geht's dir besser«, versprach ich ihr mindestens hundertmal. »Alles wird wieder gut.« Sie gab darauf keine Antwort, und vielleicht versprach ich es gar nicht ihr, sondern versuchte lediglich, mir selbst Trost zuzusprechen. Als die Zeit verging und ihr Zustand sich immer weiter verschlechterte, bekam ich Angst. Angst davor, dass sie sterben würde. Auf einer abgelegenen tropischen Insel genügte im Zweifel eine Lungenentzündung oder schlichte Diarrhö, um einen zu töten. Die Wunde an ihrem Knie konnte sich entzünden. Inzwischen war sie ziemlich rot verfärbt und schien außerdem angeschwollen zu sein. Es drohte Wundbrand. Ich könnte meine Geliebte verlieren. Die Frau, die ich heiraten wollte. Meine Selina.

Sie jammerte fortwährend über den furchtbaren Durst, der sie quälte. Ich brachte ihr Wasser, und nachdem uns das Wasser ausgegangen war, gab ich ihr Limonade. Der Tag verstrich. Die Sonne bewegte sich nach Westen und begann schließlich hinter den hohen Klippen im Zentrum der Insel unterzugehen.

Ich hatte nicht mal eine Tablette gegen ihre Kopfschmerzen oder ein Pflaster für ihre Verletzung zur Hand. Ich weinte ein wenig, aber nur, wenn sie mich nicht sehen konnte, zum Beispiel dann, wenn ich etwas zu trinken holte und bei den Kisten stand, welche die

Matrosen zurückgelassen hatten. Ich wollte nicht, dass sie mich weinen sah.

Ich marterte meine Seele, indem ich mir unsere Hochzeit ausmalte. Die Freudentränen meiner Mutter. Sie hatte Selina von Anfang an in ihr Herz geschlossen, auch wenn Schwiegermütter das eigentlich nie tun, nicht wahr? Meine Mama hat es getan. Ich fragte mich, welche Kirche wir für unsere Vermählung auswählen würden. Konnte man das überhaupt frei entscheiden? Ich wusste nicht viel von Kirchen. Möglicherweise würden wir das mit der Kirche überspringen und gleich ins Rathaus wandern, um uns dort zu trauen. Nur wir zwei. Ohne irgendjemanden einzuweihen. Wir wollten Kinder. Selina hatte ihre Verhütungspillen bereits die Toilette runtergespült. Wir würden ganz bestimmt Kinder bekommen. Ich überlegte mir Namen für sie. Wo wir wohnen würden. Ich stellte mir Selina schwanger vor. Meine Hand auf ihrem mütterlich prallen Bauch. Das Kind, wie es von innen dagegentrat. Ich fragte mich, wie die Schwangerschaft sich auf sie auswirken mochte. Manche Frauen wurden aggressiv, andere bekamen Heißhunger auf die seltsamsten Speisen. Eine Cousine von mir musste ihren Job als Vertretungslehrkraft schmeißen, weil sie nicht aufhören konnte, die Tafelkreide zu fressen. Sie wurde deswegen nicht gefeuert, schämte sich jedoch danach so sehr für ihr Verhalten, dass sie einfach selber kündigte.

Ich malte mir aus, wie wir zusammen alt wurden. Selina mit grauem Haar und lauter Falten im Gesicht, aber dieses spezielle aufreizende Lächeln war noch immer da.

Ich durchlebte unsere Ehe, unser Glück bis ans selige Ende, unser geteiltes Leben. Eine naive und übertrieben romantische Version unserer Lebensläufe, weit entfernt vom wirklichen Leben, wie es sich in dieser Welt abspielt, doch ich liebte sie und glaubte tief in meinem Herzen aufrichtig daran, dass uns ein langes und glückliches Leben in Zweisamkeit beschieden wäre.

Ich spielte sogar mit dem Gedanken, dass man uns hier nie finden würde. Wenn Selina wieder gesund war, würden wir uns eine Hütte bauen und für den Rest unseres Lebens wie Tarzan und Jane glücklich auf Kematia leben, alleine im Dschungel, fröhlich und frei. Oder wie Adam und Eva im Garten Eden, die so lebten, wie Gott es für die Menschen vorgesehen hatte, bevor wir alles versauten. Ich stellte mir Selina als wunderschöne und stolze Amazone vor, und das Bild, das ich von mir selbst zeichnete, zeigte einen stärkeren, muskulöseren und urwüchsigeren Mann, als ich je sein werde. Ich sah unsere Kinder am Strand spielen, nackt, frei und unbeschwert. Selinas gebräunte Haut im orangefarbenen Glühen eines Feuers in schwarzer Tropennacht.

Aber ich tat nichts weiter, als dort auf dem Handtuch zu sitzen und an meinen Fingernägeln zu kauen, ganz der Nichtsnutz, der ich wirklich war. Ich blickte trüb aufs Meer hinaus und suchte den Horizont nach Schiffen ab, von denen ich gleichzeitig hoffte und nicht hoffte, dass sie kamen, um uns zu retten.

Erst nachdem die letzte Sodadose geleert war und der Sonnenuntergang den Abendhimmel in rotes Licht tauchte, nahm ich die Machete und prüfte meine Fähigkeit, eine Kokosnuss aufzuschlagen. Es war alles andere als einfach. Man könnte denken, es wäre leicht, aber das ist es wahrlich nicht. Frische Kokosnüsse sind von dünner, grüner Haut und einer dickeren Schicht einer weißen, faserartigen Substanz umhüllt, und unter diesen zwei Schichten befindet sich die braune Schale – das Äußere von Kokosnüssen, wie man sie zu Hause im Laden kaufen kann. Ich benötigte mehrere Anläufe, bis ich ein Gefühl dafür entwickelte, wie man es richtig anstellte. Glücklicherweise gab es an jenem Strand reichlich Kokosnüsse.

Ø

– Die Sonne ist untergegangen. Es ist Abend. Ich verhungere. Ich werde mir etwas zu essen kommen lassen. Möchten Sie auch etwas?

– Gerne. Danke. Ich habe mich schon gefragt, wie lange Sie bleiben können, um sich meine Geschichte anzuhören. Sie ist noch lange nicht zu Ende.

– Hören Sie. Die Botschaft richtet heute Abend ein Galadinner aus, und Minister sowie Funktionäre beider Länder werden auf dem Fest zu Gast sein. Es ist Teil des Abschlusses eines wichtigen Handelsabkommens. Die meisten Angestellten der Botschaft und des Konsulates sind ebenfalls zur Party eingeladen. Ich habe ein extrem teures Kleid gekauft, das ich zum Dinner tragen wollte, genau jetzt, in diesem Augenblick. Ich brauche Tapetenwechsel, das sagt mir jeder. Seit meiner Scheidung war ich nicht mehr wirklich in Feierlaune.

– Tut mir leid.

– Was tut Ihnen leid? Die Tatsache, dass ich die Party verpasse? Oder dass ich geschieden bin?

– Die Party. Oder beides. Bitte, lachen Sie nicht. Ich gebe mir gerade ernsthaft Mühe, nichts Falsches zu sagen.

– Kein Grund, mich wegen meiner Scheidung zu bedauern. Ich hätte ihn nie heiraten sollen. Er war ein Arschloch. Er konnte es nicht akzeptieren, dass ich eine Auslandsstelle antrat. Wenn Männer im Ausland stationiert werden, ziehen ihre Ehefrauen mit ihnen, wohin auch immer es gehen mag. Wenn eine Frau im Ausland arbeitet, stellt der Mann sich quer. Niemals würde er seinen tollen Job aufgeben, um seiner Frau bei ihrer Karriere den Rücken freizuhalten. Seinen Traumberuf als Tischler. Selbstverständlich hatten sie mir prophezeit, dass ich mich als Ehepartnerin eines Tischlers langweilen würde, sobald ich meinen Abschluss hatte. Ich hätte auf solche Warnungen aufmerksamer hören sollen.

– Wer sind ›sie‹?

– Meine Freunde. Zu denen ich kaum noch Kontakt habe. Wenn man jahrelang in den Auslandsdienst bestellt ist, wird die Botschaft dein Hauptbezugspunkt.

– Sie könnten mit ihnen skypen.

– Habe ich getan. Es verläuft sich. Vor allem dann, wenn es plötzlich ohne erkennbaren Anlass irgendwie unangenehm und peinlich wird, mit ihnen zu sprechen, bis man später herausfindet, dass die meisten von ihnen um die Affäre des Ehemannes wussten. Er hat in aller Öffentlichkeit ungeniert mit dieser billigen Schlampe rumgemacht.

– Line, es tut mir leid. Ich bin überzeugt, dass Sie nichts davon verdient haben.

– Bei einem Seitensprung geht es nicht darum, was man verdient oder nicht verdient. Es geht gar nicht um dich. Es geht auch nicht um diese verfluchte Schlampe. Es geht ausschließlich um den Menschen, der es mit einem anderen treibt.

– Da ist was dran. Was für eine Arschgeige. Ich weiß nicht, was

ich in einer solchen Situation getan hätte. Eifersucht kann das Schlimmste in einem zum Vorschein bringen.
– *Ich habe auf der Stelle die Scheidung eingereicht. Heutzutage kann man das online erledigen. Es geht ganz schnell. Und draußen ist er.*
– Gut gemacht. Eine Menge Leute hätten weitaus übler reagiert.
– *Zum Glück befand ich mich auf der anderen Hälfte der Erdkugel. Hätte ich sie in flagranti erwischt, dann, glaube ich, wären sie nicht lebend davongekommen.*
– … Man weiß nie, wie man sich unter solchen Umständen verhält, bevor es einem nicht selbst widerfährt.
– *Was ist mit Ihnen?*
– Mit mir? Worauf wollen Sie hinaus?
– *Der Schwede.*
– Was ist mit dem? Was hat er in diesem Zusammenhang zu suchen?
– *Wenn ich so höre, wie Sie Selina beschreiben, wittere ich ein heimliches Drama. Dass sie zu … extrovertiert und aufgeschlossen für Ihren Geschmack war. Hat sie mit anderen Männern geflirtet? Hat Sie das eifersüchtig gemacht?*
– Ich … Ich dachte, die Polizei hätte Sie davon überzeugt, dass es keinen Schweden gab.
– *Ich bin von gar nichts überzeugt. Ich versuche bloß, diesem Chaos irgendeinen Sinn abzugewinnen. Weder in Ihrer Geschichte noch der Art und Weise, in der die Polizei diesen Fall bearbeitet, lässt sich von mir aus gesehen viel Vernunft oder Logik finden, einschließlich der brüsken Zurückweisung Ihrer Behauptungen. Dennoch: Selina ist tot. Und Sie waren als Einziger anwesend, als sie starb. Das macht Sie natürlich für uns alle zu einem Verdächtigen.*

– Na schön. Gelegentlich bin ich eifersüchtig geworden. Selina war, wie Sie es formuliert haben, extrovertierter und flirtfreudiger, als mir lieb sein konnte. Und ja, ich hätte es vorgezogen, wenn sie sich nicht mit dem Schweden unterhalten hätte. Mir gefiel nicht, wie er sie anglotzte. Selina war eine extrem attraktive Frau. Unfassbar sexy. Sie genoss es, mit dem Feuer zu spielen. Sie mochte Aufmerksamkeit. Und möglicherweise hat meine Eifersucht sie sogar angeturnt. Wir hatten oftmals den schärfsten Sex nach solchen Situationen.

– Hat sie sich mit ihm getroffen?

– Wie, getroffen? Was meinen Sie? Mit dem Schweden?

– Ja, mit dem Schweden. Hat sie nur mit ihm geflirtet, oder könnten Sie sich vorstellen, dass sie sich heimlich davongeschlichen hat und …

– Ich habe sie nicht umgebracht.

– Also starb sie, wie Sie sagten, an einer Vergiftung. Trotzdem war ihre Stirn zertrümmert, als man sie fand.

– Ich habe sie nicht getötet. Und sie hatte auch keine Affäre mit dem Schweden oder sonst jemandem. Wir standen kurz vor unserer Hochzeit.

– Sicher. Bestellen wir uns was zu essen.

Ø

– Selinas Zustand wurde immer schlimmer, als die Nacht über Kematia hereinbrach. Sie fror so heftig, dass sie am ganzen Leib zu zittern begann. Also legte ich ihr mein Strandtuch um. Sie erbrach sich etliche Male. Der Schnitt an ihrem Knie schwoll stärker an.

Der Mond hing tief am nächtlichen Himmel und tauchte den Strand in silbrig blaues Licht. Das Licht schien alle anderen Farben aufzusaugen, wodurch ich unmöglich erkennen konnte, ob die Haut rings um die Wunde rot angelaufen war oder nicht. Mir kam sie dunkler vor. Doch es bestand kein Zweifel, dass das Knie geschwollen war.

Mir gefiel es gar nicht, dass sie so furchtbar fröstelte. Natürlich war es nächtens nicht so warm wie tagsüber, wenn die Sonne herabbrannte, doch eine Tropennacht ist noch immer heiß.

Ich trug nichts als meine Badehose und empfand nicht einmal Kälte, als eine der raren Brisen vom finsteren Meer herüberwehte.

»Alles wird gut«, murmelte ich wieder und wieder.

Aber die Worte hatten ihren tröstlichen Effekt zur Gänze eingebüßt. Die Hoffnung schwand allmählich.

Die Drohung meines bevorstehenden Verlustes schien am Horizont zu lauern. Die Matrosen kehrten nicht zurück. Sie hatten sich ohne Umschweife verpisst, weil sie wussten, dass wir am Arsch waren. Sie wussten, dass Selina sich in einer grässlich-fatalen Lage befand. Sie wussten, dass sie sich an einer der im Kematia-Nationalpark angesiedelten Giftkorallen geschnitten hatte. Sie waren wahrscheinlich davon ausgegangen, dass ihr illegales Geschäft, das darin bestand, abenteuerlustige Touristen zu Schnorchelausflügen nach Kematia zu verschiffen, auffliegen würde, wenn sie Selina in diesem Zustand in die Zivilisation zurückbrachten. Man würde sie für ihre Gesetzesbrüche zur Rechenschaft ziehen. Ich hatte keine Ahnung, welche Sanktionen es nach sich zog, unerlaubterweise die Grenzen zu einem geschützten Nationalpark zu überqueren, aber das Strafmaß musste definitiv heftig ausfallen, wenn sie bereit waren, eine lebensgefährlich vergiftete Frau ihrem Schicksal zu überlassen, um der Bestrafung zu entgehen.

Ich verfluchte sie in dieser Nacht immer und immer wieder. Ich habe Selina nicht getötet, aber ich kann nicht versprechen, was passieren würde, wenn mir diese Matrosen noch einmal über den Weg laufen. Es war das Gift der Koralle, das ihren Tod herbeiführte, aber es waren die zwei Seemänner, die sie umgebracht haben. Hätten sie sie stattdessen ins nächstgelegene Krankenhaus transportiert, wäre sie vielleicht noch am Leben. Sie haben ihr Schicksal besiegelt.

Auch wenn es im Krankenhaus kein Gegengift gegeben hätte, wären sie eventuell in der Lage gewesen, ihren Zustand zu stabilisieren. Was weiß ich schon? Sie hätten alles in ihrer Macht Stehende getan, um sie zu retten, und ich wäre nicht mit meiner im Sterben liegenden Verlobten alleingelassen worden. Bereits früh am Abend begann ich zu fürchten, dass eben genau das geschah. Ich war mit meiner sterbenden Selina alleine.

Die See war pechschwarz. Nirgendwo waren auch nur die winzigsten Anzeichen grüner oder roter Bootsleuchten zu sehen. Nichts als finsteres Wasser und mondbeschienene, silber glänzende Wellen, die Richtung Ufer rollten. Und über dem Meer der noch schwärzere Himmel, in dem es von blinkenden Sternen wimmelte. Auch dort waren keine grünen oder roten Lichter auszumachen, keinerlei Flugzeuge. Tränen trübten meine Sicht.

Ich focht einen inneren Kampf aus, musste mich meiner garstigen Gedanken erwehren und sie zurückweisen. Keiner sagte, dass sie dem Tode geweiht war. Es brachte mir gar nichts, so zu denken. Wenn man grippekrank war, ging es einem während der Nacht häufig schlechter. Vielleicht würde sie sich schon am nächsten Morgen besser fühlen. Manche Menschen überlebten Schlangenbisse oder sogar Ebola, Dinge, die für die meisten tödlich waren. Es gab immer welche, die überlebten. Und Selina war stark. Das wusste ich ganz genau. Wenn wir uns denselben Virus einfingen, lag ich eine Woche lang krank im Bett, während sie eine Halspastille einwarf und zur Arbeit fuhr. Solche Sachen nahmen sie nicht so schwer mit wie mich. Sie würde das hier überstehen.

»Alles wird gut«, flüsterte ich.

Ø

– Später in jener Nacht verfiel sie ins Delirium. Ich hatte kein Thermometer, aber ich brauchte auch keines, um zu begreifen, dass sie vor Fieber kochte. Ich hatte mich an die Hoffnung geklammert, ihre Temperatur würde nicht weiter ansteigen, wenngleich sie sich warm anfühlte, wo auch immer man sie anfasste. Sie war den ganzen Tag über der Sonne ausgesetzt gewesen, hatte ich mich zu beruhigen versucht. Da war es keine Überraschung, dass ihre Haut sich heiß anfühlte. Jetzt gab es keinerlei Spielraum mehr für Ausflüchte und Ableugnen. Sie hatte hohes Fieber. Das hier war ernst. Richtig schlimm.

Sie begann Worte zu stöhnen, die keine Sinn ergaben. Ein paarmal rief sie nach ihrem Ex-Freund, Sylvester, nach ihrem Vater und endlich auch nach mir.

»Ich bin hier«, sagte ich und legte eine Hand auf ihre Schulter. Sie schien keinerlei Notiz davon zu nehmen. Warum hatte sie nach Sylvester gerufen? Ich fühlte mich einsamer als je zuvor.

Inzwischen war es tiefe Nacht. Der Dschungel hinter uns schwieg. Die Flut hatte eingesetzt. Die Wellen waren uns während der letzten Stunden näher und näher gekommen. Jetzt war das Wasser nur noch wenige Schritte entfernt.

Sie brauchte Flüssigkeit, weshalb ich eine frische Kokosnuss aufhackte und ihr half, daraus zu trinken, obwohl sie schon seit Stunden nichts mehr bei sich behalten hatte. Auch ich trank etwas. Ich war völlig erledigt. Ich hatte die ganze Nacht über kein Auge zugetan. Ich war hungrig. Doch außer Kokosnussfleisch gab es nichts mehr zu essen, seit ich vor längerer Zeit die Reste von ihrem Teller verschlungen hatte.

Nach einer Weile erbrach sie die Kokosmilch. Ich massierte ihr den Nacken, knirschte mit den Zähnen und versuchte angestrengt, ihretwegen Haltung zu bewahren. Nichtsdestotrotz rannen mir stille Tränen aus den Augen.

»Du weinst«, keuchte sie, als die Krämpfe in ihrem Magen abebbten. Sie wischte mir behutsam eine Träne von der Wange.

Ich schüttelte den Kopf. »Ist schon gut«, brummte ich.

»Halt mich fest. Mir ist schrecklich kalt.«

Ich wickelte sie fester in das Handtuch und drückte sie an mich. Fern im Osten hatte der Himmel angefangen, sich in ein verschleiertes Orange zu verwandeln.

Ihr Körper war glühend heiß. Außerdem roch sie schlecht. Ich küsste ihren Hals.

»Ich muss mich nur ein bisschen ausruhen«, sagte sie schwach.

Und das waren ihre letzten Worte.

Kaum später ging die Sonne auf, und sie starb in meinen Armen.

Ø

– Das Konsulat hat mir eine E-Mail geschickt, während wir zu Abend aßen. Ihnen ist wahrscheinlich aufgefallen, dass ich mein Smartphone überprüft habe.

– In der Tat.

– Sie haben Kontakt zu Selinas Eltern aufgenommen und sie über den bedauerlichen Tod ihrer Tochter in Kenntnis gesetzt.

– Das muss ein schwerer Schock für sie gewesen sein. Ich weiß nicht, wie ich ihnen je wieder unter die Augen treten soll. Ich fühle mich verantwortlich für das, was passiert ist. Ich hätte sie beschützen müssen.

– Es war ein schrecklicher Schlag für sie. Daran besteht kein Zweifel. Sie haben ihr einziges Kind verloren. Niemand sollte ein Kind verlieren, nicht einmal ein erwachsenes Kind. Das ist das Schlimmste, was einem zustoßen kann.

– Bestimmt.

– Das Konsulat hat ein ausgedehntes Gespräch mit Selinas Vater geführt. Er hat nach Ihnen gefragt und wurde informiert, dass Sie sich gegenwärtig in Untersuchungshaft befinden und verdächtigt werden, ihren Tod herbeigeführt zu haben.

– Haben Sie nicht gesagt, heute Abend fände ein Galadinner in der Botschaft statt?

– Das ist auch so. Dennoch müssen wir uns um dringende Angelegenheiten kümmern. Täten wir das nicht, würde ich nicht hier sitzen.

– Ich habe mir überlegt …

– Ja?

– Wegen dieses Handelsabkommens, das bei der Feierlichkeit seinen Abschluss findet und so. Könnten Sie diese Gelegenheit nicht nutzen, um meinen Fall zu erörtern? Es wird die diplomatischen Beziehungen zwischen den zwei Ländern doch kaum festigen, wenn der Partner vorhat, einen unschuldigen Dänen zum Tode zu verurteilen?

– Das sind Sie also?

– Unschuldig? Heilige Scheiße noch mal, haben Sie mir überhaupt zugehört?

– Erstens hat man Sie bislang zu gar nichts verurteilt. Sie werden lediglich in Gewahrsam gehalten. Im Prinzip sind Sie noch nicht mal ein Untersuchungshäftling, bis Ihr Fall einem Richter vorgelegt wird.

– Oh, ich bitte Sie! Sie wissen verdammt gut …

– Noa! Es bringt Ihnen nicht das Geringste, die Stimme zu erheben. Ich bin berechtigt, diese Zelle jederzeit zu verlassen, wenn mir danach ist. Ich habe bereits mehr für Sie getan, als ich und das Konsulat zu tun verpflichtet sind. Habe ich mich klar und deutlich ausgedrückt? Ich sitze hier am Abend des Botschaftgaladinners, weil ich Ihre Version der Geschichte hören will, bevor ich zurückkehre. Meine Möglichkeiten, Sie bei Ihrem Verfahren zu unterstützen, sind extrem begrenzt, wie ich schon etliche Male erklärt habe.

– In Ordnung. Ich verstehe. Verzeihung. Vergeben Sie mir.

– Selinas Vater ist nicht gerade Ihr größter Fan.

– Nein. Das kann ich mir kaum vorstellen.

– Er hat meiner Kollegin Marianne vom Konsulat erzählt, dass er wiederholt versuchte, Selina davon zu überzeugen, sich von Ihnen zu trennen. Er hat Sie als kontrollversessen, wahnhaft und krankhaft eifersüchtig beschrieben.

– Wie bitte?

– Er erwähnte einen Vorfall vom letzten Jahr, bei dem Sie …

– Ich hatte einen Nervenzusammenbruch. Ich stand bei der Arbeit unter enormem Druck. Die Erklärung geht ein bisschen zu sehr ins technische Detail, aber wir standen kurz davor, einem bedeutenden deutschen Industrieunternehmen ein komplettes IT-Konzept zu liefern, da die Firma im Rahmen von Betriebsspionage gehackt worden war. Zwei Wochen bevor unser neu entwickeltes Software-Programm eingesetzt werden sollte, entdeckten wir im Kern des Systems einen schwerwiegenden Datensicherungsmangel. Aufgrund interner Streitigkeiten, in deren Folge etliche Programmierer gekündigt oder sich krankgemeldet hatten, war unser Personal erheblich reduziert. Ich war mehr oder weniger auf mich alleine gestellt, um diese Aufgabe zu bewältigen.

– Er hat berichtet, Sie hätten eine Überwachungs-App auf ihrem Smartphone installiert, um verfolgen zu können, wo sie sich den Tag über aufhielt, und dass Sie in einem Anfall rasender Eifersucht die meisten ihrer Kleidungsstücke zerfetzt hätten. Er sagte, Sie seien in psychotischem Zustand in eine psychiatrische Abteilung eingewiesen worden, wo Sie für fünf Wochen geblieben sind.

– Ich war nicht psychotisch. Ich erlitt einen Nervenzusammenbruch. Die App war nur ein albernes Spiel zwischen uns. Ich hatte dieselbe App auf meinem eigenen Handy, damit Selina ihrerseits meinen Spuren folgen konnte. Es war einfach nur so zum Spaß. Leider ist es wahr, dass ich ihren Kleiderschrank auseinandernahm. Ich war dabei, komplett die Kontrolle zu verlieren. Ich fürchte, es hätte auf Selbstmord hinauslaufen können, wenn man mich nicht eingewiesen hätte.

– Sie sind wegen eines Gewaltdeliktes vorbestraft, wenn auch auf Bewährung.

– Wie ich Ihnen bereits erklärt habe, das war ein anderes Ich. Ich habe mich seitdem verändert. Es liegt lange zurück. Heute bin ich ein anderer Mensch.

– Selinas Vater teilt diese Ansicht nicht. Er meint, er hätte seit jeher befürchtet, Sie würden eines Tages durchdrehen. Er nannte sie eine tickende Zeitbombe. Selina wollte einfach nicht auf ihn hören.

– Weil sie mich kannte, wie ich wirklich war. Verstehen Sie, ihr Vater ist einer von der Sorte, die ihre kleine Prinzessinnentochter ihr ganzes Leben lang vergöttern, und jetzt, da sie eine erwachsene Frau ist, die ihre eigenen Entscheidungen trifft und ihr Leben selbst in die Hand nimmt, kommt er schwer damit klar. Sie ist nicht länger sein kleines Mädchen. Aber er meint noch immer das Kommando führen und sie vor der grausamen Welt und all den bösen und schlechten Männern darin, die nichts anderes im Sinn haben, als seinen unschuldigen Engel auszunutzen und zu misshandeln, beschützen zu müssen. Sie kennen diesen Typ, oder?

– Könnte schon möglich sein. Es bleibt dennoch dabei, dass

Sie wegen gewalttätigen Verhaltens vorbestraft sind. Erst letztes Jahr wurden Sie in die Psychiatrie eingeliefert. Sie haben mir noch immer nicht erklärt, wodurch sie sich diese schwere Schädelfraktur zugezogen hat.

Ø

– Alles hat sich genauso zugetragen, wie ich Ihnen erzählt habe. Selina wurde krank, nachdem sie sich das Knie an einer giftigen Koralle aufgerissen hatte. Wir waren auf Kematia gestrandet, weitab von allem, ausgesetzt von den Matrosen, die uns dorthin gebracht hatten, weil wir das Schnorchelabenteuer unseres Lebens erwarteten. Selina erkrankte schwer und starb am nächsten Morgen bei Sonnenaufgang in meinen Armen. Später schleppte ich ihre Leiche in den Schatten unter den Palmen am Rande des Dschungels, wo die Leiche für den Rest des Tages liegen blieb. Sie lag da, während die Sonne herabknallte. Sie lag da, als die Ameisen überall über sie und durch Nase und Mund in sie hineinkrochen. Sie hasste Krabbelgetier jedweder Art. Sie lag da im Donner des Unwetters, als es in Strömen regnete, der Sturm ihr die Handtücher vom Leib riss und Kokosnüsse über ihr aus den Palmwipfeln herabschlugen. Sie lag da beim Einbruch der Dunkelheit, und ich berührte sie und fühlte ihre steife Totenstarre. Sie lag da, als ich mich endlich entschloss, die Insel zu erkunden.

Aber sie lag nicht da, als ich wiederkam.

Ich habe Ihnen all das schon erzählt. Ich habe Ihnen außerdem erzählt, dass die einzigen Spuren, die ich in der näheren Umgebung der Stelle, an der ihre Leiche gelegen hatte, finden konnte, von menschlichen Füßen stammten, die kleiner als meine waren, den Strand hinab und fort in die Finsternis führten.

Die Fußabdrücke wiesen in die entgegengesetzte Richtung zu der, die ich auf meinem Erkundungsspaziergang eingeschlagen hatte, als ich das Totem unter dem Obstbaum mit den Flughunden fand.

Eine regelmäßige Reihe menschlicher Fußabdrücke. Kleiner als meine eigenen.

Ich war also doch nicht alleine auf der Insel. Diese Spuren stammten von einem anderen menschlichen Wesen. Ihrer Größe und Tiefe nach von jemandem, der sowohl kleiner war als auch weniger wog als ich. Was natürlich keinerlei Sinn ergab, da diese Person Selinas toten Körper getragen haben musste.

Es widerstrebte mir zutiefst, diesen Fußabdrücken ins Dunkel zu folgen. Sie jagten mir Angst ein. Hinzu kam, dass ich völlig ausgelaugt, schwach, benebelt, müde und voller Trauer war. Ich hatte nicht die Kraft, um mein Leben zu rennen oder zu kämpfen, falls es dazu kommen sollte, und ich ging davon aus, dass ein Jemand, der soeben einen Leichnam gestohlen hatte, keineswegs auf eine nette Plauderei aus war.

Eine Plauderei? In welcher Sprache?

Die Einheimischen in den touristisch erschlossenen Gebieten sprachen ein paar Brocken Englisch, doch wie hoch lag die Wahrscheinlichkeit, dass ein Eingeborener einer abgelegenen Tropeninsel Englisch konnte? Und abgesehen davon war nicht gesagt, dass dieses Individuum alleine war. Wenn Eingeborene auf der Insel lebten, dann entbehrte die Annahme, es gäbe nur einen von ihnen, jeglicher Vernunft. Die Tatsache, dass ich nur eine Reihe von Spuren im Sand gesehen hatte, verriet mir lediglich, dass die Person, welche die Leiche entwendet hatte, dies alleine getan und offenbar keine Probleme damit gehabt hatte, einen toten Körper zu schleppen. Sie verriet mir keinesfalls, dass sich keine anderen Eingeborenen irgendwo hier herumtrieben. Diese Person wäre höchstwahrscheinlich Mitglied eines Stammes. Dieser Stamm konnte überall sein. Sogar ganz in der Nähe.

Der Gedanke daran gefiel mir ganz und gar nicht. Noch weniger mochte ich mir vorstellen, was ein Eingeborenenstamm mit einem toten menschlichen Körper zu treiben beabsichtigte. Warum sollte irgendjemand einen Leichnam klauen? Mir fiel nur ein einziger Verwendungszweck ein.

Ich musste verhindern, dass es dazu kam. Ich konnte nicht zulassen, dass irgendwelche wilden Kannibalen meine Verlobte fraßen. Mir war bewusst, dass ich gegen eine komplette Sippschaft von Eingeborenen nicht die geringste Chance hatte, aber ich dachte, ich wäre vielleicht in der Lage, die Person, die den Leichnam gestohlen hatte, durch einen Angriff von hinten zu überwältigen, falls ich sie erwischte, bevor sie zu ihren Stammesgenossen stieß. Ich stellte mir unter der Person einen Mann vor, obwohl die Abdrücke ungefähr der Größe von Selinas Füßen entsprachen. Für mich war es ausgeschlossen, dass eine Frau fähig war, einen toten Körper – noch dazu mit solcher Leichtigkeit – über der Schulter zu tragen. Ich erinnerte mich daran, wie schwer es mir gefallen war, die Leiche fortzuschleifen, als ich sie am Tag zuvor vor Krebsen und Möwen hatte retten wollen und im Schatten der Palmen ablegte. Mir war klar, dass ich diesen Kerl nur durch einen Überraschungsangriff treffen konnte. Wenn er mich kommen sah, hatte ich keine Chance. Einen Mann, der über eine derartige physische Kraft verfügte, musste ich töten, bevor er überhaupt begriff, was ihm geschah. Zum Glück hatte ich die Machete. Wenn ich nahe genug an ihn herankam, konnte ich ihm den Schädel spalten. Die Möglichkeit eines zweiten Manövers erschien mir unwahrscheinlich. Falls mein erster Hieb nicht saß, würde er den Leichnam fallen lassen und auf mich losgehen. Ich hatte nur eine Gelegenheit, einen Schlag. In diesen Schlag musste ich alles legen, was in mir steckte. Was zu jenem Zeitpunkt nicht besonders viel und auch davor nie gewesen war, wie ich nur allzu gut wusste.

Ich hielt die Machete fest umklammert, als ich den Fußspuren den Strand hinunter folgte, und war dankbar für das kalte Mondlicht. Die Spuren verliefen an einigen Stellen unregelmäßig. Der Abstand zwischen ihnen variierte, als hätte ihn seine Last ins Stolpern gebracht. Vielleicht, so hoffte ich, war er genauso erschöpft wie ich, wenn ich zu ihm aufgeholt hatte.

Schön wär's gewesen.

Die Fußabdrücke führten mich ein paar Hundert Meter den Strand entlang, bevor sie in Richtung Meer abdrehten. Ich schlich so schnell voran, wie ich konnte, und gab mir dabei gleichzeitig Mühe, so wenig Geräusche wie möglich zu verursachen. Wenn er mich kommen hörte, war alles aus. Der Dschungel schwieg, als hielte er den Atem an. Alles, was ich vernahm, waren meine eigenen Schritte und der sanft rauschende Rhythmus der Wellen. Die Spuren endeten abrupt am Uferrand.

Er kann nicht ins Meer gewandert sein, sagte ich mir. Er musste seinen Weg direkt hier am Ufer fortgesetzt haben, wo das Wasser seine Fährte verwischt hatte.

Ich starrte angestrengt in die Finsternis, doch trotz des Mondlichtes reichte mein Blick nicht besonders tief hinein. Ich musste weiter am Rand des Wassers entlanglaufen, bis ich erneut auf die Fußabdrücke stieß. Schließlich war es unvermeidlich, dass er sich früher oder später wieder vom Ufer entfernte. Sein Stamm lebte nicht unter Wasser, sondern irgendwo auf der Insel, in den Eingeweiden des Dschungels.

Obendrein erhöhte ich mein Tempo. Ich war überzeugt, dass das Rauschen der Wellen meine Schritte übertönte, als ich über den festen Sand lief und das seichte Wasser meine Füße umspülte. Ich trat versehentlich gegen einen Stein, woraufhin mein Zeh höllisch wehtat, aber ich setzte meinen Weg fort.

Bis ich in der vor mir liegenden Dunkelheit den Umriss einer menschlichen Gestalt wahrnahm.

Mein Herz tat einen Satz. Da war er.

Doch irgendwas stimmte nicht.

Jenes Wesen schleppte nichts mit sich. Keine Leiche. Kein Garnichts.

Ich schlich näher und versuchte zu verarbeiten, was ich sah. Die Gestalt zeichnete sich allmählich deutlicher ab. Ihre Bewegungen waren auf seltsame Weise unnatürlich. Etwas am Takt der Schritte war irgendwie falsch, als wankte oder taumelte sie. Auch war es kein Mann, sondern eine Frau. Nackt. Oder höchstens sehr spärlich bekleidet. Aufgrund der Dunkelheit war das kaum zu erkennen. Die langen Haare schienen klumpig und schwer und bewegten sich trotz der leichten Brise keinen Millimeter. Ich hielt die Machete so fest im Griff, dass ich spürte, wie die Rillen des Heftes sich in meine Handfläche gruben. Ich wusste nicht, was ich tun sollte. Wo war der Leichnam? Ich war nicht an ihm vorbeigelaufen, als ich den Fußspuren folgte. Hatte diese Frau Selinas toten Leib getragen? Ihn ins Meer geworfen? War das die Art, in der die Eingeborenen von Kematia ihren Toten die letzte Ehre erwiesen? Es war nicht ausgeschlossen. In manchen Regionen Asiens war es eine geläufige Sitte, die Entseelten auf eine letzte Reise über die See oder einen Fluss hinab zu schicken.

Ich kam nun nahe an die schwankende Frau heran, so nahe, dass mir ihr Bikini ins Auge fiel.

Ich hielt inne. Schlagartig. Mitten im Schritt.

Mir blieb die Luft weg.

Ein hustenhaft erstickter Laut erstaunter Fassungslosigkeit drang über meine Lippen.

Ich ließ die Machete fallen.

Dann drehte Selina sich um und sah mich an.

Selina.

Ø

– Ich stand nahe genug vor ihr, um sie eindeutig identifizieren zu können, konnte jedoch nicht in ihrem Gesicht lesen. Ihre Augen und der überwiegende Rest ihrer Züge waren unter den langen schwarzen Haaren verborgen. Selina hatte es immer gehasst, wenn ihr Haarsträhnen ins Gesicht hingen, und diese, eine für sie typische Geste, unverzüglich nach hinten gestrichen. Das tat sie jetzt nicht.

»Selina?«, keuchte ich und trat einen weiteren Schritt vor. »Wie …?«

Sie stand einfach nur da, die Schultern krumm und gebeugt, auf wackeligen Beinen schaukelnd. Sie sprach nicht zu mir. Ich bin mir nicht einmal sicher, ob sie mich gesehen oder gehört hat.

»Selina, ich dachte, du wärst …«

Sie stand da, mit schlaff herabbaumelnden Armen, während die flachen Wellen über ihre Füße spülten. Ein Laut kroch aus ihrem Mund.

Es waren keine Worte und hatte keinerlei Ähnlichkeit mit Selinas Stimme. Das Geräusch klang heiser, viehisch und schrill. Es verursachte mir Gänsehaut am ganzen

Leib, und ich fing an, mich ganz langsam rückwärts zu bewegen.

Sie war tot. Sie war tot gewesen. Daran bestand kein Zweifel. Ich bin kein Arzt, aber sie war unverkennbar tot. Sie war so tot gewesen, wie man nur sein konnte. Ich weiß, dass es manchmal gelingt, tote Menschen wieder zum Leben zu erwecken, wenn man ihre Körper auf eine bestimmte Temperatur herabgekühlt hat, aber Selina war für eine solche Reanimation viel zu lange tot gewesen, und ihre Leiche hatte einen ganzen Tag lang in der Backofenhitze der Tropensonne verbracht. Sie war nicht scheintot, sondern wirklich und wahrhaftig mausetot gewesen.

Dennoch stand sie direkt vor mir im fahlen Mondlicht. Lebendig.

Es war unmöglich. Ganz einfach unmöglich.

Aber da war sie. Lebendig.

Ich trat einen weiteren Schritt zurück. Ein Chaos von Gefühlen brach in mir aus. Das Beben reinster Freude grundierte alles und stand kurz davor, als glückseliges Lachen herauszuplatzen. Meine Selina war von den Toten auferstanden. Aber. Nein. Es war unmöglich. Das konnten nur Jesus, Vampire und Zombies. Allesamt Hirngespinste und Fantasiegestalten für mich. Das hier konnte nicht sein. Doch da stand sie. Sie war es. Das Ausgeschlossene … das Unfassbare versetzte mich in Angst und Schrecken. Der Laut, den sie ausgestoßen hatte, diese schrille, fremdartige, kreatürliche Aufwallung erschreckte mich noch mehr.

Tränen schwammen in meinen Augen. Ich weiß nicht

mehr, ob es Angst- oder Freudentränen waren. Ich rang darum, all meine widersprüchlichen Empfindungen in Schach zu halten. Ich bemühte mich mit aller Macht um rationales Denken. Unter diesen Umständen war das alles andere als einfach. Litt ich an einer Wahnvorstellung? Es war durchaus möglich. Ich war so ausgelaugt, so erschöpft und müde, dass ich vielleicht irgendwann eingeschlafen und alles nur ein Traum war.

»Selina. Rede mit mir. Bist du das wirklich?«, fragte ich mit brüchiger Stimme. Dann hörte ich das Flattern ledriger Flügel hinter mir. Ich wandte mich instinktiv um, als ein Flughund an mir vorbeirauschte, nur wenige Zentimeter über meinem Kopf. Das Tier fing zu kreischen an, bevor es in Selinas Haar landete.

Seine Klauen verhedderten sich tief in ihren langen Haaren, und die Flügel klatschten gegen ihren Schädel. Ich glaube, er hat sie auch gebissen, bin mir dessen jedoch nicht sicher. Ich stand zu weit entfernt, um es mit Bestimmtheit sagen zu können.

Selina fiel im seichten Wasser auf die Knie und versuchte, den Flughund mit einer Hand zu verscheuchen, während sie mit der anderen Hand schützend ihr Gesicht bedeckt hielt.

Ich wollte ihr beistehen. Das war mein erster Impuls. Ich war ein Stück nach vorne getreten, als mir klar wurde, dass die Machete sich nicht mehr in meiner Hand befand. Ich suchte den Boden nach ihr ab, konnte sie aber nirgendwo entdecken. Ich hatte sie garantiert bei mir getragen, als ich Selinas Spur im Sand gefolgt war, doch nun war sie weg. Hatte ich sie in jenem

Moment fallen gelassen, als Selina sich umdrehte? Dann müsste sie irgendwo in der Nähe im Wasser treiben. Das war nicht der Fall. Vielleicht hatte das Meer sie verschluckt. Hier und da sah ich ein paar Felsen, aber keine Machete.

Selina bekam den Flughund zu fassen, riss sich das Tier aus dem Haar und heulte wie eine Hexe, die auf dem Scheiterhaufen verbrannt wurde. Das Vieh schlug wie verrückt mit den Flügeln, fauchte sie böse grinsend an und schrie seinerseits vor Todesangst und Entsetzen. Sie schüttelte es heftig durch, hob es zum Mund und biss ihm den Kopf ab.

Ich war nahe genug herangekommen, um erkennen zu können, wie das Blut aus dem Stumpf der Gurgel quoll, ihre Hand und den Unterarm hinabströmte und von ihrem Ellenbogen tropfte. Im bizarren Licht des Mondes wirkte das Blut schwarz. Jeder einzelne Muskel in meinem Körper spannte sich. Ich konnte nicht atmen. Ich konnte mich nicht rühren. Ich konnte nicht glauben, was ich sah.

Sie zerquetschte den Schädel des Flughundes zwischen ihren Zähnen. Das Geräusch, das dabei ertönte, war unerträglich. Sie kaute gemächlich. Der größte Teil ihrer Miene war nach wie vor unter den verdreckten Haaren verborgen, aber was ich von der Bewegung ihres Kiefers erkennen konnte, reichte aus, überwältigende Übelkeit in mir auszulösen. Blut spritzte von ihrem Kinn.

Sie schluckte den Kopf runter, hob den toten Flughund zu ihrem Mund hoch und riss ihm mit blankem

Gebiss die Därme aus dem Leib. Ich schaute zu, wie sie die langen dünnen Eingeweidefäden herauszog und zu kauen begann.

Ø

– Ich spürte heißen Urin mein Bein hinabrinnen. Ich war wie erstarrt. Die Welt zog sich um mich herum zusammen. Meine Augen brannten. Auf meiner Kopfhaut schien es von krabbelnden Ameisen zu wimmeln.

Selina ließ die Überreste des erlegten Tieres fallen, hob den Kopf und sah mich an. Zum ersten Mal konnte ich einen Blick auf ihre Augen erhaschen. Sie funkelten wie Silber im kalten Schimmer des Mondes. Sie trat langsam auf mich zu. Ihr Mund stand offen. Ich sah Fetzen von Fleisch und Innereien zwischen ihren blutroten Zähnen. Ihr Oberkörper war in Blut gebadet. Ein Faden ihres Bikinioberteiles hatte sich gelöst, sodass eine ihrer Brüste freilag.

»Noa?«, sagte sie und lachte.

Doch es war nicht Selinas Stimme. Ganz und gar nicht. Es war nicht ihr Lachen.

»Selina«, wisperte ich. Meine Beine begannen zu zittern. Schließlich lösten sich meine Muskelverkrampfungen. Ich saugte Luft in die Lungen und stolperte rückwärts.

Selina kam näher und streckte eine blutige Hand nach meinem Gesicht aus. Eine Mischung aus Speichel und Blut ergoss sich aus ihrem Mund. Sie lachte noch immer.

Ich wich weiter zurück, jetzt schneller, aber nur von kurzer Dauer. Ich verlor im Sand den Halt und fiel hart auf den Rücken. Nach Luft keuchend, robbte ich auf den Ellenbogen panisch vor ihr davon, wobei ihr eine Menge Sand entgegensprühte. Doch es war zwecklos.

Selina konnte mich mühelos einholen. Sie lachte nicht mehr. Ihre Miene lag vollständig im Schatten hinter den dichten Haaren. Sie beugte sich über mich.

Meine Hand ertastete einen Felsbrocken. Ich hielt inne, und als ich dort auf dem Rücken im feuchten Sand lag, ergriff ich den Stein.

»Stopp!«, rief ich. »Bleib stehen, Selina!«

Sie blieb nicht stehen, sondern warf sich auf mich, brüllend wie eine wilde Bestie. Ich reagierte rasch und umfasste mit der linken Hand ihre Kehle. Ihre Zähne schnappten wenige Zentimeter vor meinem Gesicht in die Luft. Ihr Maul war verzerrt wie das eines tollwütigen Hundes. Wahnsinn und Blutdurst leuchteten in ihren Augen. Zentimeter über meinen. In jenen Augen fand ich keine Spur von meiner Selina. Darin war nichts von ihr geblieben. Es gab nur dieses rasende Monster.

Ich knallte ihr den Steinbrocken ins Gesicht.

Ø

– Ich traf sie genau an der Stirn, und sie brach sofort erschlafft in meinen Armen zusammen. Dennoch schlug ich abermals zu, und dann noch mal. Ich hatte keine Kontrolle mehr über mich. Ich schrie vor Entsetzen, als ich ihren schlaffen Körper von mir runter trat und mich auf die Beine raffte.

Mit erhobenem Stein sprang ich um sie herum, bereit, falls nötig erneut zuzuschlagen. Blut floss aus der Wunde in ihrer Stirn und sammelte sich zu einer Lache im Sand unterhalb ihres Gesichtes.

»Selina!«, rief ich nach Luft ringend.

Sie bewegte sich nicht.

Ich trat sie.

Keine Reaktion.

Ich trat sie erneut.

Dasselbe Ergebnis.

Sie war entweder tot oder bewusstlos.

Na und? Sie schien den ganzen Tag über tot gewesen zu sein. Scheiße, sie *war* am Tage tot gewesen. Und sie war zurückgekehrt als … als … als *das da*. Ich konnte sie nicht dort liegen lassen. Falls ich ihr nicht endgültig und todsicher den Garaus machte, wäre ich nirgendwo auf dieser verfluchten Insel geschützt.

Ich schmiss den Stein in den Sand und packte sie bei den Knöcheln. Ich schleifte sie zurück zum Lager und legte sie genau dort ab, wo sie den ganzen Tag lang gelegen hatte – unter den Palmen. Ich eilte zu den Kisten hinüber, welche die Seemänner zurückgelassen hatten, und schnappte mir das Nylonseil, das noch immer dort in der Kiste lag, wo ich es zuvor beim Durchwühlen der Sachen gesehen hatte. Mit dem Seil über der Schulter hastete ich zu ihr zurück. Ich warf den Strick in den Sand und brachte sie an den Stamm der nächststehenden Palme gelehnt in Sitzposition.

Ich drehte ihr die Arme nach hinten und fesselte die Handgelenke auf der anderen Seite des Stammes mit dem Seil aneinander. Das Seil war lang, sodass ich es diverse Male um ihren Oberkörper und den Stamm wickelte, bis kein Stück mehr übrig war. Das Ende des Strickes verknotete ich um ihre Unterarme und trat dann zurück, um mein Werk zu begutachten.

Derart eingeschnürt sah sie wie ein Ding aus einem klassischen Cartoon aus, aber sie würde sich auf gar keinen Fall befreien können.

Das hoffte ich jedenfalls.

Ich kehrte zu meinem neuen Lagerplatz zurück und verbrachte die folgende Stunde damit, meine Sachen durchzugehen. Ich befühlte die Streichhölzer, um zu überprüfen, ob sie getrocknet waren. Nein, waren sie nicht. Das Feuerholz fühlte sich ebenfalls noch feucht an. Ausgeschlossen, dass es vor Sonnenaufgang noch ausreichend trocknete. Ich nahm das Handtuch, das Selina auf dem Strand hatte fallen lassen, nachdem sie von den Toten auferstanden war, und hängte es zum Trocknen über einen Ast. Wie lange ich auch noch hier festsitzen mochte, ich würde es brauchen.

Während ich mit meinen Habseligkeiten beschäftigt war, kam Selina zu sich. Einmal mehr lebendig. Sie schrie und heulte, fauchte und wimmerte. Doch sie sprach kein einziges Wort. Nicht einmal meinen Namen.

Ich ging ein paarmal zu ihr hinüber, hockte mich vor ihr hin und versuchte, mit ihr zu reden, aber sie zeigte nicht die geringste Reaktion. Bei ihrem ursprünglichen Angriff hatte sie kurz meinen Namen ausgesprochen, aber davon abgesehen gab es keinerlei Anzeichen dafür, dass sie mich erkannte. Nur diese unbändige Wut darüber, gefesselt zu sein.

Sie kreischte und heulte und zischte, bis sich endlich die Sonne am Horizont erhob.

Dann kippte ihr Kopf nach vorne, und sie wurde still.

Im Laufe der ersten paar Stunden behielt ich sie wachsam im Auge, aber irgendwann war der Punkt erreicht, an dem mich die Müdigkeit übermannte. Ich hatte volle zwei Tage nicht geschlafen und in der Nacht davor auch nicht besonders viel.

Ø

– Hat man Sie medikamentös behandelt, als Sie letztes Jahr in die psychiatrische Anstalt eingewiesen wurden?

– Wird das nicht jeder Patient?

– Wurden die Medikamente bei Ihrer Entlassung abgesetzt?

– Ich habe Ihnen genau das berichtet, was auf Kematia geschah. Mir ist klar, dass es verrückt klingt, aber so spielte es sich ab. Ich bin nicht dämlich genug, eine solche Geschichte zu erfinden, um dadurch eine Mordtat zu verschleiern. Wäre das meine Absicht gewesen, hätte ich mir etwas … Glaubwürdigeres einfallen lassen.

– Ja, ich gehe davon aus, dass Sie sich eine bessere Geschichte hätten ausdenken können. Darüber sind wir uns einig. Haben Sie nach der Entlassung aus dem Krankenhaus Ihr Medikament weiter eingenommen?

– Nicht regelmäßig. Ich versuche, um Medikamente einen Bogen zu machen. Ich bin nicht in diesem behandlungsbedürftigen Sinne psychisch krank. Ich hatte einen Nervenzusammenbruch. Ich war depressiv. Ich war in keiner Weise psychotisch. Außerdem bin ich bezüglich der Beziehungen zwischen Pharmaindustrie und Psychiatrie skeptisch. Es ist ein gigantisches und sehr schmutziges Geschäft. Ich bevorzuge es, mich von Drogen fernzuhalten.

– Hat Ihr Hausarzt diese Entscheidung unterstützt?

– Nein. Ich bin nicht der Typ, der gerne zwischendurch einfach mal so zum Arzt geht. Warum sollte ich einen Arzt konsultieren, wenn ich nicht krank bin?

– Geistesstörung zum Zeitpunkt der Tat?

– Ich war nicht geistesgestört. Ich war entkräftet, verängstigt, dünnhäutig, am Rand der Panik, dehydriert, am Verhungern, in Trauer und so weiter, und all das mag durchaus einen gewissen Einfluss auf mein Urteilsvermögen gehabt haben, Ich war möglicherweise nicht so vernünftig und ausgeglichen wie an einem normalen Durchschnittstag, aber ich war *nicht* psychotisch. Sämtliche Dinge sind so passiert. Es waren keine von mir entwickelten Wahnvorstellungen.

– In diesem Teil der Welt betrachtet man das Plädieren auf Unzurechnungsfähigkeit selten als einen strafmildernden Umstand, wenn es um Schwerverbrechen oder Mord geht. Im Allgemeinen werden hier psychisch gestörte Straftäter, die wir in Dänemark in Behandlung geben würden, zum Tode verurteilt.

– Sie glauben, ich gebe vor, verrückt geworden zu sein, obwohl ich ausdrücklich behaupte, dass ich nicht verrückt war?

– Ich bin keine Psychiaterin, aber soweit ich es überblicke, wären die Gestörten nicht gestört, wenn sie selber wüssten, dass ihre Wahnvorstellungen und Psychosen nicht real sind.

– So einfach liegt die Sache nicht. Ich habe bei meiner Therapie Menschen kennengelernt, die wussten, wann und wie sie den Bezug zur Wirklichkeit verloren, denen klar war, dass sie an wahnhaften Störungen litten, aber sie kamen einfach nicht dagegen an.

– *Ich verstehe.*

– Aber darum geht es mir nicht. Ich versuche nicht, mich meiner Strafe zu entziehen. Ich versichere Ihnen, sie nicht umgebracht zu haben. Sie war bereits tot, als ich ihr die Stirn einschlug. Sie war tot, aber lebendig. Irgendeine Art beschissener Zombie.

– *Ja.*

– Und das glauben Sie mir natürlich nicht.

– *Ich versuche es.*

– Kacke …

– *Sind Sie auslandsgültig krankenversichert?*

– Bin ich. Warum?

– *Eventuell kann ich Sie von einem Psychiater untersuchen lassen … es gibt in dieser Ecke nicht wirklich viele gute Zunftvertreter, aber ich könnte möglicherweise einen auftreiben.*

– Ich benötige keinen Psychiater.

– *Wie Sie meinen.*

– Sie denken, ich wäre draußen auf dieser Insel psychotisch geworden? Sie denken, ich hätte Selina in einem rasenden Irrsinnsanfall getötet, weil ich sie in diesem Zustand für einen Zombie hielt, der mich fressen wollte? Sie denken, dass die Tatsache, dass ich keine Medikamente nehme, irgendwie eine Rolle hierbei spielt? Wie meine Vorstrafe wegen gewalttätigen Verhaltens? Dass ich in der Vergangenheit Probleme mit Eifersucht hatte? Dass Selina vielleicht ein bisschen zu heftig mit dem Schweden geflirtet hat? Sie glauben, all das sowie der Schock, auf einer einsamen Insel ausgesetzt worden zu sein, der Hunger, der Flüssigkeitsmangel, zu viel Sonne und die totale Aussichtslosigkeit der ganzen Situation haben mich in einen Zustand von Geistesgestörtheit getrieben, in dem ich meine Verlobte ermordete? Sie glauben das, weil es Ihnen schlicht unmöglich ist, die Dinge, die ich Ihnen erzählt habe, als Wahrheit zu betrachten? So ist es doch, oder?

– Es trifft ziemlich genau das, was die meisten Leute denken würden, Noa.

Ø

– Es war noch Vormittag, als ich aufwachte. Selina war nach wie vor an die Palme gefesselt. Sie hatte sich nicht gerührt. Erneut krabbelten Ameisen über ihre Haut. Ich reckte und streckte mich, rieb mir den Schlaf aus den Augen und wischte mir den Sand vom Leib – und bemerkte das Schiff, das in unmittelbarer Strandnähe vor Anker lag.

Es war ein graues Schiff. An der Seite befanden sich diverse Zeichen, Markierungen und Symbole, die ich jedoch aus dieser Entfernung nicht klar entziffern konnte. Das Schiff war nicht besonders groß, kaum größer als das Schnellboot, das uns nach Kematia gebracht hatte. Es sah – vielleicht hauptsächlich aufgrund der grauen Färbung – eher wie ein Militärboot als ein Fangschiff oder eine Jacht aus. Sie hatten ein Schlauchboot ins Wasser herabgelassen, das sich mit zwei uniformierten Männern an Bord jetzt dem Strand näherte.

Ich rannte ihnen wild winkend und gestikulierend entgegen. Das Erleichterungsgefühl war überwältigend. Ich war gerettet. Ich hegte keinen Zweifel daran, dass es sich um Ranger handelte. Die Aufseher des Nationalparks. Ihre Uniformen waren hellbraun. Sie trugen Abzeichen auf der Brust und den Hüten. Die Aufschrift war für jemanden wie mich, der die Landessprache nicht verstand und nicht einmal das dazugehörige Alphabet beherrschte, unlesbar – allerdings war ein Leopard auf einem der Abzeichen abgebildet. Ich weiß, dass Sie andauernd betonen, Kematia sei kein Nationalpark, aber diese Typen waren Parkranger. Davon bin ich fest überzeugt.

Sie legten an und kamen an Land. Ich erklärte, was geschehen war. Sie untersuchten Selina und baten per Schiffsfunk um Unterstützung. Weniger als eine halbe Stunde später trafen die Polizei und ein Team von Rettungssanitätern in zwei Helikoptern ein. Sie landeten ein Stück weiter den Strand hinab. Sie zerschnitten die Seile, die Selinas Leichnam hielten, und trugen meine Verlobte zu einem der Hubschrauber. Auch den Polizisten schilderte ich, was passiert war, und sie brachten mich per Helikopter hierher zurück. Dann sperrten sie mich in die Zelle, und man hat von mir wieder und immer wieder verlangt, meine Geschichte aufs Neue zu erzählen. Was ich auch getan habe.

Dann sind Sie auf der Bildfläche erschienen.

Ø

– Selinas Leiche befindet sich auf dem Weg in die Hauptstadt. Tatsächlich könnte sie inzwischen schon dort angekommen sein. Hier verfügen sie weder über die räumlichen und technischen Mittel noch über die nötige Sachkenntnis, um eine anständige Obduktion durchzuführen.

– Und in der Hauptstadt ist das anders?

– Auf jeden Fall. Das Niveau der Ärzteschaft und der Krankenhäuser in der Hauptstadt entsprechen vollauf westlichen Standards.

– Und sie sind alle unbestechlich dort?

– Noa.

– Tourismus ist hier ein dickes Geschäft.

– Noa! Das mag zwar so sein. Aber das sind jetzt nun mal die Modalitäten. Ich kann Ihnen keine Garantien geben. Niemand kann das.

– Sie vertuschen die Sache. Jeder Einzelne von ihnen ist an der Verschleierung beteiligt.

– Wer an was auch immer beteiligt sein mag, Ihre Geschichte der Vorfälle auf Kematia wird in Stücke geschlagen werden, falls der Obduktionsbericht sie nicht bestätigt.

– Also stehen meine Chancen nicht besonders gut?
– Ihre Chancen stehen nicht schlecht, wenn der Obduktionsbericht bestätigt, dass sie tatsächlich an einer Korallenvergiftung gestorben ist und die Schädelverletzung post mortem erfolgte.
– Deswegen will ich, dass die Botschaft mir hilft, eine zweite Meinung zur Autopsie einzuholen. Wenn die Mediziner in der Hauptstadt meine Version der Geschichte nicht bestätigen, muss ein dänisches Expertenteam anrücken, um seinerseits eine Obduktion durchzuführen.
– Das wird nicht möglich sein, Noa. Wir haben nicht die finanziellen Mittel dazu, und selbst wenn wir sie hätten: Wie könnte ich den Botschafter oder das Außenministerium davon überzeugen, dass dies der richtige Weg ist?
– Indem Sie ihnen die Wahrheit sagen?
– Dass Selina von den Toten auferstanden ist? Wie, glauben Sie, werden sie diese Information aufnehmen? Meinen Sie, es wäre meiner Karriere förderlich, wenn ich dem Außenministerium eine derartige Behauptung vorsetze?
– Sagen Sie mir, was ich tun soll. Ich erzähle doch nichts als die Wahrheit!
– Falls Sie an Ihrer Geschichte des Vorfalles festhalten und der Obduktionsbericht sie widerlegt, werden Sie höchstwahrscheinlich zum Tode verurteilt. Die müssen nicht beweisen, dass Sie Selina mit einem Stein getötet haben. Das haben Sie selbst zugegeben. Niemand wird Ihren Verteidigungsargumenten Glauben schenken. Mordprozesse enden hier häufig mit der Todesstrafe.
– Können Sie nicht irgendwie Druck auf sie ausüben?
– Mit was? Ihre Geschichte ist nicht gerade besonders …

– Das Handelsabkommen! Verlangen Sie, mich freizulassen, sonst …

– Dänemark kann auf dieses Abkommen nicht verzichten. Nicht weniger als sie.

– Ich bin also nicht wichtig genug? Wollen Sie das damit sagen? Dänemark kümmert sich einen Scheißdreck um einen unschuldig zum Tode verurteilten dänischen Staatsbürger, solange es nur unserer Exportwirtschaft nützt?

– Ihre beste Chance wäre, wie ich das sehe, ein Geständnis.

– Wie bitte?

– Geständnisse verhindern in den allermeisten Fällen ein Todesurteil.

– Ich … Das kann ich nicht.

– Man hat hierzulande keine Hemmungen, Menschen anderer Staatsangehörigkeit hinzurichten. Vor wenigen Monaten erst haben sie einen Franzosen wegen Mordes an einer Prostituierten exekutiert. Der Mann beteuerte seine Unschuld. Frankreich versuchte, die Exekution zu verhindern, doch ohne Erfolg. Letztes Jahr wurden zwei Australier wegen Drogenhandels hingerichtet. Ein Erschießungskommando bildet die gängigste Form der Hinrichtung in diesem Land. Hängen kommt allerdings auch häufig vor.

– Sie weigern sich, mir zu helfen?

– In Wirklichkeit bin ich gerade dabei, Ihnen zu helfen. Ich versuche, Ihr Leben zu retten. Und ich tue das, obwohl ich glaube, dass Sie sie getötet haben. Meiner Ansicht nach wurden Sie psychotisch und haben sie umgebracht. Es tut mir leid, dies so offen sagen zu müssen, aber so ist es nun mal. Dennoch versuche ich alles in meiner Macht Stehende, um Ihnen beizustehen. Gestehen Sie. Und retten Sie Ihr Leben. Das geläufigste

Urteil im Falle geständiger Mörder lautet hier lebenslänglich. Meistens kriegen wir es hin, dass uns die verurteilten Straftäter nach acht oder zehn Jahren ausgeliefert werden. Dann werden Sie in ein dänisches Gefängnis überführt, wo Sie den Rest ihrer Strafe absitzen. In Ihrem Fall wäre eine Verwahrung in einer geschlossenen psychiatrischen Anstalt für geisteskranke Kriminelle wahrscheinlich. Das hätte dann ein Richter zu entscheiden. Vielleicht würde man Sie sogar auf freien Fuß setzen.

– Zehn Jahre. Ich halte hier keine zehn Jahre im Knast durch!

– Mich anzuschreien wird Ihnen nicht helfen.

– Es stimmt. Ich hatte Probleme mit aggressiven Eifersuchtsattacken. Bei einer Party, die Selinas Arbeitgeber geschmissen hat, bin ich in eine Schlägerei geraten, weil ich fand, dass sie zu oft und lange mit diesem einen Kerl getanzt hat. Dieses Problem existiert. Ich bin nicht stolz darauf, es zuzugeben. Ich habe daran gearbeitet, es abzuschwächen, mich zu beherrschen versucht. Das habe ich. Das habe ich wahrhaftig. Dieser Schwede hat mich nicht gekümmert. Nein, das tat er gewiss nicht. Ich hätte ihm liebend gerne eine reingehauen. Ich wollte, dass er sich verdammt noch mal von Selina fernhielt. Aber ich habe ihn nicht geschlagen. Ich habe kein Wort gesagt. Ich habe gelernt, mich unter Kontrolle zu halten. Bis zehn zu zählen und mich dann einfach vom Acker zu machen. Ich habe Selina nicht umgebracht. Glauben Sie mir doch endlich, verfluchte Scheiße. Helfen Sie mir. Ich flehe Sie an!

– Mehr kann ich wirklich nicht für Sie tun, Noa.

– Bleiben Sie! Gehen Sie nicht weg! Bitte!

– Hier ist meine Karte. Im Rahmen der begrenzten Möglichkeiten wird die Botschaft Ihnen selbstverständlich bestmögliche

Unterstützung zukommen lassen. Auf Wiedersehen, Noa. Denken Sie über das nach, was ich Ihnen gesagt habe. Gestehen Sie. Retten Sie Ihr Leben. Gestehen Sie.

Ø

– Was kann ich für Sie tun?
– Sind Sie der Polizeichef hier?
– Der bin ich.
– Ich habe ein langes Gespräch mit Line geführt. Sie wissen schon, die Frau von der dänischen Botschaft, die vor ein paar Stunden da war? Seit sie gegangen ist, habe ich über einiges nachgedacht.
– Und?
– Ich …
– Hören Sie auf zu weinen. Seien Sie ein Mann.
– Tut mir leid.
– Fahren Sie fort. Was möchten Sie mir mitteilen? Ihre ganze Geschichte ist eine einzige Lüge, nicht wahr?
– Ich habe alles so erzählt, wie ich es erinnern konnte. Es ist nur … ich habe im letzten Jahr Clozapin eigenommen … ich wurde letztes Jahr ins Krankenhaus eingeliefert. Ich hatte einen Nervenzusammenbruch. Sie sagten, ich sei schizophren, aber das habe ich nie geglaubt. Ich habe einen Nervenzusammenbruch erlitten, das war alles. Vor ein paar Wochen habe ich mein Clozapin abgesetzt. Ich wollte nicht mit einem Ruck-

sack voller Drogen in den Fernen Osten reisen. Außerdem braucht man im Paradies keine Pillen, um glücklich zu sein, oder?

– Sind Sie bereit, den Mord an Selina Quist Hansen zu gestehen?

– Ich …

– Los, antworten Sie schon! Haben Sie sie getötet?

– Ich glaube, ich könnte es vielleicht getan haben … Ich …

– Sie haben Ihre Tabletten nicht genommen, weshalb Sie auf der Insel Kematia durchgedreht sind, was schließlich dazu geführt hat, dass Sie die Frau umgebracht haben, die Sie heiraten wollte?

– O Gott, ich glaube, ich habe es getan. Es tut mir so schrecklich leid!

Ø

– Hier spricht Line Bang Skovmand.

– Warum rufen Sie an? Wo sind Sie?

– Ich habe mir hier unten ein Hotelzimmer genommen. Ich bin zu müde, um heute Abend noch den ganzen Weg bis zur Botschaft zurückzufahren.

– Das Galadinner war fantastisch. Bedauerlich, dass Sie nicht dabei sein konnten. Alle sind noch da, momentan nehmen sie Cognac im Foyer ein. Ich bin absolut unabkömmlich. Der Minister braucht meine Unterstützung. Haben Sie mit Ihrem Mordverdächtigen reden können?

– Habe ich. Vor drei Stunden habe ich das Gefängnis verlassen.

– Warum haben Sie sich dann nicht früher gemeldet?

– Es ist eine furchtbare Sache. Ich brauchte einige Zeit, um wenigstens ein bisschen was davon abzuschütteln, bevor ich anrufen konnte. Ich habe … mir was zu trinken gekauft. Ich bin … Ich weiß nicht, ob ich heute Nacht Schlaf finde. Zusätzlich habe ich danach noch eine weitere Stunde damit verbracht, mich mit dem örtlichen Polizeichef zu unterhalten. Ich wollte sicherstellen, dass man uns über jegliche Entwicklungen in diesem Fall informiert hat.

– Ihre Meinung. Ist er schuldig? Haben sie ihn einigermaßen anständig behandelt?
– *Wenn man die Umstände berücksichtigt, haben sie ihn korrekt behandelt, denke ich. Er ist jedoch ein sehr kranker Mann. Er gehört von einem Psychiater untersucht. Natürlich bin ich für derartige Diagnosen nicht qualifiziert, aber es handelt sich um einen Menschen, der den Bezug zur Wirklichkeit komplett verloren hat.*
– Schien er psychotisch, während Sie mit ihm sprachen?
– *Nein. Das war fast das Schlimmste dabei. Er wirkte so vernünftig und vollkommen klar im Kopf. In puncto Verständigung hatte er keinerlei Problem, obwohl …*
– Obwohl?
– *Was er mir erzählte, war absolut irre. Es ist eine lange Geschichte, aber in Kurzfassung … Tja, er hat behauptet, Selina Quist Hansen sei gestern Morgen an einer Korallenvergiftung gestorben. Sie hat sich beim Schnorcheln ihr Knie an einer giftigen Korallenart verletzt, wonach sich ihr Zustand im Verlauf des Tages und der folgenden Nacht stetig verschlimmerte, bis sie schließlich verstarb. In der nächsten Nacht ist sie jedoch seiner Behauptung nach von den Toten auferstanden und hat ihn angegriffen. Dann hat er ihr in einem Akt der Selbstverteidigung einen Stein ins Gesicht gerammt und sie an eine Palme gefesselt. Offensichtlich glaubt er selbst felsenfest an das, was er berichtet.*
– Ein Zombie? Als ich ein Kind war, ist einer unserer Lehrer verrückt geworden. Man munkelte, er hatte sich zu der Vorstellung verstiegen, der KGB habe eine Armee unsichtbarer Spione ausgesandt, um ihn zu töten. Wohin er auch ging, er konnte überall ihre flüsternden Stimmen hören. Es ist unglaub-

lich, wie das Gehirn sich selbst von solchen Alternativwirklichkeiten überzeugen kann.

– *Ich gab mir alle Mühe, ihn zur Vernunft zu bringen, aber ich glaube, ich konnte nicht zu ihm vordringen. Seine ganze Geschichte war eine Wahnvorstellung. Er hat nicht bloß behauptet, dass sie bereits tot war, als er sie tötete. Alles war verzerrt und verdreht. So gut wie alle Details widersprachen den bekannten Fakten. Wenn sie sich tatsächlich an einer Koralle verletzt hätte, wäre dort am Knie der Leiche eine Wunde zu finden gewesen. Der Arzt, der sie für tot erklärte, erwähnte allerdings nichts von Schnittwunden am Knie oder den Beinen, und sein Bericht berücksichtigt extrem viele Einzelheiten. Noa Simon Poulsen beharrte darauf, Kematia sei ein Nationalpark. Er wiederholte stur, ein Schwede namens Alexander würde illegale Schnorcheltouren zu einem Korallenriff innerhalb dieses nicht existenten Nationalparks organisieren, und zwei einheimische Matrosen hätten sie mit einem Schnellboot namens* Kapal Hantu *dorthin gebracht, obwohl die Polizei angegeben hat, dass es kein Schnellboot, keinen Schweden und keine zwei Seemänner gibt.*

– Beeindruckend. Also weiß niemand genau, wie es diese zwei jungen Dänen auf die abgelegene Insel verschlagen hat.

– *Das ist ein Rätsel. Kematia liegt jedenfalls sehr weit entfernt. Sie können unmöglich dorthin geschwommen sein, und sie sind auch nicht mit einem Kajak rübergefahren.*

– Vielleicht haben sie einen Jetski benutzt? Das habe ich schon mal gesehen. Vor ein paar Jahren gab es in Mexiko zwei Jütländer, die auf einem dieser Dinger etliche Meilen rausgefahren sind. Dann ging ihnen der Sprit aus, und sie verbrachten fast vierundzwanzig Stunden darauf und wurden dahingetrieben, bis ein Frachtschiff sie aufgabelte.

– Was Noa Simon Poulsen angeht, mache ich mir große Sorgen, dass er an seiner verblendeten Version der Ereignisse festhalten wird. Er ist krank. Er muss behandelt werden. Ohne Geständnis erwartet ihn jedoch die Todesstrafe.
– Wenigstens diese Last kann ich Ihnen nehmen, Line. Vor einer halben Stunde rief der Polizeichef mich an. Er wollte uns persönlich darüber in Kenntnis setzen, dass Noa Simon Poulsen den Mord gestanden hat. Aus diesem Grund werden sie nicht für die Todes-, sondern eine dauerhafte Gefängnisstrafe plädieren, wie es hierzulande üblich ist. Morgen früh wird er einem Richter vorgeführt. Das Urteil wird allerdings noch eine geraume Weile auf sich warten lassen.
– Ich danke Ihnen. Ich bin froh, das zu hören. Vielleicht gelingt es uns, ihn zwecks psychiatrischer Behandlung nach Dänemark zu überführen?
– Dafür müssten wir einiges an Vorarbeit leisten, aber langfristig gesehen könnte es möglich sein. Klopfen Sie sich auf die Schulter, Line. Das haben Sie sich verdient. Sie haben soeben einem Menschen das Leben gerettet. Gut gemacht.
– Danke, Frank.
– Ich muss los. Der Minister wartet. Die Pflicht ruft. Nehmen Sie sich morgen frei. Das ist das Mindeste. In der Botschaft wird wahrscheinlich sowieso eine eher ruhige Kugel geschoben, wenn all die Amtsträger auf dem Weg zum Flughafen sind.

Ø

– *Line Bang Skovmand.*

– Frank Sigmund von der Botschaft. Warum gehen Sie so spät ans Telefon?

– *Ich habe geschlafen. Wie spät ist es?*

– Kurz nach zwei Uhr früh. Auf der Party hier in der Botschaft geht es noch immer hoch her. Wie es aussieht, sind unsere zwei Staaten echt wild darauf, dieses Handelsabkommen angemessen abzufeiern. Jetzt tanzen sie gerade. Ist nicht gerade ein schöner Anblick. Haben Sie wirklich geschlafen?

– *Ich war zum Rauchen draußen auf dem Balkon. Ich habe getrunken, anscheinend über eine halbe Flasche. Ich konnte mein Smartphone nirgends finden. Es lag auf dem Nachttisch. Warum rufen Sie so spät noch an? Sollten Sie nicht eigentlich den Ministern zur Seite stehen?*

– Das sollte ich in der Tat. Obwohl sie augenblicklich ziemlich zufrieden wirken, solange der Barkeeper seine Schuldigkeit tut. Ha! Die saufen uns das letzte Hemd vom Leib, wenn sie so weitermachen. Moment mal, Sie haben geraucht? Sind Sie nicht diejenige, die dauernd Nikotinkaugummi kaut, ohne je geraucht zu haben?

– Frank. Ich habe keine Ahnung, warum Sie mich mitten in der Nacht anrufen, aber ich habe den starken Eindruck, dass es nicht um meinen Nikotinkonsum geht.
– Stimmt. Im Falle unseres wahnsinnigen Verlobtenmörders hat sich etwas getan. Ihr freier Tag morgen ist gestrichen. Ihr Land verlangt nach Ihrer Arbeit. Sie müssen unverzüglich zurück zum Gefängnis, wo man Noa Simon Poulsen Ihrer Obhut übergeben wird. Er wird direkt zum nächsten Flughafen gefahren und in die erste Maschine nach Kopenhagen gesetzt.
– Was? Verzeihung, das kann ich nicht tun. Ich habe getrunken. Ich kann in diesem Zustand keinen Wagen steuern.
– Ich fürchte, das werden Sie aber müssen. Alle Anschuldigungen gegen Noa Simon Poulsen werden fallen gelassen, sofern wir ihn auf der Stelle außer Landes schaffen. Das Auto ist mit Diplomatenkennzeichen ausgestattet. Sie genießen rechtsgültige Immunität. Vermeiden Sie es nur, jemanden zu überfahren.
– Frank, was läuft da?
– Selina Quist Hansens Leichnam ist verschwunden.
– Was sagen Sie da?
– Der Leichenwagen, mit dem man die Tote zur Obduktion ins Landeskrankenhaus transportierte, wurde ungefähr dreißig Meilen vor der Hauptstadt in einem Graben gefunden. Der Fahrer war tot. Seine Kehle war herausgerissen. Offenbar wurde er gebissen. Im Fahrzeug fanden sie zahlreiche blutige Handabdrücke. Kleine Hände. Die Hände einer Frau.
– Aber … Das ist nicht möglich.
– Dies ist streng vertraulich. Höchste Geheimhaltungsstufe. Eine die Staatssicherheit betreffende Angelegenheit. Verstanden?

– … *Sicher.*

– Sie haben militärische Spezialeinheiten in der Gegend aufmarschieren lassen, mit dem Befehl, Selina Quist Hansen oder das, was aus ihr geworden ist, bei Sichtkontakt zu eliminieren. Danach werden ihre Überreste im Krematorium verbrannt, und die Asche wird uns in einer Urne übergeben und an ihre Familie daheim geschickt werden. Ihr Tod auf Kematia wird offiziell als Unfall deklariert. Sie starb an einer Korallenvergiftung. Der Rest des Falles wird von amtlicher Seite strengstens geheim gehalten.

ENDE

HART – HÄRTER – LANGSTRUP

Erleben Sie drei exklusive Bonus-Storys vom dänischen Horrormeister!

Und der Affe lächelt

Das Apartment riecht nach anderen Menschen. Fremden. Maja zieht ihren Koffer in den Flur und die Tür hinter sich zu. Nach mehr als vierundzwanzig Stunden Heimreise ist sie ziemlich fertig. Rücken und Nacken tun ihr weh. Ihre Füße sind geschwollen. Ihr Gesicht fühlt sich wie eine Maske aus kaltem Wachs an. Sie leidet unter Jetlag. Hier ist es noch nicht einmal zwölf Uhr mittags, und dennoch sagt ihre innere Uhr ihr, dass bereits die Abendstunden angebrochen sind.

Sie stellt ihren Koffer im Schlafzimmer ab und lässt den Blick durch den Raum wandern. Es sieht mehr oder weniger aus wie immer. Das Bett ist gemacht. Die Sachen auf ihrem Nachttisch haben sie durcheinandergebracht. Die Italiener. Die Rollläden sind zur Hälfte runtergelassen. Sie zieht sie hoch und macht das Fenster auf. Den unvertrauten Mief der Italiener in ihrer Wohnung kann sie nicht gut vertragen. Ihren Eigengeruch, die Parfüms, ihr Essen. Sie holt das Ladegerät für ihr Telefon aus der Handtasche und schiebt es in die Steckdose beim Nachttisch, um ihr Smartphone aufzuladen.

Sie betritt das Badezimmer. In der Kloschüssel finden sich Pisse und Toilettenpapier. Sie betätigt die Spülung. Der Spiegel über dem Waschbecken ist verdreckt. Sie wird aufräumen und sauber machen, ihre Spuren aus dem Apartment tilgen, es wieder in ihre Wohnung verwandeln müssen. Sie wird dafür sorgen, dass es wieder wie zu Hause riecht.

Maja begibt sich ins Wohnzimmer. Die Vorhänge sind zugezogen, wodurch der Raum im Dunkel liegt. Sie schaltet das Licht ein und entdeckt einen Stapel Werbemüll und Lokalzeitungen auf dem Bücherregal. Es scheint, als hätten die Italiener regelmäßig ihren Briefkasten geleert. Sie blättert den Papierstapel durch, findet jedoch keinen echten Brief. Das Bild an der Wand hängt schief. Sämtliche Kerzen sind heruntergebrannt. Sie biegt den Rücken durch. Die Sofakissen liegen an einem Ende der Couch auf einem chaotischen Haufen.

Aber es hätte schlimmer sein können.

Fremde haben zehn Tage lang in ihrem Zuhause gelebt. Leute, die sie nie kennengelernt hat, über die sie nicht das Geringste weiß, nur dass es Italiener sind. Airbnb hatte ihr ihre Adresse, ihre Telefonnummer und das Entgelt zukommen lassen. Die Italiener hatten sich die Schlüssel in einem Laden die Straße runter abgeholt und sie hoffentlich dort auch wieder hinterlegt. Sie hatte so etwas zum ersten Mal getan und den überwiegenden Teil ihrer Heimreise damit verbracht, sich auszumalen, was für eine mögliche und unmögliche Katastrophe sie bei ihrer Rückkehr erwartete. Plötzlich fielen ihr all die Großstadtmythen wieder ein, von zur Untermiete bewohnten Apartments, die als Bordelle und Drehorte für Pornofilme benutzt oder schlichtweg von besoffenen Minderjährigen verwüstet wurden.

Sie hätte sich die Sorgen sparen können. Es ist eigentlich alles in Ordnung.

Auch die Küche sieht gut aus. Sogar der Mülleimer unter der Spüle ist geleert worden. Auf einem Geschirrhandtuch neben der Spüle trocknen noch ein paar abgewaschene Teller und Schüsseln, aber das ist auch alles. Sie öffnet das Fenster, da der Geruch der Fremden sie immer noch plagt. Sie haben einige Lebensmittel im Kühlschrank hinterlassen. Räucherschinken, ein halber Brotlaib, Kopfsalat, ein angebrochenes Päckchen Butter und ein paar Eier. Sie langt nach dem Brot. Wer zur Hölle packt Brot in den Kühlschrank? Sie schiebt einen frischen Müllbeutel in den Eimer und wirft das Brot weg.

Es ist Sonntag, ermahnt sie sich. Am nächsten Morgen wartet ihr Job auf sie. Sie muss auspacken und putzen, bevor sie zu müde dazu ist. Ein weiterer freier Tag wäre ihr sehr entgegengekommen. Besser noch zehn. Ihr ist so gar nicht danach, morgen wieder zur Arbeit zu gehen. Oder überhaupt je wieder.

Sie wechselt im Schlafzimmer die Bettwäsche und hängt die Daunendecke aus dem Fenster, um den fremden Gestank rauslüften zu lassen. Die schmutzigen Bezüge steckt sie in die Waschmaschine, bevor sie ihren Koffer aufs Bett wuchtet. Sie hat ihre nach Strand und Kokosöl riechende Urlaubswäsche in Einkaufstüten gestopft, was es einfacher macht, das Zeug aus dem Koffer hin zur Waschmaschine im Badezimmer zu transportieren. Sie zieht sich aus, wirft die Klamotten, die sie soeben noch am Leib getragen hat, ebenfalls in die Waschmaschine, stellt sie an und geht unter die Dusche.

Zehn Minuten später ist sie mit einem Handtuch um den Kopf gewickelt und einem Bademantel locker über die Schultern gelegt zurück im Schlafzimmer. Rasch leert sie den Koffer und schiebt ihn in eine Zimmerecke.

Sie greift sich ihr Smartphone, ohne es vom Ladegerät zu trennen, um zu schauen, wie spät es ist. Die Handyuhr zeigt an, dass es erst halb eins ist.

Sie geht wieder ins Wohnzimmer, zieht die Vorhänge auf und öffnet das Fenster. Sie kann Kindergeschrei vom Spielplatz auf der anderen Seite der Straße hören. Die Topfpflanze auf der Fensterbank ist vertrocknet. Ihr alter Geldbaum. Die Pflanze hat sie schon viele Jahre. Sie ist nicht gerade mit einem grünen Daumen gesegnet, und dieser Geldbaum ist ehrlich gesagt die einzige Pflanze, die sie jemals am Leben hatte halten können. Nun ja, bis jetzt. Jetzt ist sogar sie verwelkt. Sie legt sanft einen Finger auf die Erde im Topf. Sie ist trocken. Allerdings ist sie oft genug ausgetrocknet und hat es vorher mitunter wochenlang ohne Wasser ausgehalten. Vielleicht hatte es während ihrer Abwesenheit eine Hitzewelle gegeben?

Es spielt keine große Rolle. Die Pflanze ist tot. Fertig aus. Es war ihr Schicksal. Sie sollte nicht länger leben. Als sie nach dem Topf greift, berührt ihr linker Fuß etwas Weiches hinter dem Sofa. Sie schaut hinab und erblickt einen alten abgenutzten Teddybären. Sie lässt den

Blumentopf auf dem Sims stehen und bückt sich, um den Stoffbären aufzuheben. Doch es ist kein Bär, es ist ein Affe. Ein Kuschelaffe. Er sieht selbst gemacht aus. Und furchtbar alt. Ein Auge fehlt und ist durch eine schwarze Kreuzstichnaht ersetzt worden. Das Maul des Affen bildet ein breites Lächeln aus blau-weiß gestreiftem Stoff. Er trägt eine rote Hose, und sein braunes Fell – oder besser das wollige Gewebe, das sein Fell sein soll – ist an den meisten Stellen überstrapaziert und verschlissen. Vor vielen, vielen Jahren muss es ein wirklich hübsches Kuscheltier gewesen sein. Jetzt eher nicht mehr ... aber vielleicht noch immer heiß geliebt? Wie ein Teddy, der seit Generationen Teil der Familie ist. Sie stellt sich eine alte Großmutter oder gar Urgroßmutter vor, die ihn für ein neugeborenes Familienmitglied näht. Von da an wird der Affe von Generation zu Generation weitergereicht. Wenn man den Affen bloß anschaut, ist der Geist eines Italiens vergangener Tage beinahe spürbar. Sie denkt an das Kind, das in ihrer Wohnung mit diesem Affen gespielt hat, sie denkt an die Mutter des Kindes, die vielleicht mit demselben Affen gespielt hat, als sie selbst ein kleines Mädchen war. Wie traurig, dass sie den Affen hier vergessen haben.

Sie legt den Spielzeugaffen auf dem Bücherbord ab, holt ihr Handy, loggt sich ein und sucht nach den Kontaktdaten der Italiener.

Gabriella de Scimmia. Eine Adresse in Vicenza, wo auch immer in Italien das sein mochte. Eine E-Mail-Adresse und eine Telefonnummer. +39 für Italien.

Sie beißt sich in die Wange, unschlüssig, was als

Nächstes zu tun ist. Es ist nicht billig, ein solches Stofftier nach Italien zu verschicken. Außerdem ist es überraschend schwer. Die Füllung wirkt alt und ziemlich massiv, nicht wie Schaumstoff oder Styroporkugeln oder was für einen künstlichen Mist auch immer sie heutzutage für Füllmaterial verwenden. Wenn die Italiener ihren Affen zurückhaben wollen, müssen sie für die Versandspesen aufkommen.

Das ist jedenfalls wohl kaum ihr Problem.

Maja schickt den Italienern eine E-Mail, in der sie ihnen mitteilt, dass sie ihren Kuschelaffen vergessen haben und sie bereit ist, ihn per Post zurückzuschicken, wenn sie die Kosten tragen. Sie drückt auf SENDEN und geht, jetzt, da sie das Smartphone schon mal in der Hand hält, auf Instagram. Sie scrollt sich gerade mal durch einige wenige Bilder, bevor sie ihre Mail ungelesen zurückerhält. Die E-Mail-Adresse ist unbekannt. Sie existiert nicht.

Sie runzelt die Stirn, während sie kontrolliert, ob sie auch wirklich die vollständige Adresse kopiert und in die Adressleiste eingefügt hat. Hat sie. Dann müssen die Italiener sich beim Buchen der Wohnung vertippt haben, oder Airbnb hat irgendwas verbockt. Woher soll sie das schon wissen?

Tja, sie sind gestern abgereist, also kann sie bei ihnen anrufen. Sie hat die Nummer. Aber eigentlich ist sie viel zu müde, sie hat nicht mehr die Kraft für ein Telefonat mit einer Italienerin, die vielleicht kein einziges Wort Englisch spricht. Sie presst den Fingernagel gegen die Kante des Handys. Nein, sie wird ihnen eine SMS schicken, und damit hat sie dann ihr Soll erfüllt. Es ist deren Affe. Sie haben ihn vergessen. Ich habe nichts damit zu tun.

Sie schreibt schnell eine Textnachricht, in der steht, dass sie die Affenpuppe gefunden hat, drückt auf SENDEN und legt das Telefon auf den Esstisch.

Die Waschmaschine brummt und plätschert und gluckert in ihrem Rücken auf vertraute Weise vor sich hin, als sie sich die Haare föhnt und den Bademantel an den Halter hinter der Badezimmertür hängt. Sie geht nackt ins Schlafzimmer und entnimmt ihrem Wandschrank Höschen und T-Shirt. Es wird langsam Zeit, ein bisschen aufzuräumen. Sie zieht den Staubsauger unter dem Bett hervor und dann hinter sich her ins Wohnzimmer. Sie füllt einen Eimer mit Seifenlauge und macht sich an die Arbeit.

***

Eine Stunde später kreuzt Majas Schwester Alba auf, einen Käfig mit einem Kaninchen darin unter dem einen und einer schweren Tasche unter dem anderen Arm. »Mein Gott, bist du braun geworden, Mädchen«, sagt sie lachend, als sie sich mit ihrer Last in die Wohnung zwängt. »Los, sag schon, wie war Hawaii?«

»Traumhaft«, sagt Maja und folgt Alba ins Wohnzimmer.

»Irgendwelche Männergeschichten?« Alba stellt den Käfig auf den Esstisch und öffnet die Tasche. »Hier drin findest du Futter, Karotten, Heu und Sägemehl. Alles, was du brauchst, um mein süßes kleines Häschen Gustav die kommende Woche zu versorgen, während Mama sich ein bisschen Sonne und ein paar feurige Latino-Lover gönnt.«

Maja nickt bloß stumm.

»Was? Stimmt was nicht?«

»Nein, ist nur der Jetlag. Ich bin erst vor ein paar Stunden angekommen. Ich habe seit gestern oder sogar vorgestern kaum geschlafen. Leck mich, ich weiß nicht genau, seit wann. Alles ist irgendwie verschleiert.«

»Du Arme. Aber Hawaii? Du musst mir unbedingt alles von Hawaii erzählen!«

»Ich habe tonnenweise Bilder gemacht. Aber jetzt bin ich ziemlich erledigt. Schätze, du musst auch zum Flughafen? Wann geht dein Flieger?«

»Ich muss erst gegen fünf Uhr nachmittags da sein. Aber vorher muss ich meinen Hintern nach Hause bewegen und meinen restlichen Scheiß zusammenpacken, also werde ich sofort wieder abhauen.«

»Verstehe.«

»Was ist los?«

»Ich bin einfach nur müde.«

Alba stemmt die Hände in die Hüften. »Gustav wird alles zerbeißen, was auch nur entfernte Ähnlichkeit mit Kabeln hat. Aber er liebt es, aus dem Käfig entlassen zu werden und frei herumlaufen zu dürfen. Deshalb solltest du ihm das erlauben, allerdings sämtliche Leitungen und Kabel in seiner Reichweite entfernen. Die Stehlampe da zum Beispiel. Außerdem braucht er täglich frisches Futter und Wasser. Sein Katzenklo muss jeden

Tag gereinigt und die Streu gewechselt werden. Und könntest du ihm abends ein paar Karotten und etwas frisches Heu geben? Ich habe einen Topf mit Basilikum gekauft, falls er in meiner Abwesenheit die Nahrungsaufnahme verweigert. Er ist total verrückt nach Basilikumblättern, also wird er sie vermutlich fressen *müssen*. Kaninchen haben eine ziemlich heikle Verdauung. Ach, füttere ihn einfach jeden Morgen mit ein paar Basilikumblättern.«

»In Ordnung. Mache ich.«

Alba mustert sie mit einem langen, besorgten Blick. »Bist du sicher, dass alles okay ist?«

»Ja! Ja. Klar. Dampf einfach nach Ibiza ab und genieß das Leben.«

»Ich fahre nach Menorca.« Sie kichert. »Nicht nach Ibiza.«

Das Piepen des Smartphones auf dem Tisch neben ihnen zeigt an, dass eine Textnachricht eingegangen ist. Maja nimmt es an sich und tippt auf das Display.

»Oh, dein Geldbaum ist eingegangen«, sagt Alba hinter ihr.

»Wie, oh? Ja, er hat die Flügel gestreckt. Endlich habe ich es geschafft, jede einzelne Pflanze zu töten, die sich je in meinem Besitz befand.«

»Wer schreibt dir eine SMS? Irgendeiner scharfer Hawaiianer?«

»Nein, ist nur Ulla von der Arbeit.«

»Ha! Du bist zum Handy gesprungen, als hättest du etwas deutlich Aufregenderes erwartet.«

»Nee, es ist nur, dass diese Leute aus Italien, die während meiner Abwesenheit mein Apartment gemietet haben, einen Affenteddy vergessen haben. Ich habe ihnen per SMS mitgeteilt, dass ich ihn gefunden habe.«

»Ein Affenteddy? Was zum Geier ist ein Affenteddy?«

»Er liegt da drüben auf dem Regal.« Maja deutet mit dem Zeigefinger auf eine leere Stelle auf dem Bücherbord, hebt die Augenbrauen und lässt den Arm sinken. »Was zum Teufel soll das? Ich habe ihn genau dort ins Regal gelegt. Neben den Postmüllstapel.« Sie tritt zum Bücherregal und reibt sich die Stirn. »Ich habe ihn verdammt noch mal genau dort hingelegt.«

Alba lacht. »Jetzt liegt da jedenfalls eindeutig kein Teddy.«

»Kacke, das ist doch nicht wahr«, murmelt Maja und sucht das komplette Regal ab. »Das Ding kann unmöglich einfach …«

»Du hast es wahrscheinlich irgendwo anders abgelegt. Als ich mal aus den USA heimkehrte, war der Jetlag so schlimm, dass ich versucht habe, die Wohnung unter meiner eigenen aufzuschließen. Ein Stockwerk tiefer. Es war extrem peinlich. Und natürlich war der Kerl, der dort wohnte, zu Hause, und er kam an die Tür, als ich davorstand und den beschissenen Schlüssel verfluchte, der einfach nicht die falsche Tür aufsperren wollte. Noch dazu ist er einer von diesen Narzissten, die glauben, alle Frauen würden sie anhimmeln, und seitdem …«

Maja eilt aus dem Raum ins Schlafzimmer. Sie scannt es von oben bis unten, kann den Affen nirgendwo finden und macht im Bad weiter. Die Waschmaschine befindet sich im Schleudergang, die Trommel dreht sich lärmend, und eine kurze Sekunde lang ist sie kurz davor, das blöde Ding anzuhalten, um sich zu vergewissern, den Affen nicht zur Schmutzwäsche gepackt zu haben. Sie schaltet das Gerät nicht aus; stattdessen läuft sie zur Küche.

»Er wird morgen schon wieder auftauchen«, sagt Alba hinter ihr. »Ich muss jetzt los.«

Maja späht in den Mülleimer. Bis auf das von den Italienern zurückgelassene Brot ist er leer. »Augenblick mal«, sagt sie und öffnet den Kühlschrank. Der Kuschelaffe lächelt sie an. »Er ist hier drin. Ich muss ihn in den Kühlschrank gelegt haben. Ich bin total durch den Wind.« Sie kann ein kurzes Auflachen nicht unterdrücken.

»Das Ding ist jedenfalls nicht von alleine dort reingekrochen«, meint Alba. »Du solltest dich besser hinlegen, sonst bekommst du morgen bei der Arbeit nichts auf die Reihe, Mädchen.«

Maja nimmt den Affen aus dem Kühlschrank. »Er hat was, oder?«

Alba zuckt mit den Achseln. »Er ist ein hässliches altes Stück Scheiße.«

»Ich finde ihn süß. Sieht aus, als sei er bei diesen Italienern seit Generationen ein Familienerbstück. Könnte eine wahre Kostbarkeit sein.«

»Maja, verdammt noch mal. Du hast einfach nur eine dumme kitschig-romantische Ader für diesen vergammelten alten Mist. Du kannst doch gar nicht wissen, was mit dem Vieh los ist. Vielleicht pflegen die Menschen in Italien gegenwärtig eine Vorliebe für handgemachte Stofftiere. Vielleicht hat Mama Italia diesen Haufen Dreck aus billiger Textilramschware und den Socken von alten Männern genäht. Deswegen sieht es auch so abgegriffen aus. Für mich sieht es schmutzig und ekelhaft und eher unheimlich aus, ehrlich gesagt.«

»Oh, das bin ich also in deinen Augen. Ein kitschigromantisch veranlagter Dummkopf. Herzlichen Dank.«

»Ach komm schon, ich verarsche dich doch nur. Sei mir nicht böse. Ich hab's nicht so gemeint.«

»Ich bin nicht böse auf dich«, sagt Maja und zieht eine Tüte aus einer der Küchenschrankschubladen. »Ich bin bloß entsetzlich müde.«

»Hab verstanden. Ich muss los. Bis bald!«

»Ich wünsche dir schöne Ferien. Und tu nichts, was ich nicht auch tun würde.«

»Demnach wünschst du mir einen besonders langweiligen Urlaub?«

Maja legt den Affen auf den Küchentisch. Sie nimmt mit geschlossenen Augen einen tiefen Atemzug, während Alba sich aus der Wohnung schleicht und ins Treppenhaus geht.

Sie sollte eine Mütze voll Schlaf nehmen. Wie um alles in der Welt ist es ihr gelungen, einen Teddy in den Kühlschrank zu verfrachten? Seltsamerweise kann sie sich immer noch ziemlich gut daran erinnern, ihn auf dem Bücherregal im Wohnzimmer abgelegt zu haben. Vermutlich ist sie schon halb hirntot.

Alba hat den Basilikumtopf vor das Küchenfenster gestellt. Auch das war Maja zuvor nicht aufgefallen. Sie reibt sich mit der flachen Hand übers Gesicht. Eigentlich müsste sie sofort ins Bett gehen, aber ihr ist zu unstet und unruhig zumute. Plötzlich bemerkt sie die Gänsehaut auf ihren Armen. Tatsächlich ist es in der Küche ziemlich kalt. Sie rubbelt kräftig über ihre Arme. Der Kühlschrank steht offen. Sie stößt einen lauten Seufzer aus und schlurft hinüber, um die Tür zu schließen.

Und hält mit der Hand an der Kühlschranktür inne.

Der Salat ist verwelkt. Der Schinken ist zu etwas ausgedörrt, das wie Leder aussieht. Sie klappt die Eierpalette auf. Sämtliche Eier sind zerbrochen. Als wären sie implodiert. Es sind nur noch die Eierschalen übrig, kein Eiweiß, kein Dotter. Die zerdrückten Eierschalen liegen in der Palette wie kleine geplatzte Luftballons.

Die Butter sieht ebenfalls trocken und verdorben aus.

Das ist äußerst merkwürdig. Vor wenigen Stunden waren all diese Lebensmittel noch frisch. Oder nicht? Hat sie das Butterpäckchen tatsächlich aufgemacht und sich die Butter darin angesehen? Und was ist mit der Eierpalette, hat sie die auch geöffnet? Hat sie das wirklich? Aber der Kopfsalat. Der war keineswegs verpackt gewesen, sondern hatte einfach so darin gelegen, und sie … sie muss schlafen.

Sie schmeißt alles in den Müll und stopft den Affenteddy in die Einkaufstüte aus Plastik. Der gestreifte Stoffmund des Affen lächelt fröhlich. Sie wickelt das Kuscheltier in die Tüte ein und legt ihn so auf das Bücherbord, dass dessen Gewicht die Tüte verschlossen hält, an dieselbe Stelle wie vorher. Ihre Hände zittern, doch das muss am Jetlag liegen. Ein paar Stunden Schlaf sind alles, was jetzt vor ihr liegt, sonst schmilzt ihr Gehirn komplett weg.

Maja nimmt ein Glas aus dem Schrank und begibt sich auf den Weg ins Schlafzimmer. Sie stellt den Fernseher ein und schnappt sich die Flasche mit Koloa-Rum, die sie an ihrem letzten Tag auf Hawaii gekauft hat. Sie lässt die Jalousien runter und krabbelt ins Bett. Sie hat eigentlich nicht vorgehabt, den Rum alleine oder schon heute anzubrechen, aber sie wird nur dieses eine Glas trinken, um ihre Nerven zu beruhigen.

Über den Bildschirm flimmern die aktuellen Nachrichten. All die zwingenden Trivialitäten, die spätestens in einem Jahr vergessen sein werden. Der Rum schmeckt schwer und dunkel und süß und wärmt sie von innen. Der Gedankenstrom in ihrem Kopf reißt ab. Das Geschwätz der TV-Sprecher, die irgendein Börsendrama diskutieren, klingt wie ein Wiegenlied. Nachdem sie ihr zweites Glas Rum halb leer getrunken hat, werden ihre Lider bleischwer. Ihr Leib entspannt sich und versinkt in der Matratze. Sie dämmert weg.

***

Ein Lärm in der Wohnung lässt sie Stunden später aus dem Schlaf hochschrecken. Das Kaninchen rumort im Wohnzimmer in seinem Käfig herum. Es klingt, als wäre es tollwütig geworden. Sie hört, wie der Futternapf umkippt und die Pellets aus dem Käfig prasseln. Sie hört das Kaninchen trommeln, wie es mit seinen kräftigen

Hinterläufen auf dem Kunststoffboden des Käfigs herumtrampelt. Der Hase dreht dort drin gerade durch.

»Gustav, verdammte Scheiße!«, nuschelt sie und quält sich aus dem Bett. »Was zum Teufel ist los mit dir?«

Sie eilt taumelnd ins Wohnzimmer, den Schlaf noch immer tief in den Knochen, die Augen nur halb geöffnet. Sie betritt den Raum, wo Gustav in seinem kleinen Käfigreich aufgeregt herumwieselt.

»Gustav?«, sagt sie und öffnet das Käfiggatter. »Was ist hier los?«

Die Wasserflasche, die eigentlich an der Seitenwand des Käfigs hängen sollte, ist herabgefallen und liegt in einem seichten See verschütteten Wassers auf dem Fußboden. Die Fressschüssel ist umgekippt, und die Futterpellets liegen überall verstreut. Sogar der kleine Karnickelstall, in dem Gustav sich nun versteckt, ist schräg verschoben worden. Um den Käfig herum ist der Esstisch mit Heu und Sägespänen bedeckt. Auch auf dem Boden direkt unterhalb des Tisches herrscht Chaos. Die Zeitung, mit der der Käfigboden ausgelegt wurde, ist in tausend Fetzen zerrissen.

»Gustav?«, fragt sie mit sanfter, beschwichtigender Stimme. »Vermisst du Alba? Ist es das? Dir gefällt es nicht, die Nacht an einem fremden Ort zu verbringen?«

Gustavs Schädel erscheint in der Türöffnung des Hasenstalles. Sie schiebt eine Hand in den Käfig und streichelt behutsam den Kopf des Kaninchens. Gustav schießt auf die Hand zu, wobei er ein wütendes Geräusch ausstößt, fast wie ein Knurren. Sie zieht hastig die Hand zurück. »Gustav!«

Sie starrt das Kaninchen an. Hätte es sie gebissen, wenn sie nicht rechtzeitig ihre Hand zurückgerissen hätte? Sie reibt sich die schlafverkrusteten Augen und schaut sich im Wohnzimmer um. Das Licht, das durch die Fenster hereinfällt, ist jetzt weicher. Es ist Abend. Sie fühlt sich ausgelaugt, sogar noch müder als zuvor. Sie hört Stimmen im Apartment, und es dauert ein paar Sekunden, bis ihr klar wird, dass der Fernseher im Schlafzimmer noch läuft.

Sie beugt sich vor und hebt die Wasserflasche auf. Zum Glück ist sie nicht kaputtgegangen. Sie bringt sie zum Spülbecken in die Küche. Sie reibt sich unter lautem Stöhnen abermals die Augen. Sie will unbedingt einfach nur wieder zurück ins Bett, aber sie kann diese Sauerei nicht bis morgen liegen lassen. Daher nimmt sie die Rolle mit dem Küchenpapier in die eine und Kehrblech und Feger in die andere Hand und kehrt ins Wohnzimmer zurück. Das verschüttete Wasser wischt sie mit dem Küchenkrepp auf, Sägemehl, Heu und Pellets kehrt sie mit Feger und Schaufel zusammen. In der Küche füllt sie die Wasserflasche auf.

Und während sie damit beschäftigt ist, fällt ihr Blick auf den Topf mit Basilikum auf dem Fenstersims über der Spüle. Es ist nur ein paar Stunden her, seit Alba das Basilikum herbrachte, und die Blätter waren allesamt frisch und grün. Jetzt ist das Kraut verdorrt. Sie dreht den Wasserhahn ab. Das kann nicht sein. Eine Pflanze kann nicht in einer so kurzen Zeitspanne verkümmern. Und es ist nicht so, dass die Blätter wegen leichten Wassermangels ein bisschen schlaff herabhängen, nein, die komplette Pflanze ist gelb und ausgetrocknet, als hätte sie tagelang in der brütenden Sonne gestanden, ohne gegossen worden zu sein.

Sie fährt sich mit der Hand durchs Gesicht. Sie kneift sich in die Nase, aber nein, sie träumt nicht. Sie streicht vorsichtig über die Pflanze. Die Erde ist trocken wie Wüstensand. Gänsehaut überzieht ihre Arme. Was geschieht hier?

Ein Geräusch hinter ihr lässt sie auf der Stelle herumwirbeln. Da, unten auf dem Boden, liegt der Affenteddy und lächelt sein breites Lächeln. Sie rührt sich nicht. Sie kann sich nicht rühren. Sie glotzt auf den Affen, während ihr das Herz wie rasend in der Brust schlägt. Doch der Affe liegt bloß da. Er bewegt sich nicht. Es ist ein Kuscheltier. Eine Puppe. Natürlich bewegt er sich nicht. Er kann sich nicht bewegen.

Aber was war das für ein Geräusch? Dieser dumpfe Schlag. Ist der Affe irgendwo runtergefallen? Vielleicht vom Küchentisch? Von den Schrankregalen? Mit einem schleichenden Gefühl der Angst inspiziert sie die Küche. Dieses Mal, da ist sie sich völlig sicher, hat sie den Affen in einer Einkaufstüte auf das Bücherregal gelegt. Und sie hat ihn noch dazu fest in der Tüte eingewickelt und so platziert, dass die Tüte nicht aufgehen konnte. Trotzdem ist der Affe hier, direkt vor ihr, auf dem Küchenfußboden.

Kann Schlafmangel zu Halluzinationen führen? Das hat sie irgendwo gelesen, nicht wahr? Und dazu kommt noch der Jetlag. Und Alkohol. Sie fragt sich, was zur Hölle sie auf Hawaii in den Rum schütten?

Und der Affe lächelt nur.

Sie geht einen Schritt vorwärts und befördert den Teddy mit einem kräftigen Tritt in die Luft. Er klatscht gegen die Wand. Fällt zu Boden. Wo er auch liegen bleibt. Reglos. Aber noch immer lächelnd.

Den Basilikumtopf wirft sie in den Mülleimer, bevor sie den Affen aufhebt. Sie hält ihn an einem der Füße zwischen zwei spitzen Fingern. Das Ding ist ihr allmählich nicht mehr ganz geheuer, aber scheiß drauf, sie wird sich durch Schlafmangel und Jetlag nicht in den Wahnsinn treiben lassen. Dieses Ding ist ein verdammtes Stofftier. Es ist bloß ein Scheiß-Spielzeug.

Die Einkaufstüte liegt auf dem Bücherregal, dort, wo sie dachte, sie *mit dem Affen darin* abgelegt zu haben, aber eventuell hat sie am Ende doch nur die leere Tüte draufgeworfen. Sie schiebt den Affen in die Tüte, wickelt ihn fest darin ein und verknotet die Tüte. Und sie knallt die Tüte, einem spontanen Impuls folgend, ein paarmal gegen die Wand.

Und steht da. Mit einem verprügelten Teddy in einer Einkaufstüte aus dem örtlichen Supermarkt in der Hand. Sie kommt sich klein und verlassen vor. Sie verspürt das Verlangen, jemanden anzurufen, und es gibt durchaus ein paar Freundinnen und Freunde, die sie anrufen könnte, doch sie tut es nicht. Sie muss dringend mit jemandem reden, ein bisschen Gesellschaft würde ihr in diesem Moment unendlich guttun, der Beistand eines Menschen, der all dem hier Sinn und Bedeutung abzugewinnen versteht. Dennoch ist sie viel zu müde, zu erschöpft, zu erledigt, zu sehr vom Jetlag geplagt, um überhaupt sprechen zu können.

Sie hat ihre Wäsche vergessen. Kacke, jetzt stinkt sie höchstwahrscheinlich nach Muff und klammem Keller. Sie lässt den Affen in der Tüte aufs Bücherregal fallen und hastet ins Badezimmer zur Waschmaschine. Beim Öffnen der Trommel weht ihr eine säuerliche Brise entgegen. Fluchend programmiert sie einen Spülgang ein und startet ihn. Zurück in der Küche dreht sie die Verschlusskappe der Kaninchenwasserflasche fest zu.

Gustav taucht nach und nach aus seinem Unterschlupf auf, als sie die Flasche mit dem Kopf nach unten an die Käfigwand hängt. Er leckt ihr die Finger, und sie krault ihn hinter den Ohren. Er frisst ein wenig Heu.

Sie schaltet den Fernseher aus, schenkt sich ein drittes Glas Rum ein und wartet auf das Ende des Waschganges. Sie kann nicht still sitzen. Sie wandert in der Wohnung auf und ab, und jedes Mal, wenn sie im Wohnzimmer am Bücherregal vorbeikommt, springt ihr Blick zu dem Affen in der Einkaufstüte, der sich selbstverständlich nicht aus dem Staub macht. Er bleibt genau da, wo sie ihn abgelegt hat, wie Kuscheltiere das zu tun pflegen.

Endlich ist die Waschmaschine mit Spülen fertig. Sie legt die feuchten Kleidungsstücke in den Trockner und schaltet ihn ein. Sie trinkt noch mehr Rum. Draußen ist die Dunkelheit hereingebrochen. Morgen früh muss sie um halb sieben aufstehen und zur Arbeit, was ihr augenblicklich extrem mühselig erscheint.

Sie nimmt sich ihr Smartphone und googelt nach Halluzinationen und Schlafentzug. Sie erhält eine ganze Menge Treffer. Scheint, als bestünde keinerlei Zweifel daran, dass es zu Wahnvorstellungen führen kann, wenn man nicht schläft. Nichtsdestotrotz ist sie zu fertig, um irgendeinen der Artikel zu lesen. Sie überfliegt die Überschriften, mehr nicht.

Wahnbilder hin oder her, sie will den Affen nicht in ihrer Nähe herumliegen haben. Sie hätte ihn schon längst den Müllschlucker runtergeschickt, wäre sie nicht mit der SMS an die Italiener so voreilig gewesen. Jetzt, da sie wissen, dass sie ihn gefunden hat, kann sie ihn nicht wegwerfen. Das wäre sonst ziemlich schwierig zu erklären. Dennoch geht ihr das verdammte Ding auf die Nerven. Sie braucht Schlaf, und deswegen muss sie irgendetwas mit diesem Affen anstellen.

Sie trinkt noch ein bisschen Rum, diesmal aus der Flasche. Sie wird morgen noch zusätzlich einen Kater haben. Sie ist echt total am Ende. Dieser Job ist zu wichtig, sie darf ihn nicht verlieren. Sie muss etwas unternehmen.

Mit der Flasche in der Hand huscht sie ins Wohnzimmer und packt sich die Tüte mit dem Affen. Während sie die Tüte in der Hand wiegt, nimmt sie einen weiteren kräftigen Zug aus der Flasche. Das Brummen des Trockners ertönt aus dem Badezimmer. Draußen auf der Straße fährt ein Notarztwagen vorbei, mit laufender Sirene. Sie schnalzt mit der Zunge und denkt nach. Dann trifft sie eine schnelle Entscheidung, rennt ins Bad und öffnet die Waschmaschinentür. Sie wirft die Einkaufstüte mit dem Affen in die Waschmaschine und schlägt die Tür zu. Sie kniet sich hin, um durchs Bullauge zu schauen, auf den Affen in der Tüte. Nichts bewegt sich. Natürlich nicht. Halluzinationen oder nicht, selbst ein lebender, raffinierter Makake könnte nicht aus einer Waschmaschine entkommen, wenn deren Klappe erst einmal geschlossen ist. Für einen kurzen Moment ist sie versucht, den Apparat einzuschalten und auf Kochwaschgang laufen zu lassen, um sicherzugehen, dass das Ding nicht lebt, doch in diesem Fall würde sie den Italienern einiges erklären müssen, denn der Teddy wäre dann garantiert ruiniert.

Sie löscht alle Lichter im Apartment und nimmt den Rum mit zu Bett. Sie stellt den Wecker an ihrem Telefon auf 6:30 und legt das Handy auf den Nachttisch. Sie schlüpft unter die Decke, zieht sie sich bis über die Ohren und wälzt sich die nächste halbe Stunde über unruhig hin und her, bis sie schließlich einschläft.

***

Mitten in der Nacht wird sie vom Smartphone geweckt. Eine Textnachricht ist eingegangen. Ihr Schlaf musste sehr leicht gewesen sein, denn normalerweise würde sie das leise »Palim-Palim«, das den Empfang einer SMS verkündet, keinesfalls wach rütteln. Das leuchtende Display erhellt kurz den Raum. Sie greift nach dem Handy. Das Licht schmerzt in ihren müden Augen. Sie liegt auf der Seite, das Gesicht der Tür zugewandt. Sie tippt ihre Kennziffer ein, um das Smartphone zu entsperren. Die SMS kommt von den Italienern. Gabriella de Scimmia.

Verzeihung. Ich habe keine Kinder. Ich war alleine unterwegs. Es ist nicht mein Spielzeugaffe. Ich habe den

Aufenthalt in Ihrer Wohnung sehr genossen. Es ist sehr schön dort.

Gabriella.

Maja starrt aufs Display. Das ist unmöglich. Der Affe kann nur von ihr stammen.

Sie schließt die Nachricht, um auf die Handyuhr zu sehen. Es ist halb drei in der Nacht. In vier Stunden muss sie aufstehen. Und sie findet keinen Schlaf.

Sie nimmt einen neuerlichen Schluck aus der Flasche. Ihr Magen zeigt sich nicht erfreut darüber. Er brennt und verkrampft sich. Ihr wird bewusst, dass sie seit gestern nichts gegessen hat. Wie hatte sie vergessen können, etwas zu essen? Seit dem Frühstück im Flugzeug hat sie außer Rum nichts zu sich genommen. Sie sollte aufstehen und was essen. Aber dann müsste sie raus und etwas zu essen kaufen gehen, denn es war nichts Essbares im Haus. Warum hat sie nichts gegessen? So was ist ihr noch nie passiert. Sie stellt das Handy ab und legt es auf den Nachttisch zurück. Ohne das trübe Leuchten des Displays liegt der Raum in völliger Finsternis. Sie stellt die Rumflasche auf den Fußboden.

Ihr Herz macht einen Satz in der Brust, als irgendwo in der Wohnung ein Geräusch erklingt. Stille. Dann wieder das Geräusch. Es ist Gustav. Das Kaninchen. Es wuselt in seinem Käfig herum. Wie es sich für es gehört. Kaninchen sind nachtaktive Tiere. Da ist das Geräusch wieder. Es klingt so, als würde Gustav etwas in seinem Käfig herumschieben. Vielleicht seinen Futternapf. Oder eine Karotte.

Die Karotten! Alba hatte eine Tasche mit Kaninchenfutter, Karotten und anderem Zeug mitgebracht. Die Karotten kann sie selber essen. Sie kann aus dem Bett steigen, ein paar von den Karotten schälen und sie verspeisen. Sie hat Nahrung, sie kann essen, sie hat die Karotten. Doch sie rührt sich nicht. Sie bleibt im Bett liegen und versucht sich zu erinnern, wo sie die Tasche mit den Karotten und den anderen Sachen hingelegt hat. In den Kühlschrank? Irgendwo ins Wohnzimmer? Ihr Gedächtnis ist wie leer gefegt, sie hat nicht den blassesten Schimmer. Auch wenn sie sich erinnern könnte, gäbe es keinen Grund zu der Annahme, dass die Karotten wirklich dort lagen, wo sie glaubte, dass sie lagen. Ihr Jetlaggeplagtes Hirn hat ihr bereits genug Streiche gespielt.

Sie schließt die Augen. Wenn sie schafft, noch ein bisschen zu schlafen, kann sie sich morgen auf dem Weg zur Arbeit was zum Frühstücken besorgen, und alles wäre bestens.

Nur ist an Schlaf nicht zu denken. Ihr Bauch tut weh. Auf einmal bricht sie am ganzen Körper in Schweiß aus. Sie macht die Augen auf, liegt einfach nur da und starrt ins Dunkel. Allmählich passen sich ihre Augen an die Dunkelheit an, und sie erkennt die Konturen ihrer Kommode und die Tür zum Flur. Die Tür steht offen. Der Flur dahinter ist ein tiefschwarzes Rechteck.

Dann fängt das Kaninchen erneut zu lärmen an. Dieses Mal weniger leise. Es klingt fast, als kämpfe es in seinem Käfig gegen etwas. Sie hört den Fressnapf klappern, gefolgt von einigen lauten Schlägen, aber sie kann sich nicht vorstellen, was die Ursache dafür ist.

Dann beginnt das Kaninchen zu schreien. Es schreit

wie ein Kleinkind. Es ist ein grauenhaftes Geräusch. Voller Schmerz und Schrecken. Sie liegt steif wie ein Brett im Bett, vollständig gelähmt. Ringt nach Luft. Schweiß tropft von ihrer Nasenspitze. Sie reißt die Augen weit auf, schaut in alle Richtungen, kann jedoch noch immer kaum etwas erkennen. Die Schreie dauern an. Sie sollte aus dem Bett springen und nach dem Kaninchen sehen. Aber das tut sie nicht. Sie bleibt im Bett und bebt am ganzen Leib.

Dann endet der Lärm.

In der Wohnung herrscht wieder völlige Stille.

Es ist so still, dass sie tatsächlich Schritte draußen auf der Straße hören kann, drei Stockwerke tiefer. Irgendwo im Gebäude wird eine Toilettenspülung betätigt.

Sie hält den Atem an und lauscht.

Hört nichts.

Nichts.

Totenstille.

Höchstens ein ganz leises Klopfen aus dem Wohnzimmer. Hat sie das wirklich gehört? Hat sich alles in ihrer Fantasie abgespielt? Sie ist inzwischen so verängstigt, dass sie nicht mehr klar denken kann.

Wie auch immer, im Apartment ist es erneut still.

Ein Auto hupt auf der Straße.

War da gerade wieder ein Geräusch aus dem Wohnzimmer? Ein Rascheln? Irgendeine Art von Bewegung? Gustav? Oder war es im Flur? Es klang nahe, oder?

Sie merkt, dass sie nicht atmet, und zwingt sich zu tiefem Luftholen. Das ist zu viel. Was verdammt noch mal ist gerade diesem Kaninchen zugestoßen?

Was wird sie Alba sagen, wenn ihm etwas Schlimmes passiert ist und sie einfach hier rumlag, in Furcht vor der Dunkelheit, statt ihm zur Rettung zu eilen? Wenn es krank ist oder so, muss sie es zum Tierarzt bringen. Sie hat die Verantwortung. Sie muss sofort dort rein.

Aber sie macht es nicht. Sie bleibt, wo sie ist, und lauscht der Stille.

Unfähig zu irgendwas anderem.

Zu verängstigt. Zu kaputt. Zu ausgelaugt.

Sie fühlt sich so verdorrt wie der Geldbaum. Komplett verbraucht. Keine Kraft mehr im Leib. Sie wird mit dieser Situation nicht fertig. Wenn Gustav etwas zugestoßen ist, wird sie Alba anlügen müssen und ihr erzählen, dass sie schlief, als es geschah. Noch mehr kann sie einfach nicht ertragen.

Aber das muss sie, scheiße noch mal.

Sie tastet nach der Nachttischlampe und knipst den Schalter an. Zunächst blendet das Licht und zwingt sie, mit den Augen zu blinzeln, während sie sich in Sitzposition aufrichtet und mit dem Rücken gegen das Kopfteil des Bettes lehnt. Sie spürt, wie sich etwas im Bett bewegt, und sie dreht den Kopf in die entsprechende Richtung.

Und dort, am Fuß des Bettes, sitzt der Affenteddy.

Breit und fröhlich lächelnd.

Iss mich, trink mich

Das Taxi wartet schon am Straßenrand, als sie das Gebäude verlässt. Sie wirft sich auf den Rücksitz und schlägt die Tür zu. Der Fahrer mustert sie ausgiebig im Rückspiegel. Sie zieht einen Zettel, auf den eine Adresse gekritzelt ist, aus ihrer Handtasche und überreicht ihn dem Fahrer.

»Dahin wollen Sie?«, fragt der Fahrer.

»Nein, mir war nur gerade danach, Ihnen ein Stück Papier mit einer Adresse drauf zu schenken.«

Er brummt etwas in seinen Bart und gibt Gas.

Sie sitzt schweigend da und blickt auf die am Taxi vorbeiziehende Stadt. Es ist früher Abend und trotzdem noch warm. Ein Altweibersommer in der letzten Septemberwoche. Die Freiluftbereiche der Gehsteigcafés sind mit fröhlichen, sonnenverbrannten Gästen gefüllt. An diesem Freitagabend hat der Sommer mit hoher Wahrscheinlichkeit ein allerletztes Mal Einzug in Kopenhagen gehalten, bevor der kalte, windige und regnerische Herbst das Ruder übernimmt.

Auch wenn sie selbst das Sonnenlicht meidet, um sich

ihren empfindlich-zarten weißen Teint nicht zu ruinieren, erfreut sie sich an den von munter-prallem Leben erfüllten Sommerabenden.

Tief in ihrer Handtasche vibriert ihr Smartphone. Eine neue Textnachricht. Sie zieht das Telefon hervor.

Alles in Ordnung?

Bin auf dem Weg. Mit einem Taxi, tippt sie rasch.

Die Antwort folgt unverzüglich: *Alles wie besprochen?*

Natürlich, schreibt sie mit einem Lächeln zurück.

Das Taxi hält an einer roten Ampel neben einem schwarzen BMW-Cabrio, in dem ausgelassene junge Männer sitzen. Einer von ihnen zeigt auf sie, und sofort fangen alle zu johlen und zu jubeln an.

Sie schenkt ihnen ein Lächeln, fühlt sich unverwundbar, als wäre sie ein gänzlich neuer Mensch. In sich ruhend, gefestigt und stark.

Das Handy vibriert abermals.

Es ist noch nicht zu spät, um einen Rückzieher zu machen. Es ist wichtig, dass du das hier freiwillig tust. Es ist allein deine Entscheidung.

Sie lässt ihren Daumen über das Display gleiten, streichelt das Telefon. Sie verspürt ein Prickeln in der Brust. Sogar jetzt, sogar heute Abend, gilt seine erste Sorge ihr. Sie hat noch nie jemanden wie ihn kennengelernt. Niemals.

In der Sekunde, in der die Ampel auf Grün schaltet, fährt der BMW mit quietschenden Reifen los. Der Taxifahrer stößt einen unterdrückten Fluch aus.

Ich bin bereit. Ich gehöre dir, schreibt sie. Und dann

löscht sie es wieder. Sie fährt sich mit der Zunge über die Lippen und runzelt die Stirn. Sie muss originellere Worte finden. Was heute Nacht passiert, geschieht nur ein einziges Mal im Leben. Sie hat nicht vor, es mit billigen Klischees zu verderben.

Auch wenn ihre Formulierung die Wahrheit auf den Punkt traf.

Alles andere ist unwichtig. Sie wird es tun, auch wenn das ihren Tod bedeutet. Bedingungslos.

Das Smartphone klingelt. Sie hat sich zu viel Zeit mit einer Antwort gelassen, deshalb ruft er sie jetzt an.

»Hi«, sagt sie, das Telefon nahe am Ohr, die Augen geschlossen.

»Andrea?« Eine Stimme aus der Vergangenheit, eine Stimme von einem anderen Ort, aus einer anderen Zeit, einem anderen Leben.

»Mutter?« Sie war sich so sicher, dass er der Anrufer war, dass sie nicht einmal auf den Bildschirm geschaut hatte, um vor der Anrufannahme zu sehen, wer dran war.

»Warum rufst du nie zurück, Andrea? Wir rufen ständig an, aber du nimmst nie ab und rufst nie zurück. Du hast Papa nicht mal letzte Woche an seinem Geburtstag angerufen. Er war sehr traurig und enttäuscht, an seinem Geburtstag kein einziges Wort von seiner kleinen Prinzessin zu hören. Was ist nur los mit dir? Du bist erst neunzehn Jahre alt und so furchtbar weit von zu Hause weg, in der großen bösen Stadt. Wir machen uns schreckliche Sorgen um dich. Hast du irgendwelchen Ärger? Du weißt, dass du immer zu uns kommen kannst, egal worum es geht. Wir sind für dich da. Die Nachbarn haben auch schon zu reden angefangen. Sie sagen es uns nicht direkt ins Gesicht, aber Markus, der ein paar Häuser weiter die Straße runter lebt, war diesen Sommer in Kopenhagen, und er behauptet, er hätte dich auf der Straße gesehen, komplett bleich und ganz in Schwarz. Er hat dich kaum erkannt. Bist du in schlechte Gesellschaft geraten? Du hast doch nicht etwa was mit einer dieser radikalen antifaschistischen Gruppen zu tun? Wir machen uns solche Sorgen, Andrea! Sprich mit mir. Erzähl mir, was los ist. Haben Papa oder ich irgendwas getan, was dich vertrieben hat? Warum rufst du uns nicht mehr an? Nicht mal eine SMS. Warum? Sag es mir!«

»Ich habe jetzt keine Zeit für so was«, sagt sie mit leiser Stimme und drückt das Gespräch weg.

Der Taxifahrer betrachtet sie im Rückspiegel. Sie ignoriert ihn und schiebt das Handy in ihre Handtasche. Sie schließt die Augen, um die Außenwelt von sich fernzuhalten. Sie mahlt mit dem Kiefer. Versucht sich auf das Pulsieren des Blutes in ihrem Körper zu konzentrieren. Doch es ist nicht einfach. Jeder Trieb in ihren Knochen schreit »HAU AB«. Ihr Puls rast, ihre Hände sind schweißnass. Sie muss sich beruhigen, zusammenreißen, ihre Gefühle unter Kontrolle bringen, bevor sie ihr Ziel erreicht. Sie hat ihm nichts von ihrer Familie erzählt. Sie hat ihn angelogen, ihn glauben lassen, sie wären alle verstorben und sie selbst einsam und alleine. Sie hat ihre Familie bereits endgültig verlassen.

»Wir sind da«, sagt der Fahrer. »Das macht einhundertfünfundsiebzig Kronen.«

Sie öffnet die Augen und schaut durch die Fensterscheibe auf einen verkommenen und finsteren Teil der Stadt. Zwielichtige Bars, arabische Schilder, von morschen Türen blätternde Farbe. Demolierte Fahrräder, die an Häuserwänden lehnen. Ein abgestorbener Baum. Unkraut, das aus den Ritzen zwischen den Bürgersteigplatten wuchert. Der Himmel wird jetzt sehr dunkel. Die Straßenlaternen glimmen.

Sie bezahlt den Fahrer und steigt aus dem Taxi. Sie wartet auf dem Gehsteig, bis das Taxi abgefahren ist, bevor sie die Adresse auf dem Zettel überprüft, den sie zuvor dem Taxifahrer ausgehändigt hat. Sie begibt sich in einen Hinterhof, wo überfüllte Mülltonnen und Möbelschrott die Mauern säumen. Es riecht wie eine Kloake. Die maroden Pflastersteine des Hofes sind mit benutzten Spritzen übersät. Sie kann eine Bohrmaschine im Inneren eines der Gebäude schnarren hören.

An der Eingangstür gibt es keine Gegensprechanlage. Sie drückt die Tür auf und geht langsam die Treppe hinauf.

Er wartet im Türrahmen auf sie. Er muss durchs Fenster beobachtet haben, wie sie den Hinterhof durchquerte. »Hi«, sagt er. »Willkommen.«

»Was für eine Wohnung ist das?«, fragt sie und tritt ein.

»Meine.«

Sie reicht ihm ihre Jacke und lässt den Blick durchs Apartment wandern. »Und was ist dann mit der anderen Wohnung, in der wir …«

Er hängt die Jacke über einen Kleiderbügel, zieht sie an sich und küsst sie lachend.

»Das ist ebenfalls meine Wohnung. Ich habe zwei Apartments. Eigentlich habe ich dieses für Leute aus dem Ausland angemietet, die in Kopenhagen arbeiten, aber da es gerade leer steht, dachte ich, ich zeige es dir.«

Sie schlingt die Arme um seinen Nacken und schmiegt sich an ihn, begierig darauf, seinen Geruch einzuatmen. Sie öffnet den Mund und spielt mit seiner Zunge.

»Hast du noch immer vor, es zu tun?«, keucht er.

»Das habe ich.« Sie entzieht sich ihm, legt ihre Handtasche auf einem kleinen Tisch in dem winzigen Flur ab und geht vor. »Dann zeig mir mal deine *andere* Wohnung.«

Es handelt sich um ein sehr überschaubares Ein-Zimmer-Apartment mit Bad und getrennter Küche. Das Wohnzimmer wirkt eng und ein bisschen klaustrophobisch, wie sie findet. Die Vorhänge an beiden Fenstern – lang und schwer, bis fast auf den Boden reichend – sind zugezogen. Ein Couchtisch mit zwei Stühlen, ein Schreibtisch und ein schlichter Bürosessel. Vor einer Wand ein ausgeschalteter Fernseher. Das Zimmer wird von zahllosen Kerzen erhellt, die auf den beiden Tischen und den Regalen an den Wänden stehen. Die Schatten scheinen lebendig zu sein. Es gibt keinerlei persönliche Besitztümer oder Einrichtungsgegenstände, keine Spuren desjenigen, der hier wohnt. Die Aura des Raumes gleicht der eines Hotelzimmers. Von einer Sache abgesehen.

»Kein Bett?«

Er reagiert mit einem wissenden Lächeln. Er hat die Sommersonne ebenfalls gemieden. Seine Haut ist schneeweiß. Seine Augen sind dunkel, seine langen Haare pechschwarz. Alles, was er trägt, ist auch schwarz, abgesehen von einem zerrissenen roten T-Shirt. Jackett, Hose, Stiefel, Gürtel und ein schwarzes T-Shirt unter dem löchrigen roten. Seine Augenbrauen sind gepierct; schwarze Kreuze baumeln an seinen Ohren. Er drückt einen Knopf, und leise düstere Musik erfüllt den Raum. Auf dem Couchtisch befinden sich eine Flasche Tequila, eine offene Packung Rasierklingen und ein Tütchen mit Kokain.

»Niemand mietet ein Zimmer ohne Bett, stimmt's? Also, warum gibt's hier drin kein Bett?«

»Aber es gibt sehr wohl eines«, sagt er mit sanfter Stimme und zieht einen der Fenstervorhänge auf. Es stellt sich heraus, dass der Vorhang kein Fenster, sondern einen Alkoven verdeckt. In der Nische finden sich ein riesengroßes Bett, etliche Reihen von Bücherregalen sowie in einer Ecke eine kleine rote Lampe, die den Alkoven in blutrotes Licht taucht. Die Bettwäsche ist schwarz.

»Wow!«, ruft sie aus und lässt sich aufs Bett fallen. »Ein Alkoven! Ich liebe Alkoven! Warum gibt es in Neubauten nie Alkoven? Oh, der Bezug ist aus Seide.«

Er schickt ihr ein langes Lächeln. »Ich muss uns noch Gläser für den Tequila besorgen.«

»Okay.« Sie gräbt sich in die Seidenbettwäsche, während er in die Küche geht. Sie kann das Klappern von Schranktüren und das Klirren von Gläsern und Eiswürfeln hören.

Rasch zieht sie ihr Kleid aus. Sie trägt keinen BH. Nur ein schwarzes Höschen, halterlose Strümpfe und Stöckelschuhe mit hohem Absatz. Sie streift sich die Schuhe von den Füßen und rollt sich auf den Rücken, um ihn mit ihrem unschuldigsten, kleinmädchenhaftesten Gesichtsausdruck zu begrüßen, als er mit den zwei Gläsern und einer Schüssel mit Eiswürfeln auf einem Silbertablett zurückkehrt.

»Du bist eine unglaubliche Schönheit«, sagt er mit heiserer Stimme und stellt das Tablett auf dem Couchtisch ab.

»Findest du wirklich?«, fragt sie und klimpert aus ihren großen Augen mit den Wimpern. Sie fängt zu lachen an. Sie macht ihn scharf, indem sie auf alle viere geht, ihm ihren Hintern entgegenstreckt und damit wackelt. Sie weiß, dass er das liebt. Und sie liebt es, ihn heißzumachen, ihn aufzugeilen, ihn zu beherrschen. Es verleiht ihr die Macht. Obwohl er zehn Jahre älter als sie ist. Sie dreht den Kopf und schaut ihn mit diesem speziellen Unschuldsblick an. Sie wälzt sich wieder auf den Rücken, lässt ihren Kopf über die Bettkante hängen und reckt ihre kleinen festen Brüste in die Höhe. »Wo wirst du mich schneiden, wenn du heute Nacht mein Blut trinkst?«

Er schluckt wiederholt schwer und ringt nach Luft.

Und dann klopft jemand an die Tür.

Sie erstarrt, schaut ihn erstaunt an, doch er ist bereits auf dem Weg zur Tür. »Ich habe einen Bekannten eingeladen.«

Sie fühlt sich auf einmal sehr nackt und schlüpft hastig unter die Decke. »Warum hast du das getan? Ich dachte ...«

Erst jetzt fällt ihr auf, dass drei Gläser auf dem Tablett stehen. Sie vernimmt eine andere männliche Stimme aus dem Flur. Die Stimme klingt heiser und krächzend. Ihre Hände durchwühlen auf der Suche nach ihrem Kleid hektisch das Bett, aber sie kann es nicht finden. Sie schiebt die Kissen beiseite, aber auch unter ihnen: kein Kleid.

Sie wickelt sich die Bettdecke um den Leib und bemüht sich sehr um wenigstens einen kleinen Rest von Würde, als er seinen Gast ins Wohnzimmer führt.

Der Gast erweist sich als Mann mittleren Alters mit grauen Strähnen in seinem dunklen Haar und Falten um Augen und Mund. Er ist ganz in Schwarz gekleidet. Hemd, Krawatte, Sakko, Hose, Schuhe. »Das ist sie also?«, fragt er und tritt an den Alkoven heran.

Ihr Blick schweift von einem Mann zum anderen. »Was ist hier los?«

»Ist sie nicht vorbereitet worden, Kristian?«

»Doch, das ist sie.«

Der Mann mittleren Alters stößt einen tiefen Seufzer aus und schüttelt den Kopf. »Darf ich?«, fragt er und macht Anstalten, auf der Bettkante Platz zu nehmen.

Sie nickt widerstrebend und zieht die Bettdecke fester um ihre nackten Brüste zusammen.

»Bitte, fürchte dich nicht. Kristian, erzähle ihr von mir.«

Kristian nickt. »Andrea«, hebt er an und schluckt, »ich will, dass die heutige Nacht so etwas wie unsere

Hochzeitsnacht wird. Wenn man das Blut eines anderen Menschen trinkt, sind die zwei Seelen für alle Ewigkeit miteinander verbunden.«

»Gib mir bitte deine Hand, Andrea«, verlangt der Mann mittleren Alters.

Sie zögert ein paar Sekunden, bevor sie gehorcht.

»Man nennt mich den Meister. Selbstverständlich ist das nicht mein richtiger Name, doch heute Nacht ist mein richtiger Name unwichtig. Du solltest wissen, dass es nicht ungefährlich ist, das zu tun. Sich die Adern aufzuschneiden und deinen Liebsten dein Blut trinken zu lassen. Es ist ein extrem mächtiger und folgenreicher Akt. Meine Aufgabe hier besteht darin, ihn zu bezeugen. Genauso, wie es bei einer kirchlichen Trauung Trauzeugen gibt.« Er hält ihre Hand mit beiden Händen umklammert und streichelt mit beiden überlangen Daumen über ihren Handrücken. Er spricht mit sanfter, aber eindrücklicher Stimme. Seine Hände sind kalt.

»Wenn Kristian später an diesem Abend dein Blut trinkt, wird er für alle Ewigkeiten deiner Macht unterstehen. Es wird ein Band zwischen euch geknüpft werden, welches kein menschliches Wesen je zu lösen imstande sein wird. Bist du dafür bereit?«

Sie starrt in die gütigen Augen des Meisters, und nur ein Teil von ihr spürt, wie die Decke von ihren Schultern gleitet und ihre nackten Brüste enthüllt. »Was soll das alles?«, flüstert sie. Das Wort *Vampir* spukt durch ihr Hirn, doch sie ist nicht in der Lage, es laut auszusprechen.

»Der Glaube an die Macht des Blutes ist uralt. Wie du weißt, bildet der Wein, den man beim christlichen

Abendmahl trinkt, eine Metapher für das Blut Jesu Christi. Wenn du davon trinkst, übergibst du deine Seele Christus. Wir alle sind durch das Blut miteinander verbunden. Nimm nur Kristian, schau ihn dir an, spüre sein Verlangen, für immer dein zu werden.«

Sie blickt zu Kristian. Im Halbdunkel des Raumes funkeln seine Augen. Er nickt zustimmend mit dem Kopf. Ein heißer Schauer durchfährt sie.

»Zuerst stoßen wir auf das Leben an. Wir drei werden ein Glas von diesem exquisiten Tequila zu uns nehmen, um das Leben zu feiern. Dann werde ich mich in jenem Lehnstuhl niederlassen, um zu bezeugen. Ihr macht einfach weiter, als wäre ich gar nicht da. Seid nicht schüchtern, nur keine Hemmungen. Dies ist eure Bluthochzeitsnacht, und ich habe in meinem Leben schon einer ganzen Menge davon beigewohnt. Die erste fand lange vor deiner Geburt statt, mein Kind.«

»Es ist wichtig, dass du nicht das Gefühl hast, dazu gezwungen zu werden«, sagt Kristian. »Du musst es aus eigenem freien Willen tun.«

Sie begegnet seinem Blick und sieht die Liebe und das Begehren in seinen Augen leuchten. Sie fährt derart auf ihn ab, ist so verrückt nach ihm, dass es ihr geradezu körperliche Schmerzen verursacht, nicht in seiner Nähe zu sein. Aber das hier kommt ihr ein wenig übertrieben vor. Zu viel des Guten. Zu heftig.

Sie hatte es lediglich für eine abgedrehte Sexspielerei gehalten. Sie sollte ihren Arm ritzen, um Kristian das Blut aus der Schnittwunde trinken zu lassen. So was wie vampirischer Beischlaf. Es hat sie sogar scharfgemacht, zumindest ein bisschen. Doch *das* hier war etwas anderes. Dieses Gerede von Ewigkeit und für immer und alle Zeiten. Dafür ist sie zu jung. Sie will noch nicht heiraten. Sie will keinen Zeugen bei ihrer Hochzeitsnacht. Aber möglicherweise ist all das doch nichts weiter als Teil eines Sexspieles. Die hehren Worte, das Ritualisierte, alles gehört zum Spiel, und am nächsten Morgen nimmt man nichts davon mehr ernst. Der Sinn der Worte wird durch die Spielregeln begrenzt, ihre Bedeutung entfalten sie einzig im Rahmen dieser ganzen erotischen Inszenierung. Kristian ist wahnsinnig gut darin, sich solche perversen Spielchen auszudenken.

Der warme Blick des Meisters bohrt sich tief in ihre Augen. Es ist derselbe Blick, der sich in Kürze auf sie beide richten und beim Ficken beobachten wird. Dennoch weiß sie nicht, ob sie dazu imstande ist, ob sie es wirklich will, den Mut aufbringen oder sich dazu zwingen kann. Allerdings kann sie nicht leugnen, dass der Gedanke daran, es zu tun, sie anmacht.

»Ich glaube, ich hätte jetzt gerne meinen Tequila«, sagt sie.

Der Meister lehnt sich zurück, damit Kristian Platz genug hat, ihr das Glas zu reichen, doch als sie nach dem Glas greift, umklammert der Meister ihren Arm, um das Muster an kreuz und quer verlaufenden Narben in Augenschein zu nehmen.

»Was ist das?«, will er wissen.

»Narben«, antwortet sie und lässt ihn freimütig gewähren. Sie präsentiert ihm sogar bereitwillig ihren linken Arm, der noch mehr Narben aufweist. »Als ich jünger war, habe ich mich regelmäßig geritzt. Ich habe keine Ahnung, warum ich das getan habe. Ich schätze, ich mochte den Schmerz und das Gefühl, wie das warme Blut über meine Haut rann. Meine Mutter ist komplett durchgedreht, als sie es herausfand. Sie hat mich zu allen möglichen Scheiß-Psychiatern und Scheiß-Psychotherapeuten und Scheiß-Ärzten geschickt. Das ist schon Jahre her.«

Der Meister fährt mit einem Finger über die Narben. »Armes Mädchen«, flüstert er.

»Nein. Ich war kein armes Mädchen. Ich war grausam, würde ich sagen. Ich habe es getan, um meiner Mutter wehzutun. Ich wollte ihre Aufmerksamkeit, ich wollte sie leiden sehen, weil sie mich einfach nicht beachtete. Ich bin böse und verdorben. Ich bin grausam. Ich habe ihren Schmerz genossen, freute mich über ihre schreckgeweiteten Augen, wenn sie sah, wie ich blutüberströmt dasaß. Ich habe dafür gesorgt, dass es weitaus schlimmer aussah, als es war. Mir gingen sogar diese Fantasien durch den Kopf, ihr die Haut zu zerschneiden, ihr Blut zu sehen, habe mich aber nie getraut, es wirklich zu tun. Trotzdem wurde das Verlangen, es zu tun, von Tag zu Tag stärker, und mir war klar, dass es mich eines Tages überwältigen würde, dass ich es irgendwann doch tun würde. Ich würde sie schlimm verletzen.«

»Aber du hast mir erzählt, deine Eltern wären tot!«, sagt Kristian.

Der Meister schenkt ihm keine Beachtung. »Hast du deine Mutter gehasst?«

»Nein, ich habe sie geliebt, glaube ich. Ich weiß es nicht genau.«

Der Meister lässt ihren Arm los, und sie stürzt den Tequila in einem Zug herunter. »Ich bin hergezogen, um von all dem wegzukommen, um zu ihr auf Abstand zu gehen, bevor der Drang zu stark geworden und mir die Kontrolle entglitten wäre. Seither habe ich mich nicht mehr geritzt.«

»Manche von deinen Narben sehen eher frisch aus.«

»Kann ich noch einen Tequila haben?«

Diesmal füllt Kristian alle drei Gläser und verteilt sie. Der Meister erhebt sich und gibt ihr ein Zeichen, es ihm nachzutun. Sie krabbelt aus dem Bett und steht dann so gut wie nackt neben den zwei vollständig bekleideten Männern.

»Möge die Zeremonie beginnen«, ruft der Meister aus.

Sie heben die Gläser, stoßen auf das Leben an und trinken.

»Möge Blut diese beiden Liebenden bis in alle Ewigkeiten vereinen.« Der Meister tritt mit leisen Schritten zurück und nimmt in einem der Lehnstühle Platz. Er schlägt die Beine übereinander und bedenkt sie mit einem knappen Kopfnicken.

Kristian nimmt ihr das Glas ab. Sie erbebt, als seine Hand versehentlich ihren Nippel berührt. Der Alkohol prickelt in ihrem Bauch. Sie fühlt sich leicht und befreit.

»Bist du bereit?«, fragt er flüsternd.

Langsam streift sie sich das Höschen über die Beine und legt es ab. Sie schaut verstohlen zum Meister hinüber. Sein Gesicht liegt im Schatten verborgen, nur ein Winkel seines Mundes ist im Schein der vielen Kerzen zu erkennen, aber dennoch spürt sie seinen starren Blick auf ihrem nackten Leib. Sie wendet sich Kristian zu und fängt an, ihn ebenfalls auszuziehen.

Ihre Mutter würde auf der Stelle sterben, wenn sie sie jetzt sehen könnte. Für einen Moment geht ihr der Vorschlag durch den Kopf, diese Séance zu filmen, irgendwann ihrer Mutter vorzuführen, wie dieser überirdisch schöne Mann wie ein Untoter ihr Blut trinkt, wie ein Vampir aus der Hölle, während dieses absonderliche, aber durchaus hoheitsvolle alte Dreckschwein ihnen zuschaut. Das wäre die ultimative Grausamkeit, der endgültige Stich ins Herz ihrer Mutter, doch es ist in diesem Zimmer zu dunkel für Filmaufnahmen. Selbst wenn sie eine Kamera hätten.

Sie zieht Kristian die Hose runter. Er versucht sie zu küssen, aber sie zwingt ihn nieder, nieder, nieder auf die Knie.

»Ruhig, Liebster«, sagt sie und greift nach dem Päckchen mit Rasierklingen auf dem Couchtisch. Sie lässt sich beim Auseinanderwickeln des dünnen Papieres Zeit, bis sie schließlich eine Klinge herauszieht und die restliche Packung beiseitelegt.

Kristian saugt scharf die Luft ein, als sie sich mit trägen, katzengleichen Bewegungen zur Kante des Alkovens begibt und dort mit gespreizten Beinen hinsetzt. Seine Augen glänzen im trüben Licht. Er zittert am ganzen Körper, sein Schwanz ist steinhart. Sie lässt die Augen zum Meister wandern, aber das Bild vor ihrem inneren Auge ist das Gesicht ihrer Mutter, während sie die linke Hand zwischen den gespreizten Beinen zur Faust ballt, die Innenseite des Handgelenkes Kristian zugedreht. Kristian, ihr totenbleicher Vampirliebhaber, dem Ringe von den winzigen Nippeln baumeln und über dessen Schultern und Arme sich Tätowierungen von Kreuzen und Vlad Ţepeş, Drăculea dem Pfähler, schlängeln. Kristian und sie sind füreinander bestimmt, Seelenverwandte in einer kranken und falschen Welt aus Kummer, Leid und Schmerz. Er ist ihr Schutzschild, und zusammen sind sie unsterblich, unverwundbar, ewig während, wie echte Vampire. Scheiß aufs Normale, scheiß auf Nettigkeit, scheiß auf eine Welt, in der Kinder gezwungen werden, sich mit den Ellenbogen ständig auf irgendeine Bühne zu drängeln, eine Welt, in der sich alle nur für Geld und Konsum interessieren, in der Eltern pausenlos arbeiten und ihre gesamte Zeit aufs Geldverdienen verschwenden, um sich zu beweisen, ihren Status und Wert, dabei ihren Nachwuchs vernachlässigen, und niemand hat die Zeit, das Bedürfnis oder die Macht, loszulassen und einfach nur zu sein, einfach nur zu leben, eine Welt, in der jedes Anzeichen von Schwäche verdammt und verachtet wird und der Rasen mit dem Auge des Uhrmachers gestutzt wird, in welcher es den teuren gigantischen Gasgrill und die glänzende neue Kücheneinrichtung und den fetten Audi in der Einfahrt braucht, um der menschlichen Existenz einen Wert zuzuschreiben. Und keiner schaut hin, keinen kümmert es, wahrhaftig, schwach zu sein, zu denken, zu fühlen, weil alle Angst haben. Eine Welt, in der das Fernsehen vorschreibt, was man zu wissen hat und jeder lieber die Klappe hält, als Fragen zu stellen; wo die Äpfel von den Bäumen im Vorgarten fallen und dort auf dem Rasen verfaulen, weil niemand Zeit hat, die Äpfel einzusammeln, und vor nichts haben die Menschen mehr Angst, als sich zu langweilen, weshalb jede freie Sekunde im Luxus der Einsamkeit vor flimmernden Digitalbildschirmen und mit sinnes- und geistbetäubendem Quatsch gefüllt wird. Denn so lautet in dieser Welt die Definition von Glück, und niemand außer Narren und Verlierern wagt es, das Gegenteil zu behaupten. Scheiß auf all das. Scheiß einfach drauf. Das Hier und Jetzt ist alles, was zählt. Der gegenwärtige Tag. Diese Minute. Morgen ist bloß ein großes Vielleicht, und wenn heute Nacht alles vorbei sein sollte, ist das viel besser, als in der Vorstadt zu enden, mit zweihundertzwanzig Fernsehkanälen, einer neuen Einbauküche und einem Monatsabonnement fürs Fitnessstudio.

Sie drückt sich die Rasierklinge an ihren linken Arm, wie sie es schon so viele Male getan hat. Der Schmerz ist ein alter Freund, ein wahrer Vertrauter, der all ihren echten Schmerz, all ihre Gedanken betäubt und vertreibt. Das Blut quillt unverzüglich hervor und tropft von ihrem Arm aufs Bett.

»Komm und trink, Liebster«, sagt sie und hebt ihren Arm Kristian entgegen, der sich vorbeugt und das tropfende Blut mit der Zunge auffängt. »Iss mich, trink mich«, flüstert sie, als er anfängt, Blut aus dem Einschnitt zu saugen.

Sie fährt mit den Fingern durch sein Haar und schließt

die Augen, um alles andere um sie herum auszusperren. Seine Hand kriecht die Innenseite ihres Oberschenkels hinauf, und sie keucht laut und biegt den Rücken durch. Er saugt noch immer ihr Blut. Saugt gierig. Seine Hand erreicht ihr Ziel, und sie drückt sich gegen sie, heißt ihn willkommen, fordert seine warmen Finger dazu auf, in sie einzudringen.

Er hört auf, ihr Blut zu trinken. Sie öffnet die Augen und schaut direkt in sein geiles, grinsendes und blutiges Gesicht.

»Ich liebe dich«, wispert er. Nach wie vor sickert Blut aus der Wunde und rinnt ihren Arm hinab.

Sie entzieht ihren Arm seinem Griff, hält ihn sich vor die Brust und lässt das Blut auf ihre Brüste und ihren Bauch tröpfeln. Er grinst noch breiter, senkt den Kopf und leckt das Blut von ihrer Haut.

Die Blutung lässt allmählich nach. Das Blut fließt weniger großzügig. Sie legt ihm eine Hand in den Nacken und zerrt seinen Leib auf ihren, führt ihn mit der anderen Hand in sich ein, und kaum ist sein Schwanz in ihr, fängt er auch schon zu stoßen an, nimmt sie fest und schnell.

Als es vorbei ist und er sich von ihr runterwälzt, riecht sie das Blut. Ein intensiver, schwerer, erdiger Duft. Ihr Herzschlag rast. Der Orgasmus bebt in ihrem Körper nach.

»Jetzt bin ich dein«, seufzt er, aber sie ist ganz woanders. Er streichelt ihre Wange, ihren Hals, ihre Brüste und murmelt währenddessen Worte, die nicht an ihr Ohr dringen.

»Ich will jetzt dieses Koks«, sagt sie, wobei sie abermals an ihre Mutter denkt und daran, dass sich das hier wie ein Sieg über sie anfühlt, als hätte sie ihre Mutter mit extrem scharfem und abartigem Sex irgendwie endgültig zurückgeschlagen.

Schau mal, Mutter, jetzt nehmen wir auch noch Drogen. Ich bin völlig außer Kontrolle. Ich bin frei. Auch wenn es nur für heute Nacht ist. Denn es gibt nichts außer heute Nacht.

Kristian lässt sich aus dem Bett gleiten. »Mir ist ein bisschen unwohl zumute«, sagt er. »Vielleicht habe ich zu viel Blut getrunken. Ist mit dir alles in Ordnung?«

»Klar!« Sie setzt sich im Bett auf und blickt zum Meister hinüber, dessen perverse gierige Spanneraugen alles beobachtet haben. Er sitzt einfach nur da, regungslos, nur sein schweres Atmen ist zu hören.

»Er ist eingeschlafen«, lacht Kristian und reicht ihr ein Buch, auf dem er zwei Linien Kokain angerichtet hat.

Inzwischen ist ihre Haut klebrig von trocknendem Blut. Der Blutfluss der Schnittwunde ist versiegt.

»Das erste Mal habe ich Sex vor den Augen anderer Leute, und prompt schläft mein Publikum ein«, sagt sie zu sich selbst, als Kristian zum Bett zurückkehrt.

»Es ging nicht um ihn«, flüstert Kristian und gibt ihr einen kurz geschnittenen Plastikstrohhalm von einem der Bücherregale innerhalb des Alkovens.

Nein, es ging um meine Mutter, denkt sie.

»Es ging um uns«, sagt er.

Sie sniffen die beiden Linien weg, legen sich im Bett

nieder und warten schweigend darauf, dass die Wirkung der Droge einsetzt.

»Scheiße, das Zeug hat's ganz schön in sich«, murmelt Kristian. »Vielleicht war das gar kein Koks?«

Andrea hebt die Rasierklinge. »Es gibt nichts außer heute Nacht.«

Er stößt ein seltsames Geräusch aus, lächelt jedoch. Mehr oder weniger.

»Warum ist mir nie in den Sinn gekommen, mir eine neue Telefonnummer zu verschaffen?«, fragt sie.

»Telefonnummer? Worum geht es bitte gerade?«

»Ich versuche, mich zu verstehen.«

Erneut gibt er dieses komische Geräusch von sich. Dieses Mal klingt er müde.

Aber so leicht kommt er nicht davon. Dies ist die Nacht, in der alles zusammenbricht. Der morgige Tag ist der Beginn eines neuen Lebens. Morgen wird alles vorüber sein. »Ich will auch dein Blut schmecken«, sagt sie. »Ich will dich für immer in mir tragen.«

Sie rollt sich ihm entgegen, setzt sich rittlings auf ihn und hält ihm die Rasierklinge vor die verschleierten Augen. »Ich will dein Blut trinken.«

Sein Blick trifft ihren. Er schluckt. Kleine Schweißperlen bilden sich auf seiner Stirn. Er stöhnt laut auf, als sie ihm die Klinge gegen die Kehle presst.

»Nicht da«, wimmert er.

Sie wird niemals wieder irgendwas fühlen.

»Nicht da! Das ist zu gefährlich!«

»Liebst du mich?«, fragt sie und entfernt die Rasierklinge von seiner Kehle.

Er nickt.

Für einen kurzen Augenblick trübt sich ihre Sicht, und bizarre Farben explodieren um sein hübsches Gesicht. Sie lacht. Die Welt ist wundervoll. Das hier ist der atemberaubendste Wahnsinnstrip, auf dem sie je gewesen ist.

»Ich will dein Blut trinken«, wiederholt sie.

»Dann tu das«, sagt er. »Tu es.«

Und sie schneidet ihn, kräftig und tief.

Er schreit vor Schmerz und Überraschung auf, doch sie hat bereits die Lippen auf die Wunde gedrückt. Das Blut pumpt so heftig hervor, dass sie fast daran erstickt. Es überflutet ihre Mundhöhle, läuft ihr in Strömen das Kinn hinab, spült in klebrig-warmen Bächen über ihr Gesicht und ihren Oberkörper, lässt ihre Haare schwer und nass werden. Weitere Farben explodieren in ihrem Hirn, und sie beißt ihn, und irgendwo in der Ferne loben Mönche im Chor den Messias, und ihre Mutter entschwindet dem Dasein. Heute Nacht bricht alles in sich zusammen.

Später, als der Blutstrom allmählich schwächer fließt, liegt Kristian still da.

Sie kniet im Bett. Ein junger, nackter, rot glänzender Sukkubus in einem mit schwarzem Samt bezogenen Alkoven. Die Flammen der Kerzen flackern lebendig. Es gibt nichts außer heute Nacht. Sie verwandelt sich, löst sich von allen Fesseln, beschreitet einen neuen Pfad.

»Was hast du getan, Mädchen?«, schreit der Meister sie an. Anscheinend ist er aufgewacht.

Sie lacht vor Wonne, vor Wahnsinn, als sie aus dem

Alkoven und dem Meister entgegen kriecht, die blutige Rasierklinge zwischen den Fingern. Blut tropft von ihrem Leib.

»Ich scheine einen Geschmack für Blut entwickelt zu haben«, sagt sie kichernd.

»Halt, nein! Höre mir zu!« Der Meister, der nicht länger die Aura eines wahren Meisters ausstrahlt, sondern eher wie ein alter und furchtbar verängstigter Mann wirkt, weicht stolpernd zurück, bis er gegen den Couchtisch stößt und auf den Rücken fällt.

»Wir hätten das wirklich filmen sollen«, sagt sie mit heiserer Stimme und zieht ihm die Rasierklinge über die Kehle.

El Daemon

Mittwoch

»Na gut, du hast mich erwischt. Ich gebe es zu. Ich bin nicht krank.« Alex hält ihr die Tür auf. Er trägt noch immer seinen Schlafanzug. Seine Haare sind ein einziges Chaos. Er hat schwarze Ringe und Tränensäcke unter den Augen. Er ist barfuß. »Ich mache blau. Ich erkläre mich schuldig.«

Karla zuckt die Schultern. »Eine große Schwester kann ihrem kleinen Bruder also nicht einmal mehr einen Besuch abstatten?« Sie schiebt ihn zur Seite und verschafft sich mit sanfter Gewalt Zugang zu seinem Apartment. »Nicht etwa, dass du meine Anrufe beantwortest oder sonst wie reagierst.«

»Nein, ich ...«

Sie wirft einen flüchtigen Blick in die Küche. Dreckiges Geschirr bedeckt den überwiegenden Teil der Küchentische. An der Terrassentür stehen überfüllte Mülltüten Spalier und warten darauf, dass irgendjemand sie rausträgt. Töpfe und Pfannen mit den eingetrockneten

Überresten lange vergessener Abendessen stapeln sich wild auf dem Herd. Der Kühlschrank brummt. »Oh, du scheinst es gestern Abend nicht mehr geschafft zu haben, die Abwäsche zu erledigen?«

»Tja, es ist nicht ... Karla ... Ich ...« Er zieht widerstrebend die Haustür zu und folgt ihr ins Wohnzimmer. Draußen auf der Straße fährt ein Notarztwagen vorbei. Die Einsatzsirene schneidet scharf in das unbehagliche Schweigen zwischen ihnen.

Das Wohnzimmer. Pizzaschachteln, leere Colaflaschen, auf dem Couchtisch, auf dem Fußboden, mehr oder weniger überall. Der Fernseher läuft, zeigt allerdings nichts als den Apple-TV-Pausen-Menü-Bildschirm.

»Ja, bitte. Ich hätte sehr gerne welchen«, sagt sie und wendet sich Alex zu, der sich am Hinterkopf kratzt.

»Du hättest was?«, fragt er.

»Hast du mir nicht gerade eine Tasse Kaffee angeboten?«

»Oh. Ich habe eigentlich noch keinen gekocht.«

Sie lächelt ihn an. »Dann solltest du dich nicht länger davon abhalten lassen, schätze ich.«

Er schlurft in die Küche. Kurz darauf vernimmt sie das Geräusch von fließendem Wasser, als er den Kessel vollmacht. Sie stößt einen tiefen Seufzer aus und fängt an, Pizzaschachteln und Flaschen einzusammeln. Hinter einem der Sessel entdeckt sie eine große Liefertasche von der Pizzeria. Sie stopft den Abfall in die Tüte und stellt diese gut gefüllt neben den anderen Mülltüten in der Küche ab.

»Wie ist es seit Alis Tod gelaufen?«, fragt sie ihren Bruder.

Er versteift sich, den Kaffeefilter in der Hand. Er gibt keine Antwort. Seine Schultern heben sich weit Richtung Ohren.

»War es im letzten Oktober? November?«

Er atmet tief ein, während er den Filter langsam im Trichter versenkt. »Oktober.«

»Oktober. Das ist fünf Monate her.«

»Hör mal, Karla, lass mich einfach in Ruhe, okay? Ich gebe mir Mühe, verstehst du? Ich arbeite hart daran, all diese Scheiße hinter mir zu lassen.«

Sie legt ihm eine Hand auf den Arm. »Ich bin nicht hier, um dir auf die Nerven zu gehen. Ich mache mir Sorgen um dich. Du rufst mich überhaupt nicht mehr an. Du reagierst nicht auf meine Textnachrichten. Ich war heute bei King App. Sie haben mir dort gesagt, du hättest dich die letzte Woche krankgemeldet. Dein Boss macht sich ebenfalls Sorgen, weißt du.«

»Der kann mich mal am Arsch lecken.«

»Er hätte dich schon vor langer Zeit feuern können. Die meisten Leute wären nicht so nachsichtig gewesen.«

»Ich weiß. Aber ich kann's nicht ändern. Ich schlafe dieser Tage sehr schlecht. Nein, eigentlich schlafe ich so gut wie gar nicht.«

»Dein Chef hat mir erzählt, dass sie die neue App nächste Woche auf den Markt bringen. Du und Ali habt diese App entwickelt, sie ist euer Werk. Ali ist tot, aber du … Du musst dabei sein, wenn sie das Ding lancieren. Es ist etwas ganz Besonderes. Ali und du habt euch monatelang den Arsch aufgerissen, damit alles klappt. Jetzt ist es endlich so weit, und du sitzt hier in dieser verdreckten Wohnung, versteckt hinter verschlossenen Vorhängen. Komm schon, Alex, du musst dringend wieder in die Spur kommen.«

Das Wasser kocht, und der Kocher schaltet sich mit einem lauten Klicken ab. Alex nimmt den Wasserkocher und gießt das Wasser aufs Kaffeepulver. In der Küche verbreitet sich der Duft frisch gekochten Kaffees.

»Die Art und Weise seines Todes. Ich habe keine Ahnung, warum mich das so schwer getroffen hat, aber das tat es. Wir waren ein gutes Team. Wir haben wirklich hervorragend zusammengearbeitet. Er war mein Freund. Er war derjenige, der mir die Stelle bei King App verschaffte. Wir kannten uns sehr gut und hatten einen langen gemeinsamen Weg hinter uns.«

»Wir alle haben Verständnis für deine Trauer, Alex. Und für den Schock. Es war auch für mich ein Schock. Für uns alle. Die Familie. Deine anderen Freunde. Er war noch so jung. So fit, gesund und mitten im Leben stehend. Junge Männer wie er brechen nicht auf der Straße zusammen und sterben einfach so.«

»Ali schon.«

»Ja, Ali schon. Das stimmt. Sollen wir den Kaffee im Wohnzimmer trinken? Ich habe die Pizzaschachteln, Dosen und Flaschen weggeräumt. Wenn wir den Fernseher ausschalten und die Vorhänge aufziehen, könnte es fast ein bisschen gemütlich im Raum werden.«

»Darf ich dir etwas zeigen, Karla? Es wird dich umhauen.«

»Was ist es?«

»Versprich mir, dass du nicht lachst.«

»Was *ist* es?«

»Eine SMS.«

Sie starrt ihn an, runzelt die Stirn und schüttelt sacht den Kopf. »Eine SMS? Von wem?«

»Von Ali.«

Sie neigt den Kopf schräg und sucht seinen Blickkontakt. »Von Ali?«

»Ich habe sie vor ein paar Tagen bekommen.«

»Du hast was?«

Er dreht den Schraubverschluss der Thermoskanne zu und reicht ihr die Kanne. »Nimm sie ins Wohnzimmer mit, und ich hole das Handy. Wenn ich mich recht erinnere, lädt es im Schlafzimmer.«

»Was geht hier gerade ab?«

»Ali schreibt mir Textnachrichten. Bislang habe ich fünf SMS von ihm erhalten. Die ersten drei habe ich gelöscht. Die letzten beiden habe ich noch.«

»Ali kann niemandem eine SMS schicken. Ali ist tot.«

***

Du bist in Gefahr, Alex.

Karla glotzt auf das Smartphone-Display. Der Absender der SMS ist Ali. Die Textnachricht datiert auf vorgestern. Sie scrollt weiter und findet die vorangegangene SMS im selben Thread. Sie wurde letzte Woche abgeschickt.

Ich weiß, dass es verrückt ist, aber ich bin es, ALI, der diese SMS sendet.

»Wer könnte diese Nachrichten geschickt haben?« Sie legt das Telefon auf den Couchtisch und verspürt das seltsame Gefühl, etwas Unreines berührt zu haben.

Alex schenkt Kaffee in die zwei Tassen ein. »Keine Ahnung. Es treibt mich in den Wahnsinn. Manche Nächte finde ich überhaupt keinen Schlaf. Was, wenn es *wirklich* Ali ist? Sein Geist oder so. Ich weiß, ich weiß … Damals, als ich die erste Textnachricht bekam, dachte ich, es wäre einer von Bennis kranken Scherzen. Er kann gelegentlich ein furchtbar dämliches Arschloch sein. Aber er war es nicht. Eine Woche später erhielt ich die zweite SMS. Ich habe beide gelöscht. Habe Alis Kontakt aus dem Telefonbuch in meinem Smartphone gelöscht. Und bin zur Arbeit gegangen. Seinerzeit habe ich wieder in meinen Job zurückgefunden. Mein Boss hatte mir angeboten, Teilzeit zu arbeiten, wie und wann auch immer ich wollte. Ich konnte jederzeit nach Hause, wenn mir danach war. Er ist tatsächlich unglaublich fair gewesen.«

»Vor einer halben Stunde hast du gesagt, er könne dich am Arsch lecken.«

»Die letzten Tage … Die letzte Woche ist ein einziger Albtraum gewesen.«

»Na schön. Wir müssen dich wieder auf die Beine bringen, Alex. Sobald wir unseren Kaffee ausgetrunken haben, machen wir hier gründlich sauber, räumen dieses Chaos auf, stecken dich unter die Dusche und dann in ein paar saubere Klamotten; danach gehen wir zwei aus und essen irgendwo zu Mittag. Heute ist mein freier Tag. Ich habe nichts vor.«

Er blickt starr zu Boden und schüttelt den Kopf. »Ich kann nicht. Ich kann einfach nicht.«

»Es wird dir nicht besser gehen, wenn du hier rumsitzt und dich von irgendeinem Schwachkopf bis zum Irrsinn terrorisieren lässt. Du brauchst frische Luft. Und du brauchst außerdem eine neue Handynummer, sodass dieses Ekelpaket dich nicht länger antexten kann. Ehrlich gesagt verstehe ich nicht, warum du dir noch kein neues Telefon besorgt hast.«

»All das ist sehr lieb von dir, Karla, aber ich ...«

»Du tust, was ich dir sage.« Sie schnappt sich das Handy, schaltet es aus und entnimmt ihm sowohl Akku als auch SIM-Karte. »Niemand verarscht meinen kleinen Bruder.«

***

Vier Stunden später sitzen sie im Café um die Ecke und warten auf ihr Essen. Alex' Apartment ist blitzsauber, und ein angenehmer Duft nach Putzmitteln hängt in der Luft. Die Mülltüten sind verschwunden. Sämtliche Fenster wurden aufgerissen, um frischen Wind einzulassen. Sie sind im Handyladen im Einkaufszentrum gewesen, um Alex eine neue Nummer zu besorgen. Am Ende hat er sich ein brandneues Smartphone als Ersatz für sein altes gekauft. Es liegt auf dem Tisch vor ihnen und lädt auf.

Inzwischen hat Alex' bleiches Gesicht wieder ein bisschen mehr Farbe angenommen, und in seinem Mundwinkel zuckt die Andeutung eines Lächelns.

Der Kellner bringt ihre Bestellungen. Einen Burger für Alex, ein Omelett für Karla. Aus den Lautsprechern über ihren Köpfen summt altmodischer Jazz aus der Zeit, als ihr Urgroßvater noch jung war. Sie sitzen vor dem Fenster und beobachten den vorbeirauschenden Verkehr. Der Himmel ist blau, die Luft jedoch kühl.

»Ich möchte, dass du morgen zur Arbeit gehst, Alex. Du musst dir dein Leben zurückholen. Es ist nicht gut für dich, den ganzen Tag lang alleine vor dich hin zu brüten. Ali ist tot, du bist es nicht. Versprichst du mir, morgen wieder zur Arbei zu gehen?«

Er seufzt und legt Messer und Gabel nieder. »Ich muss mal pinkeln.« Er steht auf. »Klar, morgen gehe ich zur Arbeit. Keine Sorge. Ich komme schon klar.«

Karlas Blick folgt ihm, wie er durchs Café zur Herrentoilette geht. Dann widmet sie sich ihrem Omelett und beginnt zu essen. Natürlich lügt er sie an. Es scheint ihm jetzt etwas besser zu gehen, aber er kann ihr nichts vormachen. Diese grässliche Dunkelheit ist noch immer über sein Gemüt gebreitet. Könnte man die Menschen so leicht aus ihrem Elend befreien, gäbe es für Psychiater und Psychologen nichts mehr zu tun. Sie muss weiterhin ein wachsames Auge auf ihn werfen, und falls es ihm nicht sehr bald besser geht, muss sie ihn zwingen, einen Arzt aufzusuchen. Als er ihr heute Morgen die Tür aufgemacht hatte, war sein Blick so voller Schmerz, so voller Leid gewesen und so schrecklich frei von Leben. Es war fast, als wäre ein Teil von ihm gestorben.

Sie schaut sich das neue Handy an, das neben ihr auf dem Tisch lädt, bevor sie ihr eigenes aus der Handtasche zieht und es entsperrt. Im Kontaktverzeichnis findet sie Alex' alte Nummer, die sie durch die neue ersetzt. Sie schickt ihm eine alberne SMS. Sekunden später piept sein Telefon, als die Nachricht eingeht.

Sie sieht aus dem Fenster auf einen Mann, der vorübergeht. Es ist grausam, einer trauernden Person gefälschte Textnachrichten zu senden. Wer würde dergleichen tun? Wenn es ein Streich war, hatte jemand eine gehörige Lektion verdient. Sie fragt sich, ob es jemand ist, den sie kennt. Offenkundig muss es jemand sein, der sowohl Alex als auch Ali kannte, was den Kreis der Verdächtigen einschränkt. Vielleicht war es jemand von King App? Vielleicht …

»Erde an Karla! Erde an Karla! Kannst du mich hören?« Alex ist zurück. Er sitzt auf seinem Stuhl an der gegenüberliegenden Seite des Tisches und winkt mit der Hand. »Du scheinst ganz woanders gewesen zu sein. Woran hast du gedacht?«

»An Alis Handy. Wo ist es jetzt? Weißt du, wer sein Telefon hat?«

»Keinen blassen Schimmer. Warum?«

»Könntest du es aufspüren oder nachverfolgen?«

»Ah, du glaubst, dass die Textnachrichten von seinem Handy kommen müssen, wenn sie in seinem Namen geschickt werden, stimmt's?«

»Ganz genau.« Sie lehnt sich zurück und beißt auf ihre Zunge. »Willst du nicht wissen, wer dir diese Nachrichten geschickt hat?«

»Ich habe eine neue bekommen, gerade eben«, sagt er und greift sich sein neues Handy.

»Die ist von mir. Hast du überhaupt verstanden, was ich gesagt habe?«

Er liest die SMS und legt das Telefon wieder auf den Tisch. »Ich habe dich verstanden. Aber man benötigt Alis Handy nicht, um das zu tun. Es gibt Internetseiten und sogar Apps, die es einem ermöglichen, die Identität des Absenders zu fälschen. Du kannst es einfach mal bei Google eingeben. Es ist so leicht, dass ein Zehnjähriger es hinbekommen würde.«

Das Smartphone piept.

Sie starren es beide an. Ein gelbes Anzeigenfeld am oberen Rand des Bildschirmes teilt ihnen mit, dass eine Textnachricht eingegangen ist. Absender: Ali. Mit entsetzter Miene reißt Alex das Handy an sich.

»Was steht drin?«, keucht sie hervor.

Alex glotzt stumm auf das Display. Sämtliche Farbe entweicht seinem Gesicht. Langsam, sehr langsam wandern seine Augen vom Display zu Karla hinauf. Seine Lippen beben.

»Was steht drin?« Sie nimmt Alex das Telefon aus der Hand.

Erinnerst du dich an Sandras Slip?

»Sandras Slip?«, sagt sie und sieht Alex an.

Alex klammert sich an der Tischkante fest, um Halt zu finden. Seine Fingerknöchel werden weiß. Seine Augen füllen sich mit Tränen. »Keiner außer Ali und mir wusste davon. Kein Mensch. Absolut niemand. Es ist vor ein paar Jahren auf dem Betriebsausflug passiert.

Sandra war die scharfe Braut, die in der Buchhaltung arbeitete, wenn ich's richtig erinnere. Ali hatte zu viel getrunken. Es war natürlich bei einer Party. Die Firma hatte für alle von uns Flugtickets und Zimmer in diesem Hotel auf Lanzarote gebucht, in Spanien. Ali hat sich in ihr Zimmer geschlichen und ihr Höschen geklaut. Dieser Idiot. Als er es mir beichtete, bin ich richtig sauer geworden; ich habe ihn heftig zusammengestaucht und dazu gebracht, den Slip wegzuwerfen. Am nächsten Morgen schämte er sich so sehr, dass er mir kaum in die Augen schauen konnte. Ich habe versprochen, niemals irgendwem davon zu erzählen. Außer Ali bin ich der einzige Mensch, der die Geschichte von Sandras Slip kennt.«

»Was ist mit Sandra? Sie hat ihren Slip doch bestimmt vermisst.«

»Vielleicht hat sie das. Aber sie hatte garantiert keine Ahnung, wo er abgeblieben war. Vielleicht dachte sie, sie hätte ihn verloren. Sie hat nie davon gesprochen, ein Höschen zu vermissen. Vielleicht ist es ihr gar nicht aufgefallen.«

Karla tippt mit der Zeigefingerspitze gegen den Rand des Smartphones. »Wäre es möglich, dass Ali jemandem davon erzählte?«

Alex zuckt mit den Schultern. Er klammert sich noch immer an den Tisch. Furcht und Schmerz lodern in seinen Augen. »Es ist ein nagelneues Handy mit einer anderen Nummer. Außer uns beiden weiß noch niemand, dass ich meine Nummer gewechselt habe.«

»Richtig. Das ist ein echtes Rätsel, Alex. Was hast du

gerade auf dem Herrenklo gemacht? Hast du etwa ein zweites Handy in der Hosentasche versteckt? Oder vielleicht ein iPad dabei?«

»Was zum Teufel soll das, Karla? Ich verschicke diese Nachrichten nicht selbst.«

Das Handy piept abermals. Karla blickt auf das Display. Eine neue SMS von Ali.

Du sitzt mit deiner Schwester in einem Café. Du hast dir ein neues Telefon und eine neue Nummer besorgt. Es ist das Café bei dir um die Ecke. Ich kann mich nicht mehr an den Namen des Ladens erinnern. Aber ich habe oft genug mit dir zusammen an genau diesem Tisch gesessen und Milchkaffee getrunken.

Karla seufzt schwer und dreht das Handy, um Alex die SMS lesen zu lassen. »Verdammte Scheiße, Alex, was hast du eben auf der Herrentoilette getrieben?«

»Ich ...«

Das Telefon piept erneut. Neue SMS von Ali.

Karla hält dein Handy. Sie zeigt dir meine letzte Nachricht. Sie glaubt, dass du derjenige bist, der diese Nachrichten versendet.

»Er ist es wirklich, Karla«, keucht Alex.

Karla legt das Handy auf den Tisch und winkt dem Kellner. »Kann ich bitte zahlen?«

»Karla, scheiße noch mal. Ich bin es nicht. Ich schwöre es!«, sagt Alex mit brüchiger Stimme.

»Wer sollte es sonst sein? Kein anderer kennt diese Nummer. Niemand sonst kann von diesem Mist hier wissen, es sei denn, einer der anderen Gäste nimmt dich soeben auf den Arm. Aber hey, es sind nicht besonders viele Gäste anwesend, warum fragen wir sie nicht einfach?«

»Hör auf damit.«

»Ich glaube, du brauchst dringend Hilfe. Sprich mit deinem Arzt.«

Donnerstag

Es ist ein ruhiger, ereignisloser Vormittag. Im Verlauf der letzten Stunde sind nur zwei Kunden in der Buchhandlung gewesen. Karla ist hinten im Lager und packt einen Bücherkarton aus, als das Klingeln der Türglocke ihr verrät, dass jemand durch die Eingangstür hereingekommen ist. Mit einem Bücherstapel auf den Armen geht sie in den Ladenbereich zurück.

Alex steht mitten in der Buchhandlung und sieht aus wie ein Kind, das sich im Wald verirrt hat.

»Hast du dich mit deinem Arzt unterhalten?« Sie legt den Bücherstapel auf dem Tresen ab und wendet sich ihm zu, die Fäuste in die Hüften gestemmt. »Also, hast du nun oder hast du nicht?«

Alex atmet langsam und hörbar ein. »Ich habe Ali gestern Abend eine Textnachricht geschickt.«

»Alex.«

»Mir ist klar, dass es verrückt ist, Karla. Es ist reiner Wahnsinn. Aber ich glaube, dass er es ist, der mir die Nachrichten sendet. Ich bin wirklich …«

Sie schüttelt den Kopf, während ihr die Tränen kommen. »Alex, ich kann nicht …«

»Auf irgendeine Weise ist seine Seele im Mobilfunknetzwerk gefangen.«

»Mal ehrlich, hörst du dich selbst reden?« Jetzt laufen ihr die Tränen die Wangen hinab. Sie wischt sie mit dem Ärmel ab. »Ich liebe dich, Alex, aber das hier … Ich kann nicht …«

Er zieht das Handy aus der Tasche. »Ich verlange nicht von dir, es zu glauben. Alles, was ich verlange, ist, dass du die Texte liest.«

»Versprichst du mir, dir professionelle Hilfe zu suchen, wenn ich sie lese?«

Er zögert, hebt die Schultern und lässt sie wieder hängen, sein Blick wandert unruhig im Laden umher.

»Okay, ich verspreche es.«

Er tippt ein paarmal auf das Display, um den SMS-Austausch aufzurufen, und scrollt dann ein Stückchen zurück. »Bitte sehr«, sagt er und reicht ihr das Telefon.

Auf dem Bildschirm befindet sich die SMS von gestern im Café.

Karla hält dein Handy. Sie zeigt dir meine letzte Nachricht. Sie glaubt, dass du derjenige bist, der diese Nachrichten versendet.

Rechts unter der Textnachricht steht das Datum, Mittwoch 13:42.

Sie scrollt runter zur nächsten SMS. Sie datiert vom Mittwoch 23:15. Die Textblase mit der SMS darin steht ein bisschen weiter rechts, und das Blau des Hintergrundes ist ein dunkleres als das der vorangegangenen. Diese ist von seinem Handy gesendet worden.

Ali. Wie kannst du es sein? Es ist unmöglich. Karla denkt, ich wäre verrückt geworden.

Sie scrollt zur nächsten SMS, die nur wenige Minuten später eingegangen ist.

Weißt du noch, wie wir in der U-Bahn saßen und im selben Augenblick dieselbe SMS bekamen? Dieselbe Nachricht auf beiden Handys, exakt zum selben Zeitpunkt. Unsere Telefone piepten simultan.

Sie hebt den Blick, um Alex anzuschauen.

»Lies weiter«, fordert er.

Sie setzt den Finger auf den Bildschirm und scrollt zur nächsten SMS.

Du meinst diese schwachsinnige SMS von Benni? Wie hat er sich doch gleich genannt? El Daemon? Er hat einen ziemlich verdrehten Sinn für Humor. Ich habe sie nicht weiter beachtet. Tatsächlich habe ich ihn seit deinem Tod kaum gesehen. Ich habe so gut wie niemanden zu Gesicht bekommen.

»Alex, das hier ist total geisteskrank. Das ist dir klar, oder?«

»Ist es.«

Die nächste SMS stammt von Ali. Laut Zeitstempel ist sie etliche Stunden später eingetroffen. An diesem Morgen um 2:43.

»Hast du letzte Nacht überhaupt geschlafen?«

»Lies einfach.«

Vergiss Benni. Er spielt keine Rolle. Ich bin hier im Mobilfunknetzwerk gefangen, und so leid es mir tut, aber ich kann es nicht besser erklären. Ich bin hier drin alles andere als alleine. Es gibt ziemlich viele von uns, die auf diese Art festsitzen. Hier drin existiert irgendein dämonisches Wesen, das sich von uns nährt und uns frisst, einen nach dem anderen. Du bist in Gefahr, Alex!

Eine Träne tropft von Karlas Kinn auf das Display. Sie wischt sie mit dem Daumen weg.

»Du glaubst immer noch, dass ich all diese Nachrichten von Ali selber schreibe?«, fragt Alex in dumpfem Tonfall. »Das stimmt nicht. Lies weiter.«

»Alex …«

»Lies weiter.«

Sie ruft die nächste SMS auf. Sie stammt ebenfalls von Ali. Heute um 8:23.

Erinnerst du dich an die SMS, die dieser EL Daemon uns beiden gleichzeitig geschickt hat?

Und unter dieser findet sich, zwei Minuten danach eingegangen, eine weitere SMS, die einen Screenshot mit der Nachricht von El Daemon zeigt, die offenbar letztes Jahr am 23. August an Alis Handy geschickt wurde.

Du gehörst jetzt mir. Deine Seele ist mein. Ich gebe dir Bescheid, wenn ich sie holen komme.

Und darunter stößt sie auf die letzte SMS in dieser Reihe, von Ali um 8:34 an diesem Morgen gesendet.

Ich weiß noch, wie wir gelacht haben, als diese Nachrichten kamen. Du auch? Nun, jetzt lache ich nicht mehr, Alex. Weil er mir Bescheid gegeben und sich meine Seele geholt hat. El Daemon gibt es wirklich.

»In Ordnung«, sagt sie. »Ich habe deine Textnachrichten gelesen. Ich habe meinen Teil der Vereinbarung eingehalten.« Sie gibt ihm das Handy zurück. »Bitte, geh zum Arzt.«

Er macht keine Anstalten, das Telefon entgegenzunehmen, also steht sie einfach da und wedelt mit dem verdammten Ding in der Luft herum.

»Was soll ich tun, wenn El Daemon sich bei mir meldet?«

Sie schüttelt den Kopf. »Das wird er nicht.«

Das Handy piept. Eine neue SMS von Ali.

Sie reibt sich mit der freien Hand die Augen trocken und verschmiert ihre schwarze Wimperntusche.

El Daemon hat mich eines Morgens angerufen. Noch dazu verdammt früh. Er hat mich geweckt. Doch ich bin nicht rangegangen. Ich habe nur starr in meinem Bett gesessen und aufs Display geglotzt. Ich hatte nicht wirklich Angst, fand es aber auch nicht gerade angenehm. Für meinen Geschmack war dieser Scherz ein bisschen zu weit gegangen. Ich habe überlegt, dich anzurufen und zu fragen, ob dir das Gleiche passiert ist. Doch das habe ich nicht getan.

Karla schiebt das Handy in Alex' Manteltasche. »Geh zum Arzt, Alex. Lass dir helfen. Ich kann dir nicht helfen. Ich muss etwas gegen dieses Mascara-Massaker unternehmen. Ich kann keine Bücher verkaufen, wenn ich so aussehe. Bitte, geh zum Arzt, okay?«

Sie dreht sich auf dem Absatz um und stürmt Richtung Toilette, ohne einen Blick zurück zu werfen. Sekunden später hört sie die Eingangstür zuschlagen. Alex hat das Geschäft verlassen.

***

Hinter der Ecke hält Alex inne, zieht sein Smartphone aus der Tasche und schreibt Ali eine SMS.

Warum hat El Daemon mich nicht angerufen? Wir haben die Botschaften zur selben Zeit empfangen. Hätte er sich bei mir nicht ebenfalls melden müssen?

Er tippt auf SENDEN und setzt seinen Weg zur U-Bahn-Station fort. Die Treppe hinab, durch den graffitiverzierten Tunnel, an den Fahrradparkplätzen vorbei und hinein in den leblosen grauen Beton und Stahl des Bahnhofes. Er lässt seine Fahrkarte abstempeln und nimmt den Fahrstuhl, der zu den Zügen runterführt. Er wartet eine halbe Minute. Durch die Lautsprecher verkündet eine weibliche Stimme die Ankunft einer Bahn, und in der nächsten Sekunde ist sie auch schon da, und ihre Glastüren öffnen sich. Alex findet ohne Probleme einen freien Platz.

Erneut schaut er auf sein Smartphone, doch Ali hat noch nicht geantwortet. Er schreibt ihm eine neue SMS.

Bist du gestorben, als du den Anruf entgegengenommen hast? Ist es so passiert? El Daemon hat telefonisch nach deiner Seele verlangt, und als du drangegangen bist, hat er dich geschnappt?

Nachdem er die Nachricht abgeschickt hat, inspiziert er die Leute, die um ihn herumsitzen. Sie alle starren wie Zombies auf ihre Handy-Displays oder Gratiszeitungen. Niemand beachtet ihn. Keiner erwidert seinen Blick. Keiner von ihnen weiß, dass er mit einem Toten Textnachrichten austauscht. Sie begreifen nicht, was direkt neben ihnen abläuft.

Er hat Karla versprochen, den Arzt aufzusuchen, aber

das wird er nicht tun. Er hat es nur versprochen, um sie dazu zu bringen, die Botschaften zu lesen. Er war sich so sicher gewesen, dass sie sich auf seine Seite schlagen würde, wenn sie die Texte erst mal gelesen hätte.

Das Telefon piept. SMS von Ali.

Nein. Ich hatte mein Handy nicht mal bei mir, als es geschah. Ich hatte es absichtlich zu Hause gelassen. Die ganze Sache hat mich total fertiggemacht. El Daemon hatte mich über eine Woche lang jeden Tag fünfmal angerufen. Ich bin langsam wahnsinnig geworden.

Neue SMS.

Ich hatte mit Benni gesprochen. Ich versuchte, ihn zu dem Geständnis zu bewegen, dass er derjenige war, der mich verarschte. Aber als ich ihn anschrie und damit drohte, ihm die Scheiße aus dem Leib zu prügeln, rief El Daemon mich an. »Geh ran und sieh, wer es ist«, sagte Benni. Doch ich traute mich nicht.

Nächste Textnachricht.

Dann wurde es so schlimm, dass ich nicht mal mehr den Mut aufbrachte, das Handy bei mir zu tragen. Ich versteckte es daheim in einer Schublade. Ich hätte dich warnen sollen. Es geht mir noch immer schwer nach, dass ich es nicht getan habe. Ich konnte an nichts anderes denken, als ich starb, als El Daemon schließlich meine Seele raubte und meine tote Hülle dort auf dem Bürgersteig zurückließ. Mir schien, ich hätte dich im Stich gelassen, weil ich dich nicht gewarnt hatte. Aber ich war einfach nicht in der Lage gewesen, tatsächlich zu glauben, dass dieser El Daemon kommen würde, um mich zu holen. Es war viel zu verrückt. Ich konnte mich nicht überwinden, mit dir darüber zu reden. Was hätte ich auch sagen sollen? Dass wir beide von einem Dämon, einer Art Dschinn gejagt werden? Hättest du mir geglaubt?

Alex antwortet unverzüglich.

Es ist unwichtig. Er hat mich nicht angerufen. Und du warnst mich schließlich jetzt. Was soll ich tun? Wie kann ich mich schützen?

Alex glotzt auf den Bildschirm und wartet auf die nächste Textnachricht. Er rührt keinen Muskel und atmet kaum. Eine neue Nachricht bleibt allerdings aus. Die Bahn stoppt an einer Haltestelle und fährt kurz darauf weiter. Er sitzt da, wie einer dieser goldlackierten Männer, die vorgeben, eine Statue zu sein, völlig unbeweglich. Der Zug hält zwei weitere Male, bevor ihm bewusst wird, dass er seine Haltestelle verpasst hat.

***

Eine Stunde später sitzt er in einem Bus, der durch einen anderen Teil der Stadt fährt, wo die Ladenschilder arabisch beschriftet sind und Frauen in Hidschabs ihre Kinder an der Hand durch die Straße ziehen, während junge dunkelhäutige Männer an den Ecken herumlungern.

Kürzlich ist ihm ein Gedanke gekommen, und dieser Gedanke hat ihn hergeführt. Seit Alis Tod hat er diesen Stadtteil nicht mehr betreten, und auch vorher war er, um ehrlich zu sein, höchst selten hier.

Er steigt aus dem Bus und geht in eine Nebenstraße.

Vor einem Hauseingang hält er an, drückt die Klingel einer Gegensprechanlage und wartet, das Ohr zum Lautsprecher geneigt.

»Hallo?«, meldet sich eine Stimme durch die Türsprechanlage.

»Jawad? Ich bin's, Alex.«

»Alex? Welcher Alex?«

»Ich war ein Freund von Ali. Wir haben zusammen bei King App gearbeitet.«

»Was willst du? Es ist gerade ungünstig.«

»Ich wollte dich nur was fragen. Dauert keine Minute.«

»Okay, frag.«

Alex verlagert sein Gewicht aufs andere Bein und schaut die Straße hinab. »Das hört sich vielleicht seltsam an, aber weißt du vielleicht, was nach Alis Tod mit seinem Smartphone passiert ist?«

»Seinem Smartphone? Was willst du mit seinem Smartphone?«

Alex fährt sich mit der Hand durchs Gesicht. Er hasst es zu lügen. »Es geht um die Arbeit. Ali und ich waren mit einem Projekt beschäftigt. Ich habe einige der Daten verloren. Ich dachte, Ali hat möglicherweise ... ein paar davon auf seinem Handy abgespeichert.«

»Das kannst du vergessen, Bruder. Dieses Handy ist tot und beerdigt, wie sein Besitzer. Irgendwas stimmte nicht mit dem Ding, schon vor seinem Ableben, glaube ich, weil er aufgehört hatte, es zu benutzen. Er hat es hier in irgendeiner Schublade abgelegt. Am Tag seines Todes hat es geklingelt. Irgendwann hatte ich die

Schnauze voll von dem verdammten Ding und bin rangegangen. Aber da war niemand am anderen Ende der Leitung. Ich habe nur diese schrägen Geräusche und merkwürdige Pieptöne gehört. Dann wurde das Telefon plötzlich extrem heiß, und ich habe es in die Spüle geworfen, und das Teil fing tatsächlich zu brennen an. Ich habe den Hahn aufgedreht und das Feuer gelöscht, aber das Handy war bereits im Eimer. Das war echt gruseliger Scheiß, Mann, ich habe gezittert wie Espenlaub. Es war, als hätte eine Art böser Dschinn oder so was die Nummer des Handys gewählt. Ein paar Stunden später stand die Polizei vor der Tür, um uns mitzuteilen, dass Ali gestorben war.«

»Danke.« Alex stößt sich von der Tür ab und stolpert die Straße runter. Er entdeckt ein Taxi und winkt es zu sich. Er sagt dem Fahrer seine Adresse und zieht sein Handy aus der Tasche. Mit bebenden Daumen schreibt er Ali eine neue SMS.

Ich habe gerade mit deinem Bruder Jawad gesprochen. El Daemon hat dich an deinem Todestag angerufen, und Jawad ist rangegangen. Doch niemand war in der Leitung, nur Störgeräusche. Dann ging das Handy in Flammen auf.

Er bekommt keine Antwort von Ali. Danach ist das Handy viele Stunde lang still.

***

Alex kann nicht still sitzen. Die Stunden vergehen furchtbar zäh. Er bestellt Pizza, eine Pizza Hawaii wie üblich, ist aber zu unruhig, um essen zu können. Das Handy liegt auf dem Couchtisch und wartet auf die nächste Textnachricht von Ali. Oder auf El Daemon, der anruft und damit Alex' Schicksal besiegelt. Er verspürt das dringende Verlangen, das Telefon auszuschalten, doch dann würden Alis Nachrichten ihn nicht erreichen. Also lässt er es an. Sollte sich El Daemon melden, um seine Seele zu holen, dann müsste er lediglich den Anruf *nicht* entgegennehmen, um sein Leben zu retten. Vielleicht sollte er besser gar keine Anrufe mehr annehmen, egal wer ihn erreichen wollte?

Er geht mit einem Stück Pizza in der Hand in die Küche, schaut aus dem Fenster in den Hof und sieht Kinder spielen, von einer schwangeren Frau auf einer Bank wachsam beäugt. Er kehrt ins Wohnzimmer zurück und macht den Fernseher an, kann sich jedoch nicht auf das konzentrieren, was über den Bildschirm flimmert. Dennoch lässt er das Programm laufen.

Er betritt sein Schlafzimmer und schaltet den Computer an. Er setzt sich nicht davor, sondern wandert stattdessen ins Wohnzimmer zurück und blickt dort durchs Fenster auf die Straße hinab. Dort bewegt sich nichts. Er geht wieder in die Küche, um Kaffee zu kochen. Da er sich nirgendwo länger als eine Minute am Stück aufhalten mag, geht er erneut ins Wohnzimmer, nimmt sich das Handy und lässt Ali eine weitere Botschaft zukommen.

Ali, antworte bitte. Ich habe so schreckliche Angst. Warum hat mich El Daemon noch nicht angerufen? Es macht mich wahnsinnig. Er hat dich vor vielen Mona-

ten angefunkt und uns beiden immerhin im selben Moment eine SMS geschickt.

Ali schickt ihm erst spät am folgenden Tag eine Antwort.

Freitag

Bis zu diesem Zeitpunkt hat Alex seine Nägel so weit runtergekaut, dass einige von ihnen bluten. Er hat kaum geschlafen, konnte einfach keine Ruhe finden, und wenn er zwischendurch doch mal wegdämmert, suchen ihn Albträume heim. Während der letzten vierundzwanzig Stunden hat er Ali ungefähr dreißigmal angetextet.

Zum Frühstück hat er fast eine ganze Flasche Rotwein getrunken. Er hat sämtliche Vorhänge zugezogen, die Vorder- und Hintertür verriegelt und Stühle unter die Knäufe geschoben, um die Türen zu blockieren. Dem schwachen Rest an vernunftgeleitetem Verstand in seinem Kopf ist nach wie vor klar, dass weder verschlossene noch blockierte Türen El Daemon davon abhalten werden, zu ihm vorzudringen und ihn sich zu holen, aber nichtsdestotrotz fühlt er sich dadurch ein klein wenig sicherer.

Auf dem TV-Bildschirm leitet irgendein überdrehter Komiker ein geistloses Quiz, in dem es um buchstäblich gar nichts geht, welches jedoch zwei Teams von Prominenten eine Bühne bietet, albern zu lachen und mit dem Finger aufeinander zu zeigen. Alex steht in der Küche und kramt in den Wandschränken herum, als das Handy, das noch immer auf dem Wohnzimmertisch liegt, endlich piept.

Er hastet in den anderen Raum und schnappt sich das Telefon.

Eine neue SMS. Von Karla.

Bist du beim Arzt gewesen?

Er knallt das Handy auf den Tisch und heult laut auf.

Und dann piept das Handy erneut.

Diesmal stammt die Textnachricht von Ali.

El Daemon ist nahe. Ich kann spüren, wie er näher und näher herankommt. Es wird kälter. Ich glaube nicht, dass uns noch viel Zeit bleibt. Mein Handy war abgeschaltet, als ich an jenem Tag aus dem Haus ging. Wenn es geklingelt hat, wie Jawad sagt, dann hat es geklingelt, obwohl es nicht eingeschaltet war. Du hast gefragt, warum El Daemon dich nicht angerufen hat. Tja, er hat es bereits, davon bin ich überzeugt!

Alex glotzt stumpf auf die Worte, die das Display ihm präsentiert, und lässt sich langsam in den Sessel sinken. Dann prüft er nach, ob niemand seine Nummer angerufen hat, und stellt fest, dass dies tatsächlich der Fall ist. Abgesehen von den beiden SMS-Dialogen – der mit Ali und der mit Karla – sind keine Aktivitäten verzeichnet. Daran ist nichts Ungewöhnliches. Er hat das Handy vorgestern gekauft, und die Nummer ist ebenfalls neu. Aber wo ist sein altes Telefon?

Er erinnert sich, dass Karla vor zwei Tagen, als sie seine Wohnung sauber machten, dem Smartphone Akku und SIM-Karte entnommen hat. Doch was hat sie mit dem Telefon angestellt? Hat sie es weggeschmissen?

Nein, zu jenem Zeitpunkt wusste sie noch nicht, dass er sich ein neues Handy kaufen würde. Ihr war lediglich klar, dass er sich eine neue Nummer und dementsprechend eine neue SIM-Karte beschaffen würde. Das Handy muss sich irgendwo im Apartment befinden.

Er begibt sich auf den Weg in die Küche, und da ist es, auf der Fensterbank. Akku und SIM-Karte liegen daneben. Er schluckt schwer. Aus irgendeinem Grund sträubt sich alles in ihm dagegen, das Handy auch nur zu berühren, aber er wird nicht darum herumkommen. Er tritt näher heran. Gänsehaut am ganzen Leib. Er greift es sich. Öffnet die Rückseite des Gehäuses und schiebt die SIM-Karte an ihren Platz, danach den Akku. Er schließt das Gehäuse wieder und schaltet das Telefon ein …

Er wartet, während es hochfährt, und nachdem es sich hochgeladen hat, tippt er seine Kennziffern ein.

Genau in diesem Moment geht eine neue Nachricht ein, und er lässt das Handy beinahe fallen. Er benötigt einige Sekunden, bis ihm dämmert, dass es das neue Smartphone war, das gepiept hat, dort auf dem Beistelltisch im Wohnzimmer.

Er verharrt zunächst reglos mit seinem alten Telefon in der Hand in der Küche, bevor er schließlich die Liste mit den verpassten Anrufen durchgeht. Es sind offenbar ganz schön viele. Die meisten davon unbekannte Nummern oder unterdrückte Geheimnummern. Wahrscheinlich die ewige Werbeseuche, um ihm irgendwelchen überflüssigen Scheißdreck anzudrehen. Er kann keinen El Daemon entdecken. Er scrollt durch die Textnachrichten. Auch dort keine Spur von El Daemon. Er muss die SMS vom letzten Sommer gelöscht haben. Die, mit der alles angefangen hatte. Sie ist nicht mehr im Handy gespeichert.

Er nimmt das alte Telefon mit sich ins Wohnzimmer, unschlüssig, ob er den Akku und die SIM-Karte wieder rausnehmen soll.

Er nimmt im Sessel Platz, greift sich das neue Smartphone vom Couchtisch und liest die Nachricht, die eintraf, als er in der Küche mit seinem alten Handy beschäftigt war.

Der Absender ist Ali.

Du musst dein altes Handy kontrollieren.

Alex lächelt in sich hinein. Vor zwei Tagen hatte Ali genau beschrieben, wie Karla das Telefon in der Hand hielt und nicht glauben wollte, dass Ali ihnen Nachrichten sendete. Er hatte genau ins Schwarze getroffen. Seine Gabe, zu erkennen, was Alex gerade tat, musste dieses Mal versagt haben, denn Alex hatte sein altes Handy kontrolliert, als Ali ihm riet, eben dies zu tun.

Das habe ich schon gemacht, schreibt er zurück. *Keine Anrufe von El Daemon. Und auch keine SMS. Gar nichts Unheimliches. Jedenfalls nichts, bevor du angefangen hast, mir Nachrichten zu schicken. Ich glaube, er hat mich vielleicht nie angerufen. Vielleicht hat er mich vergessen. Vielleicht war es ein Versehen, dass ich die gleiche SMS wie du bekommen habe, vielleicht war sie nur für dich bestimmt.*

Ali antwortet auf der Stelle.

Du hast dir letzten Sommer auch ein neues Smartphone gekauft, weißt du noch? Ein paar Tage, nachdem wir beide diese SMS von El Daemon bekamen. Du musst das Handy überprüfen, auf dem die Nachricht einging. Das ist das Telefon, dessen Nummer er gewählt hat.

Alex starrt zur Decke hinauf und versucht, seine Gedanken zu sammeln. Ali hat recht. Tatsächlich war ihm sein altes Handy versehentlich aus der Hand und die Treppe runtergefallen, wodurch das Display splitterte. Er hatte sich noch am selben Tag ein neues gekauft, statt den Bildschirm zu ersetzen. Er brauchte sowieso ein neues, das andere war schon über zwei Jahre alt.

Ich habe keine Ahnung, wo dieses Handy sein könnte. Vielleicht habe ich es weggeworfen? Abgesehen davon war es zerbrochen. Der Akku ist seitdem nicht mehr aufgeladen worden. Die Speicherkarte steckt in meinem anderen Handy, das, was ich gerade überprüft habe. Beide Handys liefen über dieselbe SIM-Karte und dieselbe Nummer. Wenn El Daemon angerufen hätte, wäre der Anruf nicht auf dem Handy mit seiner SMS, sondern auf dem anderen eingegangen.

Als er gerade auf SENDEN gedrückt hat, durchzuckt ihn ein weiterer Gedankenblitz, und er fährt unverzüglich mit einer neuen SMS fort.

Außerdem war es kein Hindernis für deine Textnachrichten, dass ich vor zwei Tagen meine Nummer änderte – und mir ein neues Handy besorgte. Wenn dich das nicht fernhält, warum sollte es einem Dämon im Weg stehen?

Er fasst sich an die Stirn und presst dann Daumen und Zeigefinger gegen die geschlossenen Augenlider. Ihm ist übel. Der Rest der Pizza liegt in ihrer Schachtel auf dem Couchtisch und verströmt den Geruch von Oregano. Der Gestank ekelt ihn und verstärkt sein Unwohlsein.

Das Handy piept.

Ich bin über Karlas Handy an deine Nummer gekommen. Ich weiß eine Menge über dich, über Computer und Mobiltelefone. El Daemon tut das nicht. Er geht anders vor. Er ist nicht von dieser Welt. Er wählt die Nummer des Handys, das seine SMS empfangen hat. Er ruft das Handy, nicht die Nummer an. Er holt sich deine Seele in jenem Augenblick, in dem der Anruf angenommen wird – sogar auch dann, wenn jemand anders drangeht.

Bevor er die Nachricht vollständig gelesen hat, sind bereits zwei neue eingetroffen. Beide von Ali. Und diese sind die letzten Textnachrichten von Ali, die ihn je erreichen werden.

Dies könnte meine letzte SMS sein. El Daemon ist jetzt sehr nahe. Es ist so kalt hier. Ich fühle ein Zerren, einen Sog. Als würde ein reißender Strom mich mit sich reißen, mich einsaugen wollen. Tschau, Alex. Meine Mission ist vollendet. Ich habe dich gewarnt.

Und.

Schlag das alte Handy in Stücke. Schlag es kaputt, Alex. Verbrenn es. Brich es in tausend Stücke und verbrenn alles, bis nichts mehr übrig ist. Sofort.

Um zwei Uhr in der Nacht klingelt Karlas Handy und weckt sie auf. Sie greift nach dem Telefon, das auf dem Nachttisch liegt, und wirft dabei ihren Wecker um, der mit lautem Scheppern auf den Boden knallt. Das Display beleuchtet ihr Gesicht, als sie nachschaut, wer anruft. Weder ihr noch ihrem Handy ist die Nummer bekannt.

»Hallo?«, sagt sie und setzt sich im Bett auf.

»Hier spricht Bente Schmidt. Ich bin Krankenschwester und arbeite in der psychiatrischen Abteilung des Landeshospitales. Ich rufe wegen Ihres Bruders Alex an. Er wurde vor weniger als einer Stunde bei uns zwangseingewiesen. Ich melde mich auf sein Ersuchen bei Ihnen. Momentan befindet er sich in sehr schlechtem Zustand. Wir waren gezwungen, ihn auf einem Bett zu fixieren, und ihm wurden Medikamente verabreicht, um ihn ruhigzustellen.«

»Halt, halt, halt!«, sagt Karla. »Langsam bitte. Alex wurde in die Psychiatrie eingewiesen? Warum?«

»Die Polizei hat ihn hergebracht, nachdem er gegen Mitternacht seine Wohnung in Brand gesetzt hatte. Er hat sich unserer Belegschaft gegenüber sehr aggressiv und gewalttätig verhalten, und der diensthabende Psychiater aus der Ambulanz hat entschieden, dass er geistesgestört ist und eine Gefahr für sich und andere darstellt; er hat ihn zwangseingewiesen, gegen seinen eigenen Willen festgesetzt. Die Polizei sagt, dass das Feuer in seinem Apartment offenbar dadurch verursacht wurde, dass er versuchte, die zerbrochenen Teile eines Smartphones zu verbrennen.«

Karla spürt Tränen ihre Wangen hinablaufen. »In letzter Zeit hatte er … mit seinen inneren Dämonen zu kämpfen. Er hat versucht, mich davon zu überzeugen, dass sein verstorbener Freund Ali ihm Textnachrichten aus dem Jenseits sendet. Ich bin krank vor Sorge um ihn gewesen. Wurde jemand durch den Brand verletzt?«

»Meines Wissens nach nicht. Aber das Gebäude und die Möbel werden natürlich Schäden davongetragen haben.«

»Soll ich heute Nacht noch kommen, um ihn mir anzuschauen?«

»An Ihrer Stelle würde ich bis morgen warten. Bis dahin wird es ihm wahrscheinlich ein bisschen besser gehen, wenn er geschlafen und alles sich ein wenig beruhigt hat.«

Danach sitzt Karla im Bett und starrt ihr Smartphone an. Sie friert, zieht aber trotzdem die Decke nicht höher. Irgendwie ist sie nicht überrascht. Alex hat schon seit geraumer Weile neben der Spur gestanden. Sie wünscht, sie hätte irgendwas tun können, um zu verhindern, dass er so weit abdriftete, aber ihr fällt nicht ein, was das wäre. Sie hat es versucht. Sie hat getan, was sie konnte. Sie hat ihm die helfende Hand entgegengestreckt.

Tränen fallen aus ihrem Gesicht auf ihre entblößten Beine.

Soll sie ihre Eltern anrufen? Ihnen erzählen, was passiert ist? Vielleicht ist es das Beste, bis morgen damit zu warten, wenn sie mit Alex gesprochen hat. Letztendlich werden Mama und Papa ihnen beiden keine große Hilfe sein. Das waren sie nie. Sie leben dort unten in Brüssel ihr eigenes Leben und verfolgen ihre Karrieren. Sie hat immer das Gefühl gehabt, Alex vor ihnen beschützen zu müssen, obwohl sie keinem ihrer Kinder je Leid oder Schmerz zugefügt haben. Ihre Kinder sind ihnen einfach nur ziemlich egal.

Das Handy piept in ihrer Hand. Sie schaut aufs Display und spürt plötzlich eine eisige Kälte. Die Textnachricht stammt von El Daemon.

Du gehörst jetzt mir. Deine Seele ist mein. Ich gebe dir Bescheid, wenn ich sie holen komme.

Nick Cutter

»So nervenzerfetzend, dass ich es kaum aushalten konnte!«
Stephen King

978-3-453-43779-1

978-3-453-41896-7

978-3-453-41941-4

Leseproben unter **www.heyne.de**

HEYNE